迎妻納福

3

完

文創風 944

月舞 著

目錄

第五十四章　賜婚

穆婉寧不出門，讓其他府第暗呼可惜。

蕭府裡一個正兒八經的女眷都沒有，想給蕭長敬說親，實在無從下手。

雖然現在蕭六姝也算主子了，但總不能拉著六歲的小姑娘替她哥哥說親吧；想走蕭長恭的路子也走不通，人家在京郊大營呢。

唯一開心的，只有京郊大營裡的武將家眷了。

京郊大營不像邊關，武將們隔三差五能回家一趟，讓這些武將去跟蕭長恭傳個話，自是方便。

因此，從穆婉寧禁足開始，那些武將家裡便熱鬧起來，託人說媒的，或是想替自家親戚牽紅線的，紛紛透過他們把消息遞給蕭長恭。

蕭長恭有些傻了，他才是鎮西侯府的主人，可他剛回京時，也沒遇到這麼多要說親的。

這些要說媒的姑娘，個個年紀都與穆婉寧差不多。

如果不是他先遇到穆婉寧，那這些說媒的姑娘中，會不會有她呢？

蕭長恭心裡莫名其妙吃起飛醋來，好個蕭長敬，居然比他受歡迎。

蕭府裡，蕭長敬正幫蕭六姝剝桔子，冷不防打了個噴嚏，然後看向京郊大營方向。

冥冥中，他感到了一股怨念。

「哥哥是著涼了嗎？」蕭六姝看到蕭長敬打噴嚏，立刻湊上去，伸手摸摸他的額頭。蕭長敬拉下蕭六姝的手，滿臉寵溺。「哥哥沒事，剛剛只是鼻子癢癢。來，吃桔子，可甜了呢。」

「嗯嗯，真甜。」

香胰皂大受好評，加上穆婉寧因為馬蹄鐵得了皇帝的嘉獎，最近京城貴女間很流行看各種遊記、雜記。

連帶著，京城的書肆中，之前不怎麼受歡迎的地理志、見聞錄等雜書，也開始有了一席之地。

這件事的好處是，可以看的書增多了，穆婉寧的書房裡堆了不少最近新出的書，都是沈掌櫃派人送來的。

沈掌櫃不但經營上是奇才，搜羅這些雜七雜八的書也是個行家。

所以，最近穆婉寧除了早上去向周氏請安外，就窩在自己的清兮院裡看書，樂得自在。

看到日頭西落，穆婉寧吃過飯後，便不看書，而是提筆練字。正練著的時候，忽然感覺不對，屋裡似乎有人。

果然，她一扭頭，就看到角落裡有個黑影，剛要驚呼，黑影迅速撲過來，捂住她的嘴。

穆婉寧一手去扳對方的手指、一手拔下頭上的簪子，簪尖朝後，朝那人的眼睛戳去。

可惜，簪子剛扎出去，手腕就被攥住，隨後低沈中帶著一絲戲謔的聲音響起——

「婉兒這是要讓親夫破相嗎？」

穆婉寧驟然聽到這個聲音，心裡的驚慌立刻化成喜悅。

此時蕭長恭應該還在京郊大營，怎麼突然出現在她房裡？但想到剛剛她被他嚇得冷汗都出來了，心裡不禁有些惱怒。

「誰叫你扮刺客嚇唬人。我看劃了正好，讓你一左一右，對稱。」

「那妳也得等等，等我把面具摘了，用手指頭劃好不好？」

穆婉寧臉上飛紅。「登徒子。」

蕭長恭摘掉面具和披風，走到穆婉寧剛剛寫字的桌前。「嗯，字寫得不錯嘛，就是腕力不夠，再練幾年，便能趕上我了。」

穆婉寧只當他說笑。「原來蕭大將軍除了打仗厲害，吹牛的本事也不小呢。」

蕭長恭嘴角含笑，衝著穆婉寧明晃晃拋了個媚眼。「夫人這是信不過為夫啊？」

穆婉寧被蕭長恭這麼生動的表情迷了眼。之前看他戴面具看習慣了，如今這樣，實在讓人移不開目光。

蕭長恭感覺到了，立刻站直身子，還拽了拽身上的衣服。「夫人覺得，這副模樣可還瞧得過去？」

穆婉寧的臉霎時通紅一片。「呸，誰是你夫人，再胡說八道，我就把你攆出去。」

蕭長恭趕緊收了笑。「不說了、不說了。最近婉兒有沒有想我？」

「不正經。」穆婉寧故意扭過頭去。

「那……」蕭長恭見穆婉寧轉頭不理他，道：「那我寫幅字給妳好了，想我時就看看，也順便讓妳瞧瞧剛剛為夫……咳咳，是不是吹牛。」

這下，穆婉寧還真有點好奇了。蕭長恭是武將，十二歲便離開盛京從軍，難道還堅持練字不成？

「也好，若將軍寫得好，我就讓人裱起來，掛在屋裡。」

「那請……磨墨吧。」

穆婉寧知道他故意省略的是哪兩個字，含嗔帶怒地瞪他一眼，不過仍是走到桌邊，提起袖子替蕭長恭磨墨。

蕭長恭看著低頭認真磨墨的穆婉寧，覺得心都飄了起來。

燭光之下，穆婉寧的五官小巧而分明，膚若凝脂，又微帶紅暈。捏著墨塊的手指，根根蔥白，專注且有力，看得蕭長恭都想化身為墨塊了。

那樣的話，他就能被穆婉寧小心捏著，認真地注視著。

不能再想了，蕭長恭趕緊收回目光，從筆架上挑了一枝最粗的毛筆。他一向不喜歡寫小字，總覺得大字才有氣魄。

不過，穆婉寧桌上最粗的筆，和他平時用來寫小字的差不多。見穆婉寧的墨磨好了，蕭長恭提筆蘸墨，沈思一下，便寫起來。

仗劍護國去，歸來看紅顏。平疆千萬里，對坐享華年。

穆婉寧把這四句詩反覆唸了幾遍，滿滿的都是幸福感。再看字，鐵畫銀鈎之間，展現出蕭長恭的大將之風。

這一世，她的夫君不再是方堯那個猥瑣小人，而是蕭長恭這樣的大英雄，既有著開疆拓土的家國情懷，也有溫柔繾綣的兒女情意。

「沒想到，將軍不但字寫得好，詩也做得好，之前是婉寧小覷了將軍呢。」

蕭長恭把筆放在桌上，轉過身。「還叫什麼將軍？妳在信裡，可不是這麼叫的。」

穆婉寧只覺臉上發燙。隨著信越寫越多，兩人感情越來越好，但不知為什麼，那一聲長恭哥哥，反倒是越來越叫不出口了。

蕭長恭見狀，還想繼續調戲穆婉寧，卻聽到外間的檀香說道：「時辰不早，該去請姑娘休息了。」

墨香也應和。「是不早，該睡了。」

雲香本來不想出聲，但檀香、墨香已經開了頭，便接了一句。「是啊，挺晚了。」

不過，三個婢女雖是這麼說，腳步卻是沒有挪動分毫。

穆婉寧羞得恨不得找個地洞鑽進去，她們分明在外面偷聽半天了。

蕭長恭也有點尷尬，這不成親就是不方便，要是成了親，別說她們在外間，就是院子都不讓她們進來。

不過，時辰確實不早了，蕭長恭拉過穆婉寧的手，狠狠搓揉一番，這才戴上面具，翻窗而去。

片刻後，三個婢女端著水盆、香胰皂、手巾等梳洗之物進來。

「姑娘忙了一陣，該漱洗睡覺了。」

穆婉寧被這個「忙」字羞得不敢抬頭，只好趕緊把手按進水盆裡，往臉上潑水，低頭洗臉掩飾自己的尷尬。

天氣一天天涼起來，早晚已有了些許寒意。

南安伯夫人終於下定決心，十月下旬時請媒人上門。

南安伯府的提親，比蕭長恭正式多了，除了必備的大雁之外，其他禮節也是一絲不苟，可見南安伯府對這場婚事的看重。

消息傳到後院時，穆家三姊妹正坐在一起說話。穆婉寧、穆若寧聽了，喜形於色。

「恭喜三姊姊了。」

穆安寧有些發懵，為了她的婚事，前前後後發生那麼多事，現在終於要塵埃落定了？

「哎呀呀，三姊姊居然歡喜得癡了，這還是我們那個恨嫁的三姊姊嗎？」

「好個四丫頭，妳說誰恨嫁呢，看我教不教訓妳。」穆安寧被穆婉寧取笑，羞紅了臉，跳起來去撓穆婉寧的癢。

穆婉寧立即跳起來，躲開穆安寧的手。

穆若寧一看有熱鬧湊，跑進去加入戰局，和穆安寧一夥，聯起手來撓穆婉寧的癢。

正廳裡，穆鼎已經允了提親。媒人說，十日之後，帶禮前來問名。

這問名乃是三書六禮的第二禮，十要是交換庚帖，方便男方家占卜吉凶。把庚帖置於神案上，一段時日後，若沒有發生任何不吉之事，便可告知女方，就算是訂下婚事。

一般來說，到了這一步，婚事便極少有反悔的了。

蕭長恭早把這一步走完了，但後面的只能暫時擱置。一來穆婉寧還小，還有一年才及笄；二來，蕭長恭也怕走得太快，惹穆鼎生氣，非要他等穆婉寧十八歲再娶。

送走南安伯府的媒人，穆鼎心裡也放下一塊石頭。兩個女兒的婚事都有著落，他這個當爹的能稍微安心了。

至於長子穆鴻嶺，雖然已經到了議親的年紀，但男孩子不著急，一切等春闈後再議。只要到時能考上進士，京城裡的府第幾乎都能選上一選了。

與穆鼎一同琢磨子女婚事的，還有宮裡那位高高在上的皇帝，不過他琢磨的不是自己女兒，而是外甥女的。

按皇帝的本意，吳采薇幾次三番惹他發火，他實在不願搭理，但架不住承平長公主沒事就來哀求。

面對唯一的妹妹，皇帝還是很心軟的。

罷了，就為那個丫頭多籌謀籌謀吧。

皇帝在殿內為自己的外甥女發愁，守在殿外的何立業卻在回味昨天晚上的纏綿。

最近，何立業也算春風得意。前陣子大皇子趙晉澤謀反，連累禁軍裡不少人，不過有人倒楣，就意味著有人得意，他就是因此升官，被提拔成副統領的。

這人要倒楣吧，是事事都倒楣；反過來，要是走鴻運，那真是官運、豔運一起走。

半月前，他下值回家，遇上了一個嬌滴滴的小媳婦。在兩人要擦肩而過時，小美人腳一扭，身子一歪，生生倒在他懷裡。

何立業伸手一抱，立即抱了個溫香滿懷。

倒在他懷裡的人，臉色酡紅，媚眼如絲，嗓音裡帶著勾人呻吟。「奴家謝過公子。」

何立業心神一蕩，手上不覺加重力氣，好好地揩了一把油，這才沈聲開口。

「小娘子可是傷了腳？家在何處，我送妳回去吧。」

這一問，懷裡的人立時垂淚，頭貼在何立業的胸膛上。「奴家父母早亡，如今依姨母而居，若是她知道我傷了腳，又要罵我了。」

何立業是情場上的老手，勾欄裡的常客，當下還有什麼不明白的，立即道：「我家住得不遠，不如先去我家，替小娘子上些傷藥也好。」

「如此，有勞公子了。」

何立業的家只是個三進院子，除了一些下人，並無其他家眷。

進屋後，何立業把人放在床上，不管什麼白日不白日的，就是一番雲雨。

「不知小娘子姓甚名誰，日後也好有個念想。」

「奴家簡月梅。」

何立業雖然好色，卻聰明謹慎，簡月梅走後，立即找人查她的背景。查明白之後，知道她背後沒什麼人，才放下心，隔三差五去找她。

一來二去的，何立業竟真對簡月梅生出些許感情來。再加上簡月梅總是說她那個姨母如何虐待她，希望他能救她於水火云云，權衡一下，乾脆收簡月梅當外室。

今天是簡月梅正式搬到他家的日子，等他下值，便能立刻見到人了。

「何副統領，陛下叫您呢。」

何立業回神，趕緊清空腦袋裡的旖旎心思，看向不知何時站在眼前的德勝。

「多謝公公提醒。」

他進了上書房，抱拳行禮。「末將何立業，見過陛下。」

「是。」

皇帝看看何立業，點點頭。「何副統領今年三十有二了吧？」

「可有家室？」

「髮妻於三年前亡故，如今只有一名外室。」對於自己的豔遇，何立業並不打算隱瞞。

身為皇帝的禁軍，納妾、養外室不是不能做的事，但隱瞞不報就危險了。

皇帝點點頭，心裡滿意，他可不想再出一個被他夷三族的副統領。「何副統領倒是坦誠。最近可有娶妻的人選？」

「暫時沒有。」

「你覺得朕的外甥女如何？」

何立業心想，若能娶到吳采薇，他就與皇帝沾了親戚，對未來仕途可是大有好處。但想到最近市井裡關於吳采薇的流言，又微微遲疑。

「吳鄉主金枝玉葉，哪裡是末將配得上的。」

「怎麼，你不願意？」

「不是不願，只是吳鄉主出身高貴，長公主又僅此一女，難免嬌慣些。到時夫妻之間若有吵架拌嘴，末將害怕夫綱不振……不好過日子嘛。」

皇帝笑出聲。「何副統領坦誠得很，倒是讓朕對你刮目相看。這樣吧，我下道旨意，成親之後，除了三日回門，一年之內，不許她回長公主府。一年後，想必日子也過得習慣了，如何？」

何立業立刻跪倒在地。「多謝陛下恩典，末將日後定當盡心竭力，萬死不辭。」

「好了，起來吧。這件事先不要聲張，待你的府邸建好了，朕自會下旨。」

這次，皇帝對禁軍徹底上了心，新提拔的副統領的宅子是劃地另建，個中意味很明顯。

「多謝陛下。」

吳采薇聽說皇帝要為她賜婚，當晚激動得睡不著覺。

難道皇帝舅舅終於想通，知道她想嫁的是蕭長恭，所以願意賜婚了？那穆婉寧怎麼辦？畢竟是皇帝親自作媒，怎麼也不可能讓穆婉寧做妾吧？

算了，她大度一回，讓穆婉寧當個平妻好了。
於是，吳采薇連夜寫了一封摺子，第二天一早讓承平長公主帶進宮。
「賜婚蕭長恭，吳采薇為正妻，穆婉寧做平妻？」
皇帝差點沒氣歪鬍子，他好不容易作一次媒，但在外甥女眼裡，只能作個平妻的媒？
幸虧她沒說讓穆婉寧做妾，不然皇帝覺得自己會被氣昏。
皇帝看著眼前的承平長公主，心裡又痛心、又無奈。從小他對這個妹妹就嬌慣，選駙馬時順著她，她要守寡也順著她，給女兒討封號時也順著她。
可是，看看她把女兒教成什麼樣了。
「承平啊，妳讓我說妳什麼好？都到這個時候了，妳怎麼還縱容采薇？」
「皇兄，妹妹就這麼一個女兒，實在不想看她受苦。」承平長公主話沒說完，眼眶已經紅了起來。
平時皇帝看不得妹妹流淚，但這次不硬起心腸不行。
「妳不想她受苦，可是妳看看她最近一年幹的事，哪一件能上得了檯面？」
「我……」
皇帝擺擺手，打斷承平長公主的話。「這事妳別管了，采薇的婚事，我自有安排。母后那裡，妳多日未去，去看看她吧。」
「皇兄……」
「去吧。」

承平長公主無奈，只好去見太后了。

吳采薇在府裡苦苦等了一日，仍不見母親回來。待到晚間時，宮裡派人傳話，說太后留了承平長公主歇息。

「沒別的話了？」

傳話的小太監搖搖頭。「太后就說這一句。」

「那我娘呢？她沒說什麼？」

「長公主並無示下。」

吳采薇心裡煩躁，打發小太監離開。

「母親也真是的，行與不行，好歹傳個消息出來，怎麼就這麼不明不白地住在宮裡？」

然而，吳采薇的抱怨注定只能講給自己聽。

因為太后派的教養嬤嬤又回來了，她被單獨關在院子裡，只有幾個嬤嬤輪班看著她。

那些人是不可能跟她說話的。

第五十五章　白祥

另一邊，簡月梅對何立業極盡溫柔與小意。

何立業享受著美人在懷，考慮的卻是娶了吳采薇之後，能不能在官途上再進一步。

不過，現在的官職對他來說已經是意外之喜，如今又有了皇家親事，不能急著動，得先牢牢坐穩了副統領的位置再說。

只要他能扎扎實實在副統領的位置待上十年，禁軍統領就非他莫屬了。

簡月梅窩在何立業懷裡，想的也是自己的事。

想到今天下午搬家時的樣子，她的心情就如三伏天喝了冰鎮酸梅湯一樣舒爽。

當方堯瞧見簡月梅帶兩個兵丁去搬家，氣得破口大罵。「妳這賤人，居然背著我在外面勾搭男人！」

簡月梅冷哼一聲。「表哥這話可就說錯了，我與你既無婚約，又無媒妁之言，我與人兩情相悅，關你屁事？」

「哼，我們雖無夫妻之名，但早已有夫妻之實。」方堯看向簡月梅帶來的兩個兵丁。「她就是個賤人，你們將軍被騙了。」

結果，這兩人像是沒聽到一樣，根本無動於衷。

「哼，別白費力氣。我既敢帶他們來，豈會怕你說三道四。我與你的事，將軍早知曉了。」簡月梅拿出一塊碎銀，轉頭對兩個兵丁道：「兩位大哥，這屋裡的東西，能砸的全砸了。這是將軍賞我的銀子，就算是給你們的茶錢。」

眼看兩個兵丁就要動手，方母上前攔住。「我看誰敢動！簡月梅，妳這狼心狗肺的東西，當初妳走投無路時，是誰收留妳的？如今妳攀上高枝了，就翻臉不認人？」

方母不說話還好，一說話，簡月梅就想起方母對她的種種虐待，眼神裡滿滿都是恨意。

「姨母收留我不假，但妳當初根本不是好心，無非是想通過我，攀上我大伯一家。後來知道大伯一家不待見我，對我立刻冷淡下來，又逼我給妳兒子做小。

「如果只是這樣，我不怪妳，姨母能給我容身之處，已經讓我感激不盡。可是，妳不該與表哥一邊拿正妻的位置哄我、一面又去穆府提親。事情敗露之後，又把錯歸到我的頭上。哪怕我剛剛小產，也得不到你們一丁點憐憫，拚命地虐待我。

「這段時日，我為你們做牛做馬，也算報答姨母的收留之恩了。兩位大哥，給我砸！」

簡月梅回想著，耳邊依稀還能聽見方家器物的碎裂之聲，與方母的怒罵號哭，不覺得吵鬧，只覺得心情舒暢。

再想到這些都是何立業帶給她的，更是對他極盡溫柔。現在她想要脫離方堯，只有給人當外室、做小妾一條路可走，暗中打聽下，才挑中了何立業。

何立業也知下午之事，根本不在意。方堯無根無基，但他很快就是皇帝的外甥女婿，想辦法讓方堯滾出京城就是。

不過，吳采薇那裡還是要看著，那是個腦子不清楚的，萬一她知道賜婚的對象不是蕭長恭，衝動之下再鬧出什麼事情，也很讓人不爽。

簡月梅的出走，對於方堯的打擊極大，恨得牙根癢癢，不覺溜出門去，在何立業的小院外晃悠。

何立業回家瞧見，頓時氣不打一處來，他還沒對方堯動手，方堯居然自己送上門了，遂帶著兩個護衛，把方堯拖進院子裡，堵住嘴，就是一通狠打。

何立業是在禁軍裡混了十年的人物，難免會與達官貴人起爭執，於是，怎麼打人疼，又不留傷，成了必備的手段。

方堯挨了一頓打，回家後，雖看不出有傷，可全身每一處都在痛，連喘氣都疼得厲害。隔天，他小解時，竟然見了血，慌得請郎中。

盛京城的郎中都是成了精的，伸手一搭脈，便知道方堯得罪了貴人，開了一副對症的藥方及溫補的藥，就立刻告辭。

後來方母再去請，郎中都推託有事，不肯再去。一次、兩次，方堯品出味道來了，當下心裡更恨。

「你們給我等著，只要有一天我能飛黃騰達，這仇我早晚要報回來！」

皇帝讓吳采薇備嫁，自然不好再讓嬤嬤看著，三天後承平長公主從皇宮裡回來時，嬤嬤們便回宮去了。

「娘，皇帝舅舅到底有沒有答應把我嫁給蕭長恭？您倒是給我個準話啊。」吳采薇一見承平長公主，第一句話問的就是這個。

「我不是說了，皇兄說他會考慮，我也不知道。」

吳采薇心裡彆扭，暗暗埋怨自己的母親，這「考慮」到底是行還是不行，話沒問清楚，怎麼就回來了呢？

承平長公主心裡也苦，待在太后宮裡三天，她天天被罰誦經、抄經，別說皇帝了，連太后都沒見到。

臨走之前，她才見到太后一面，然而得到的卻是太后更嚴厲的警告。如果她再縱容女兒，那麼賜婚時，皇帝還會下一道旨意，讓她閉府三年，不許見吳采薇。

這的確嚇到了承平長公主，別的都能忍，但若三年見不到女兒，她決計忍不了。

因此，承平長公主對吳采薇只能好言相勸，讓她安心備嫁，根本不敢把皇帝的不耐煩告訴她。

備嫁要準備的東西挺多的，嫁衣、嫁妝，還陪嫁婢女等。新娘也要準備一些繡品，過門之後，可以送給男方家的親戚。

為了不讓吳采薇出門，承平長公主安排許多繡活給她做，甚至要她繡嫁衣的一部分。

吳采薇很是不耐，但畢竟是出嫁時要用的東西。若是嫁給蕭長恭，她可不想有任何閃失，只得耐著性子去繡。

然而，一天、兩天還行，時日久了，吳采薇再也按捺不住，準備偷偷溜出府，打探消息。

孰料，人還沒到府門，就被承平長公主抓回來。

隨後，承平長公主下令，將吳采薇直接禁足在府裡，安心待嫁。

吳采薇沒想到，母親一朝發起狠來，竟然比那幾個嬤嬤還狠。

承平長公主沒像那些嬤嬤一樣，冉讓她抄《女則》、《女訓》，卻是把她看得牢牢地，不准出府半步，連貼身婢女也全部換掉，現在跟在她身邊的人，都是承平長公主的眼線。

其後，任憑吳采薇哭鬧也好，絕食也罷，承平長公主都未再心軟分毫。

一個月後，皇帝下旨，賜長公主之女吳采薇與禁軍副統領何立業成婚。

「誰？何立業？」

吳采薇徹底懵了，何立業是哪個犄角旮旯裡冒出來的？盛京城裡沒聽過這號人物啊。

簡月梅聽到後，也傻了。雖然她知道自己當不了正妻，可她這個外室現在是府裡唯一的女主人，好日子還沒過兩天，怎麼就突然賜婚，而且賜婚的對象還是吳采薇？

盛京裡關於吳采薇的流言都傳瘋了，以後她豈不被吳采薇折磨死？

「將軍，妾身不敢跟您去新府邸，那吳鄉主……妾身之前有所耳聞，怕是容不下妾身。」

簡月梅說罷，撲進何立業懷裡，嗚嗚哭了起來。

何立業享受著美人在懷。「不必在意，妳是我看重的人，她雖是正妻，也不敢為難妳。

不過，妳暫時不過去也好，待我把一切安頓好，再接妳過去，妳先在此安心養胎。」

簡月梅摸著尚未隆起的小腹，道：「將軍可不要忘了我。」

「怎麼會呢？」

簡月梅倒是不擔心何立業會忘了她，畢竟有了孩子，便是有了保障。她害怕的是，若吳采薇知道她肚裡有孩子，會對她下殺手。庶長子什麼的，何立業不在乎，但身為繼室的吳采薇肯定在意。

穆婉寧聽聞吳采薇和簡月梅要成為一家人之後，也是感慨萬分。

前一世，這兩人毫無瓜葛；這一世，居然跟了同一個男人。

不知道這一世，簡月梅會不會還像對待前世的她那樣，動手去害吳采薇。到目前為止，這一世的簡月梅還沒犯下大錯。但吳采薇也不是省油的燈，至少比前世的穆婉寧要強上許多。

兩人或許相安無事，或許激烈互鬥，但那是她們的事，穆婉寧沒興趣管，也不想知道。對她來說，上一世的恩怨已經了結，連這一世的吳采薇，也可以不必理會了。

至於方堯……何立業既然納了簡月梅，想必不會任由方堯繼續待在京城的。

果然，十二月的最後一個休沐過後，京城學政在門口的告示榜上，貼了一張告示。

渝州學子方堯，品行不端，枉讀聖賢之書，特革去秀才功名，終生不得再考。

告示一出，方堯在盛京裡再也待不下去，連租房子給他的人，都來要求他們母子離開，更不要說，還有何立業的警告。

「三日內離京，不然，你就別走了。」

方堯無奈，只能與方母收拾行李，拖著挨打後還沒有痊癒的身體，找了個清晨人少的時候，離開盛京城。

出了城門，方堯留戀地看了盛京高大的城樓一眼。

想當初他進城時，何等意氣風發，有著大好的宰相府的婚事，有著高中秋闈的雄心，還有一個溫柔貌美、懷著他孩子的表妹。

如今，卻只剩一身的傷痕和污點，還有母親的嘮叨。

「我怎麼就生了你這麼個廢物，你要是能有五分，呸，有一分像你爹，也不至於淪落到這種地步。」

方母嘮叨別的還好，方堯都能忍，唯獨忍不了的，就是拿他跟父親比較。

「我不像爹？我若不像他，怎能在十四歲中秀才。倒是妳，非要我來京城提親，還非要我今年赴考，不然，按我的打算，等到下一屆再考，把握大些。到時中了舉人，聘表妹為正妻，在渝州不知過得多好。現在倒好，說是回渝州，可渝州哪裡還有我們的安身之地？」

「怪我？當初是誰聽說了親事，便滿腦子吃喝玩樂，不思進取。但凡你能多讀些書，又怎麼會被穆家人瞧不起？都說養兒防老，可憐我辛辛苦苦把你拉拔大，最終卻落得無家可歸的下場。」

方母越說越氣，看著方堯臉上還沒褪下去的瘀青，更是氣不打一處來，抬手便打。「有能耐，你去跟別人橫。在外面挨了打，倒是跟老娘厲害起來了。」

方堯本就氣憤，又被打疼了，便伸手推方母一下。

方母一個沒留神，被方堯推倒在地，腳也扭了，頓時坐在城門外大哭起來。

這一哭，來往行人都往他們看去，方母倒是可以閉著眼睛哭，方堯卻是滿臉尷尬，加上他一身的傷，難免讓人指指點點。

「這人莫不是在外面挨了打，拿母親出氣，嘖嘖。」

方堯氣得想吐血，但這會兒和路人爭辯沒用，只能上前想扶起方母，趕緊走開。

方母沒理他，撒起了潑，把這些天受的氣全衝著方堯發出來。

這下看熱鬧的人更多了。

就在方堯拿方母沒辦法時，一個頭戴灰斗笠的男人走了過來。

「這位兄臺，令堂這是傷了腳嗎？小弟會些醫術，要不要幫忙看看？」

方堯正焦頭爛額，一聽有人主動替他解圍，如同看到救星，立刻應道：「正是，家母傷了腳，一時疼痛難忍，還望這位兄臺幫忙看看。」

男人蹲下身，握住方母的腳，輕輕一扳，就把扭到的腳扶正，然後看向方堯。「令堂的腳需要上藥，小弟的馬車不遠，就在那邊。不介意的話，便隨在下過去一趟。」

方堯巴不得趕緊離開這裡，立刻道：「好好好，兄臺真是醫者仁心，在下謝過。」

方母看男人衣著樸素，卻甚有威嚴，一時不敢再撒潑，任由兒子扶起她，跟男人走了。

方堯用沒受傷的左手勉力攙著母親，右手挽著包袱，跟著男人走到不遠處的馬車旁。

上了馬車，男人先是幫方母上藥，然後又看向方堯。「這位兄臺的手，想必是最近才受傷的吧，不如也讓我看看？」

提到這個，方堯的臉色便白了一分，不由縮了下。

手是何立業為了逼他出京，硬生生折斷的，傷得不怎麼光采。

見方堯猶豫，男人當即一拱手。「在下白祥，剛過而立之年。看這位賢弟年紀不大，就自稱一聲愚兄了。

「愚兄家裡世代行醫，對跌打損傷頗有心得。所謂相逢即是有緣，不如讓愚兄看看，也算與賢弟結個善緣。」

對方既自報了家門，方堯不好不言語，當下也報了名姓，稱對方一聲兄臺。

能治手是好事，但無事獻殷勤，非奸即盜。這半年來，方堯在盛京沒少吃虧，一時不敢放鬆警惕。

正猶豫時，方母見兒子不說話，著急道：「我兒是歡喜得傻了，這位小神醫趕緊幫我兒看看吧。」

「神醫不敢當，賢弟請把手遞給我。」

方堯只好伸出手。

白祥用手輕輕摸摸方堯右手的斷骨處。「兄臺不必擔心，骨頭雖斷，但有我祖傳的藥膏，再輔以夾板，不出一年，必能恢復如初。」

方堯微微嘆口氣，恢復如初又如何？沒了功名，這輩子當官無望。

「不知何人對兄臺下如此狠手，這手腕可是被生生折斷的啊。」

這一問，方堯再次想到斷骨之痛，臉上又是一白。

方母立即道：「還不是那個何立業，堂堂禁軍副統領，居然濫用私刑。」

方堯本想制止，可斷骨之痛實在太痛，他心裡也恨極了何立業。

方母當著白祥的面，把何立業罵了個狗血淋頭，把他說得跟人間惡魔一般。

白祥滿臉震驚。「素來聽說盛京城軍紀嚴明，武官都是萬裡挑一的人物，沒想到竟是如此卑鄙小人，真是可惜了兄臺這樣大好的學問與前程。」

若沒有這半年穆家兄弟的比較，方堯興許就信了這番話，當下只自嘲笑笑，並未多言。

但方母不這樣覺得，雖然面對方堯時，嘴裡沒一句好話，但聽到外人誇兒子，馬上得意起來。

「誰說不是呢，我兒十四歲就中了秀才，他爹還是那一科的狀元。要不是穆家狗眼看人低，暗中使壞，如今高中解元的，怎麼會是穆鴻嶺，必是我兒才對。」

「穆家？可是宰相府？他們連科考也敢徇私舞弊？」

「他們嫉妒我兒的才華，才使那些骯髒的手段。」

白祥搖搖頭，一臉痛色。「賢弟，你這……唉，真是太可惜了。你這樣的人才，離了盛京城，豈不是明珠蒙塵？」

見方堯不說話，白祥又道：「如今也不怕告訴賢弟，此次愚兄進京，正是為了替一位貴人治病。那貴人早年習武，傷了根本，如今才開始習文，聽說他缺一位西席，方賢弟這樣好的學問，必能勝任。」

方堯知道自己沒多少墨水，卻也被捧得飄飄然，不過生怕自己露餡，不敢貿然答應。

白祥看出方堯遲疑，道：「方兄可是擔心酬勞？放心，那位貴人出手闊綽。而且他早年習武，文章讀得少，如今欠缺的只是一個領路人而已。」

一聽對方學問不怎麼樣，方堯放心了些，再加上方母慫恿，遂點頭答應下來。

當下，一行人再次入城。

守城的官兵看見方家母子，有些狐疑，剛剛出城不久，怎麼又回來？

但無論白祥還是方家母子的通關文牒都沒有問題，也就放行了。

方家母子返回盛京，這事除了過往路人有個印象，其餘並無人知曉。

連一直關注京中動靜的風字頭暗衛，也沒有注意。

此時，眾人心思都放在即將到來的新年上。

這一年，蕭長恭尋回幼弟，又多認了個妹妹，過年不會只有自己一人了。

穆婉寧經歷得更多，重生後的日子，幾乎每一天都精采萬分。

她重新找回祖母、父親的疼愛，阻擋了方堯的騙婚，又開了狀元齋和新淨坊。最重要的，是遇見蕭長恭，她不必為了報仇，拿自己的後半生當賭注。

有了希望的新年，比過去的每一個新年，更讓人期待。

第五十六章　過年

大年三十，穆鴻嶺一大早就被弟弟、妹妹們圍了起來。

「大哥，我的清黎院還少一副對聯呢。」說話的是穆安寧，手裡拿著的，是早已備好的紅底灑金對聯紙。

「大哥，我要個福字。來年我要考武舉，第一個福字的好兆頭得給我。」此時出聲的，是過年也一身武人打扮的穆鴻漸。

穆安寧立刻接話。「我要出閣呢。二哥今年考不好，還有下一次，我可就嫁這一回。」

穆鴻漸眼睛一瞪。「妳才考不好。」

穆婉寧不理兩人的爭吵，擠到穆鴻嶺身邊，抱住他的胳膊。「今年大哥還要考春闈，先寫狀元齋的對聯，最吉利不過，預祝大哥高中狀元。」

穆若寧最小，擠不進去，看著與她同在後面的穆鴻林，拉著他的袖子不住地搖。

「五哥，我也想要大哥的第一幅字，你幫我想想辦法。」

穆鴻林臉上帶笑，眼珠轉了下，當即抱起穆若寧，大喊一聲，往裡面擠。

「尊老愛幼，小的先來！」

穆若寧樂得喜笑顏開。「對對對，我最小，第一幅字要給我。」

穆鴻嶺笑盈盈地看著幾個弟弟、妹妹。他喜歡安靜，但此時眾人你一言、我一語的，竟完全不覺得吵鬧，只覺得哪個都好，哪個都想給。

可是第一幅字，該給誰呢？

這時，穆鼎走進正廳。因為今年穆鴻嶺中了解元，因此穆鼎特意讓他一大清早就坐在正廳，幫家裡人寫對聯、寫福字，既是慶祝，也是讓家裡人沾沾喜氣。

不過沒想到，第一幅字竟然搶得這麼激烈。

「都別鬧了，第一幅字，你們誰都別想要，我要拿去貼在大門上。」

老爹發話，不敢不聽，眾人也只是在過年時鬧上一鬧，活絡氣氛，聽到這個安排，立刻叫好。

穆婉寧手一伸，把墨條捏在手裡。「我幫大哥研墨。」

穆若寧一聽，趕緊搶過鎮紙。「我替大哥鋪紙。」

穆安寧離筆架最近，拿起最大的筆。「我給大哥潤筆。」

穆鴻漸和穆鴻林對視一眼。「那我倆只能去門口貼字了。」

穆鴻嶺哈哈大笑。「有弟妹們幫著，我定要寫好這個字。」

片刻後，穆婉寧的墨研得差不多，又在墨汁中加入提前磨好的金粉，再次研了一會兒，讓墨汁與金粉混合均勻。

穆安寧把那枝最大的毛筆用清水潤開，又拿自己的帕子按去多餘的水，才交給穆鴻嶺。

一張灑金的大紅紙鋪在桌上，穆若寧乖巧地用鎮紙壓住兩邊。

穆鴻嶺提筆蘸墨，屏氣凝神，盯著紙看了一會兒，然後筆走龍蛇，一氣呵成。

穆鴻嶺寫完，眾人擠過去瞧。穆婉寧對書畫鑑賞並不在行，也覺得既有氣勢，又好看。待到墨乾，穆鴻漸與穆鴻林把福字拿給穆鼎瞧，穆鼎頻頻點頭。「我兒此字，足以掛在宰相府門前了。」

福氣寫完，就是對聯。弟妹們輪流上前，讓穆鴻嶺寫字。

好不容易把他們的寫完，王氏也讓人來催字，一同來的，還有周氏身邊的張姑姑。

穆鴻嶺活動了下手腕，趕緊把祖母與母親的寫出來。

剛寫完，穆婉寧便殷勤上茶。「大哥辛苦了，稍後可別忘了我的狀元齋和新淨坊。」

穆鴻嶺接過茶盞，抿了一口。「忘不了妳的。」

結果，茶還沒喝完，管家就從外面進來了。「大少爺，住隔壁的戶部尚書前來求字，還有同一條街的禮部尚書。」

大齊習俗，過年時有向興旺的府邸、鄰居求字的傳統，意為沾福氣。今年穆鴻嶺考上解元，許多府邸都來求字。

當然，穆鴻嶺的字寫得好，也是很重要的。

穆鴻嶺只好提筆再戰。

而且，既然是沾福氣，那得一視同仁，來者不拒。漸漸地，連住附近的平民，也有人大著膽子來求字了。

這下可不得了，穆鴻嶺越寫人越多，穆婉寧都磨掉了三塊墨，一問之下，府外居然還有人等著。

王氏一看，這麼寫，寫到晚上也寫不完，豈不把她兒子累壞了，便親自到大門口去攔。

「不寫了，不寫了，再寫下去，人都累壞了。」

不過說歸說，大過年的，畢竟不好掃興，王氏命人備了些瓜子、糖果，送給鄰居，也算是大家同喜了。

清兮院裡，穆婉寧把穆鴻嶺寫的字捲好，加上自己寫的，交給雲香。

「之前準備好的東西，都送去了吧？」

雲香笑道：「送去了。這會兒將軍、小少爺還有小六妹，怕是已經用上了呢。」

穆婉寧還未出閣，不需要送年禮給蕭府，因此便給蕭長恭、蕭長敬和蕭六妹各做了一對暖袖。暖袖上還繡了一叢竹子，算是對過去的紀念。

至於蕭長恭，穆婉寧生怕他吃醋鬧彆扭，他的那份，精心繡了一圈獠牙紋飾，看起來比蕭長敬的要高級不少。

另一邊，蕭長恭收到暖袖後，翻來覆去地看，心裡歡喜。瞧了蕭長敬那份後，更是直接笑出聲，不僅立刻戴上，還故意在蕭長敬面前晃了兩圈。

「幼稚。」蕭長敬一臉鄙視。

「我高興。」蕭長恭一臉得意。「誰叫你不急著議親，氣死你。」

「懶得理你。六妹，走，跟哥哥貼對聯去。」

蕭六姝剛想答應，就被蕭長恭舉起，穩穩地托在肩上，又往她的手裡塞了個暖爐。

「我扛著妳，省得仰頭久了，脖子累。」

「哥哥的哥哥最好了。」

到了大門口，蕭六姝手持暖爐，歪著頭指揮蕭長敬。

「哥哥，再往上一點。不對，多了，再下一點。又多了，再上一點。」

蕭長敬被蕭六姝折騰半天，好不容易貼完，結果下梯子一看，兩邊對聯還是一高一低，只好趁著漿糊沒乾，重新貼一遍，又見蕭長恭滿臉笑意地站在那裡，簡直氣不打一處來。

「大哥，你是木頭樁子嗎，就不知道幫幫忙。」

蕭長恭可不管蕭長敬高不高興，扭頭看向坐在他肩膀上的蕭六姝。「只要六姝覺得好，我就覺得好。」

蕭六姝歪著頭。「我看明明就是平的嘛。」

蕭長敬只能認命地繼續重貼對聯。

蕭安在一旁笑得眼睛瞇成一條縫。若是往年，對聯貼得不齊，他可是要發火的。但今年，這些都是小事，任由他們兄弟折騰去，他只管笑咪咪地看著。

只要祭祖時，兩兄弟都在，就是最大的齊了。

「將軍，穆姑娘送福字來了。」

蕭長恭一聽，放下蕭六姝，伸手接過，展開一看。「的確是好字，貼到我院子裡。」

下人略有遲疑。「將軍，穆姑娘說了，這幅字是送給小少爺的。」

蕭長恭立時不高興了。

下人打了個冷顫，聲音有點抖。「穆姑、姑娘說，這幅字是穆府的大少爺所書，用來給小少爺沾喜氣的。」

蕭長恭的臉都黑了。

「這、這幅，是穆姑娘親自寫的。」

蕭長恭一把接過，臉上如春風化凍一般。「咳，那你不早說。穆鴻嶺字好、學問好，當然是掛在小少爺那裡，讓他多學著點。」

穆婉寧的字，也算中規中矩，但比起穆鴻嶺，差的就不是一星半點兒了。

不過，好不好得分人看，蕭長恭可不嫌棄，開開心心地道：「婉兒的字越發好看了。」

蕭長恭把字捲好之後，看向蕭六姝。「穆姊姊送福字來了，六姝跟哥哥的哥哥一起去貼好不好？」

蕭六姝仰起小臉，露出幾顆不太整齊的牙齒，甜甜地道：「好。」

年夜飯當然是指晚飯，但對於蕭府和穆府來說，兩府的當家人都要進宮陪皇帝過年，因此，午飯就算是全家的團圓飯了。

皇帝只留宮宴，但宮宴結束時再返家，已經來不及吃飯，只能守歲。

穆府人齊聚，周氏也一改去年病懨懨的樣子，坐在主位上，滿臉的笑意。

今年王氏對於庶子女們的印象改觀不少，加上初一祭祖時，就要把穆婉寧記在她的名下，因此特意吩咐下人，給六個孩子各做了套一樣的衣服。

穆鴻漸本不願意穿長衫，他更喜歡武人的打扮，但看到三個妹妹穿成一樣地站在那裡，端的整齊又好看。

扭頭看看哥哥和弟弟，想著三兄弟一起穿，應該也很不錯，他就乖乖地去換衣服了。

周氏面前，穆鴻嶺帶著兩個弟弟站在一起，穆安寧則帶著兩個妹妹，從衣服款式到料子，再到髮簪、配飾，全都一模一樣。

六個孩子長相都出色，眉眼間又相似，看得周氏喜笑顏開。

「好，好，好，這才是整整齊齊一家人。」

孩子們一起行禮。「給祖母拜年。」

「來來來，到我這兒來領壓歲錢。」

穆鼎心裡也滿意，他的正妻今年總算開竅，懂得一視同仁了。

蕭府裡，雖然比不得穆府一大家子，只有蕭長恭三兄妹，但比起往年，已是好太多了。

蕭安站在一旁，看著兄妹三人吃飯，一時間鼻子發酸，紅了眼眶。

「老爺，夫人，您們可看到了？小少爺回來，大少爺也平安無事，您們可以放心了。」

蕭長恭看著與他面容越發酷似的蕭長敬，想到自甘州城破，十年來，每年過年，都是他最痛苦的時候。

雖然父母不能復生，幸好平安無事找回弟弟，還帶來一個聰明可愛的妹妹，也算圓滿。

蕭長敬的感觸不如蕭長恭深，但想到自義父死後，他與蕭六姝經歷千辛萬苦，才走到了盛京，和蕭長恭相認。

如今，蕭六姝吃得好、穿得好，有人教導、有人真心愛護，後半輩子想來不會再吃苦，這樣也算不辜負義父對他的養育之恩了。

兄弟倆相顧無言，卻都紅了眼眶。

蕭六姝撲到蕭長敬懷裡。「哥哥，我想爹爹。」

蕭長敬差點沒忍住眼淚。「六姝乖，哥哥也想。明天給義父上香時，咱們多燒點紙錢，讓他在那邊也吃好穿好。」

蕭六姝乖巧地點點頭。

蕭長恭也開口道：「吃飯吧，明天咱們多燒點，一定燒得旺旺的。」

京城的另一邊，一處隱蔽的院子裡，方堯卻是撲通一聲跪在地上。

「小人方堯，願為臺吉效犬馬之勞，赴湯蹈火，萬死不辭。」

接受方堯跪拜的，是一位體格極壯的壯漢，穿的雖是大齊衣服，卻給人一種不倫不類的感覺。尤其他的面相，鼻高眼深，看人時自帶一種凶狠之氣。

早在方堯看到壯漢的第一眼時，就看出來，他是個北狄人。

北狄與大齊交戰多年，一個北狄人卻深居簡出地藏在盛京城中，目的怕是不單純。

而且，方堯還聽到白祥管這個人叫臺吉。臺吉，正是北狄人對皇子的稱呼，與漢人稱殿下是同樣的意思。

方堯幾乎沒有猶豫，就對壯漢跪下。他是漢人，可他既未見過漢人皇子，他們大概也不會給他官做。

若是北狄皇子，在盛京城中，說不定有用得著他的地方。只要能立下幾件功勞，能給他官做，就算去北狄，他也願意。

方堯的跪拜讓壯漢頗感意外，隨即得意起來。

白祥剛給他帶回一個能探聽消息的細作，這細作竟然就倒戈了。

這分明是被他的風采所傾倒，白刺那小子能有這樣的氣度嗎？不知父王怎麼就看上了那個廢物。

北狄國主的位置，只能傳給他才對！

這壯漢正是北狄國主的長子，也是太子——白棘。

「你倒是識相。只要你幫著本王做成事，等到日後奪了天下，封你為開國功臣，也不是不可能。」

這話說得有點大了，旁邊的白祥聽了，微微皺眉，心裡再次感嘆，白棘除了力氣大點，還真沒什麼長處。

方堯一個趔趄，三年前北狄丟了甘州城，一年前又被大齊大敗，結果這人現在張口就要奪天下？還是先奪王位吧。

不過，有這個雄心壯志也好，說不定日後他就是開國功臣呢。

「不知臺吉有何計劃，小人好為臺吉出力。」

白棘雖然自大，但也沒自大到對著一個剛剛見面的人和盤托出自己的計劃。

大齊人狡猾得很，不得不防，先打探些消息才是上策。

不過，問的問題，又讓白祥皺眉。

「我且問你，你可去過皇宮？禁軍的防衛部署、換防，你可知曉？」

方堯一滯，這北狄的皇子還真是……異想天開。

皇宮的防衛部署，說是大齊的機密也差不多，他一個秀才哪裡知曉。

「嗯……臺吉有所不知，禁軍直接聽命於皇帝，布防調動都是機密，小人實在不知。」

「哼。」白棘沈了臉色。「你說要效忠，就是用不知道效忠的嗎？」

方堯趕緊跪伏在地。「臺吉恕罪，臺吉所問之事，實在是大齊的機密，小人並非有意隱瞞，確實不知。」

「那，蕭長恭府裡呢，有多少人、多少護衛？你能不能混進去？」

方堯又是一頓，蕭長恭被當街刺殺兩回，鎮西侯府防得跟鐵桶差不多，他哪混得進去？

「這……小人也不知。」

「那皇帝什麼時候會出行，平時最愛待在哪裡，如何潛進皇宮，你可知曉？」

方堯對眼前人絕望了，當皇帝是街頭賣菜的，什麼時候出門，還會告訴他一聲不成？

「小、小人也不知。」

白棘鏘地把腰刀抽出一半。「你敢耍我？」

「小人不敢，實在是不知啊。」

白祥上前一步，用眼神示意白棘冷靜。若是能選主子，他真不想選白棘，剛剛那幾個問題，問得實在太蠢了。

要是隨便找個人就能問出這些事，他們有必要在盛京城裡躲上兩個月嗎？

對於白祥的勸阻，白棘心裡不爽，但還是聽的。此人是他父皇白濯派給他的，雖聽命於他，但這次行動能否讓白濯滿意，還要看白祥如何稟報。

「好吧，那我問你，我要刺殺皇帝，你能為我做什麼？」

雖然已從剛剛的問話聽出這意思，但白棘這麼直白地說了，還是讓方堯嚇一大跳。

皇帝死不死，方堯並不在乎，皇帝老兒不也沒管他的死活？可刺殺皇帝這麼大的事，眼前的人直接就說出來，若是不成，他豈不是隨時可能被殺人滅口？

白棘看到方堯不說話，把腰刀全抽出來，搭在方堯的脖子上。「本王不收無用之人，你若不能助我，就不必活著了。」

刀鋒輕輕往前一探，方堯的脖子上感到一絲涼意，溫熱的血隨即流下來。

方堯差點嚇得尿褲子。「小、小人……」感覺脖子上的刀更入肉一分，胯下立時濕了。

「想到了，小人的表妹的父親的哥哥是管皇帝車駕的，皇帝要是出門，一定會讓他們提前準備，臺吉不妨去問問他。」

白棘眼睛一瞇。「你是要我親自去問？」

「不，是小人失言，小人願為臺吉效勞，親自去問。」

白棘輕哼一聲，收了刀。「這還差不多。」

方堯看到刀子還鞘，這才鬆口氣，癱坐在地上。

白棘瞥見方堯身下的水漬，嫌惡地道：「大齊人真是廢物。滾。」

「是。」方堯正要起身往外走，卻又被叫住了。

「擦乾淨再出去。」

方堯心裡是滿滿的屈辱，又害怕白棘再抽刀砍人，只得跪在地上，用衣袖擦乾地上的尿漬，才退出屋子。

一出去，方堯就被人用刀指著，趕進一間空屋，鎖了起來。

方堯並未看到方母，但此時也顧不得別人。戰戰兢兢地等到晚上，有人給他一碗飯，吃過後，恐懼消退，心思又活泛起來。

現在身陷險境，但回報也高，只要幹好這一票，飛黃騰達指日可待。

屋裡，白棘看向白祥。「你覺得這人說的是否可信？」

白祥沈思一下。「屬下覺得還是可信的。之前屬下認真觀察過這個人，雖是讀書人，但做事沒什麼底線，一心想攀附權貴。只要我們許些好處，便會死心塌地為我們賣命。」

方堯之所以被白祥盯上，當然不是平白無故的。無論之前與穆府的事，還是之後簡月梅離家的事，都鬧得不小，還有學政那一紙告示。

不過，白祥沒想到方堯這麼沒用，沒指望他知道皇帝的事，但連禁軍的動靜也不曉得。

自己的女人都被搶了，卻連對方的背景都不知道。情急之下，連表妹的父親的哥哥那麼遠的親戚都扯出來，難怪這人混得這麼差。

對於白祥來說，這一趟潛入盛京城，刺殺皇帝的希望實在太渺茫，還是刺殺蕭長恭更實際些。

但白棘聽聞蕭長恭辭了西北大營統領之職，已經是一個閒散的侯爺之後，就對蕭長恭失去了興趣，一門心思地想刺殺皇帝。

對他來說，殺掉蕭長恭並不足以保證上位，唯有成功取了大齊皇帝的性命，回去之後，白濯才可能傳位給他。

不然，用不了幾年，他這個太子之位，就要拱手讓給弟弟白刺了。

白棘陰沈的目光中閃過一絲焦躁。「禁軍的事他不了解，只知道管車駕的，若那狗皇帝不打算出宮，怎麼辦？」

這話，白祥也沒辦法回答。

見白祥不出聲，白棘更加不耐，狠狠地一捶掌心。

「要我說，乾脆今夜潛進去。今天不正好是他們漢人的新年，說不定宮中防備鬆懈，有可乘之機。能一刀殺了那個狗皇帝當然好，就算被發現了，咱們還有免死金牌，也不怕。」

白祥心裡煩躁，刺殺皇帝是多大的事，居然要靠「說不定」來做？

再者，真當大齊皇宮跟甘州城的村落一樣，說血洗就血洗？

「臺吉切莫急躁，那免死金牌未必管用，萬一那狗皇帝不顧那些平民的命，難道臺吉真願意折在這裡？您可是要繼承大統的人。」

一提到大統，白棘勉強有了點耐心。「那你說怎麼辦。」

「依我看，還是讓方堯指認那個管車馬的，然後屬下親自去見。若能收買，自然是好；若是不能，咱們在他那裡安排人盯著，一旦皇帝有出行的打算，好立刻知曉。」

「只能這樣了。」

第五十七章 拜年

大年三十，皇宮內張燈結綵，處處都透著喜慶氣氛。

皇帝攜皇后坐在主位，旁邊是各個妃嬪，下面是品級高的文武群臣。蕭長恭和穆鼎分別坐在文武兩邊，陪著皇帝、皇后飲酒看舞。

不過，蕭長恭眼睛看的是領頭舞姬，腦子裡想的卻是穆婉寧。

不知道穆婉寧會不會跳舞？應該不會。世家女子，琴棋書畫、針黹女紅都要學，卻是不學跳舞，只有教司坊的姑娘們才會學。

現在不會也沒什麼，成親之後，找個舞姬上門教教穆婉寧，讓她單獨跳給他看。

若是未來穆婉寧也能穿著輕紗長袖，舞動妙曼身姿，只跳給他一人欣賞，那該是多麼香豔的場景。

想著這些，蕭長恭看向舞姬的眼神，便有些迷離了，酒杯抵在嘴上也忘了喝。

蕭長恭這動作持續得久了，被人注意到，尤其是坐在他斜對面的穆鼎。

穆鼎氣得不得了，雖然蕭長恭府裡沒有通房什麼的，讓他很滿意。但看到蕭長恭這樣色迷迷地瞧著舞姬，心裡實在不爽。

當下，穆鼎輕咳一聲，狠狠地瞪了蕭長恭兩眼。

蕭長恭想得正開心，猛然間覺得有股寒意，一扭頭，瞧見未來的老丈人正臉黑如鍋底地看著他。

「咳咳！」蕭長恭一時間以為自己的心思被老丈人發現了，嚇得一吸氣，被嘴裡的酒狠狠嗆了一下。

坐在高位的皇帝早把蕭長恭的表現和穆鼎的眉眼官司看了個清楚，心裡覺得好笑。

這男人啊，都喜歡自己三妻四妾，但女婿敢動半個非分的念頭，當老丈人的，立刻就不高興了。

以後哪個不長眼的敢在娶了六公主後，還想納妾，他就打斷那人的腿。

想到這裡，皇帝笑了一下。「長恭征戰沙場多年，也算少年將軍了，沒想到見到岳父，也是會緊張的啊。」

蕭長恭趕緊起身。「當然要緊張的。若把治理國家比喻成打仗，長恭頂多能做個帶頭衝鋒的卒子，穆大人才是沙場宿將，而陛下是真正的主帥。卒子見了宿將，當然緊張。」

蕭長恭說完，靦覥地衝穆鼎笑了下，臉上染上一層微微的酡紅，整個人竟露出些許少年人的青澀來。

穆鼎看著蕭長恭的做派，啞然失笑。

都說蕭長恭是戰場上的殺神，實難接近，可是最近一段時日相處下來，穆鼎發現，這個準女婿平易近人，所有的冷酷氣勢，其實都因為那張面具。

現在，蕭長恭不戴面具了，本性逐漸顯現出來。

皇后看向皇帝。「沒想到蕭將軍如此英俊，又如此嘴甜，選來當女婿真是再好不過。可惜陛下早已作了媒，不然妾身真要向陛下討個賜婚的旨意呢。」

皇帝哈哈大笑起來。

此時，承平長公主也在宮宴中，她與皇后不睦，聽到皇后提及賜婚，心裡更是彆扭。想到這兒，承平長公主又看了守在殿門口處的何立業一眼，心裡微微一嘆。

單看何立業，也算不錯，容貌堂堂，頗有氣勢。奈何，人與人之間最怕比較，看過蕭長恭之後，再看何立業，就有點不夠看了。

歌舞之後，宮宴過半，皇帝、皇后又勸了幾輪酒，再次接受群臣的朝拜，便回了後宮。後宮之中，自有皇帝的家宴。

臣子們也互相告別，回家守歲。

蕭長恭特意走到穆鼎身邊，落後半步，滿臉笑意，道：「給岳父大人拜年。」

雖然剛剛蕭長恭表現得不錯，但穆鼎想到蕭長恭看著舞姬的樣子，心裡還是不舒服。

蕭長恭知道未來的老丈人誤會了，可是，總不能說他剛剛想的是穆婉寧吧。畢竟穆婉寧一未及笄，二未過門，現在想，的確有點出格。

於是，蕭長恭只能亦步亦趨地跟著穆鼎，那小心的模樣，像極德勝跟在皇帝身邊的樣子。

這一幕，讓不少大臣打趣穆鼎，尤其是鐘大人，兩朝元老，說起話來更隨意些。

「都說一個女婿半個兒，穆大人的女兒還沒捨出去，倒是先把兒子套回來了。」

穆鼎笑得頗為無奈，扭頭瞪蕭長恭一眼。

「行了行了，少擺這副樣子。初五的時候，帶著你弟弟、妹妹來我家吃飯，就不用給你下帖子了吧？」

蕭長恭樂得直點頭，然後又趕緊搖頭。「岳父大人說笑了，小婿自當攜弟弟、妹妹去給您拜年。」

穆鼎臉上總算露出笑意，上了馬車。

送走穆鼎，蕭長恭也上了自己的車，趕回府裡與蕭長敬、蕭六妹一起守歲。

穆府裡，放了一下午煙花、炮仗的穆婉寧，跟著眾兄弟姊妹站在大門口。

「恭迎父親，給父親拜年。」

大年初一，家家戶戶開祠堂祭祖。

蕭家祠堂裡，香案之上，牌位鱗比而立；香案之下，蕭長恭跪在正中，蕭長敬帶著蕭六妹跪在兩側。

「爹、娘，長敬找回來了，您們可以放心了。我還替您們收了個義女，您們也算是兒女雙全了。六妹是個可愛孩子，若娘在世，一定會喜歡。

「我也訂親了，明年就能成親。還有，等過了年，二月中旬，長敬要去參加縣試。他在習文上頗有天賦，爹娘可要保佑他……」

祭祖本來是一年當中最重要的儀式，但蕭家沒有長輩，因此，這祭祖的儀式，硬是讓蕭長恭變成了話家常。

不過蕭長敬覺得這樣挺好的，再像他認祖歸宗時的規矩來一套，他也受不了。

蕭長恭說完，三人又給牌位磕了頭，然後走出祠堂，到了偏院。

這裡，有竹義的牌位。

蕭長恭先上了香，然後像對待父母牌位一樣，認真叩拜。

「雖然不知道您真正的名字，但您養活了長敬與六妹，蕭家就永遠有您一份香火。日後長敬與六妹的子女，也要向您叩拜的。」

蕭長敬心裡感動，對於蕭長恭來說，他本可以只鞠躬上香，不用做到這樣。

與此同時，穆家的祠堂裡，卻是莊嚴、隆重許多。

今年不只是祭祖，還有穆婉寧改宗譜的儀式。

此時穆婉寧身著新做的禮服，頭上戴著生母留下的紅寶石頭面。有了狀元齋和新淨坊的收入，穆婉寧早把這副頭面修補好了。脖子上戴的，是皇帝賜下的瓔珞。

穆安寧看著跪在牌位下的穆婉寧，要說不羨慕，那是不可能的。

從她記事起，庶女的身分就像是一個恥辱的記號，壓得她喘不過氣。

為了證明庶女與嫡女沒有不同，穆安寧無論在家還是在外面，都是爭強好勝，到了議親的年紀，更是一心想嫁入高門，成為連嫡女也羨慕的人。

如今，穆婉寧即將成為嫡女，她卻仍舊是庶女。

不過，也只是羨慕罷了。去年，穆婉寧經歷的那些事，穆安寧光聽，都覺得心驚肉跳。無論是蕭長恭揹著穆婉寧廝殺，還是來興臣作惡時，穆婉寧敢拔下簪子去拚命，穆安寧都覺得自己做不到。

最最重要的，是穆婉寧在墜馬之後，不但沒有怪她，還幫她擋了方堯的婚事。

南安伯府正式提親之後，穆安寧曾無數次回想，如果當初身分對調，她會不會幫穆婉寧謀劃、擋災？

答案是不會。

僅憑這一點，穆安寧就知道她比不過穆婉寧。

所以，當她知道穆婉寧要成為嫡女時，僅有祝賀，並沒有像以前一樣，事事都要與穆婉寧爭搶。

祭祖儀式過後，穆婉寧正式成為王氏的女兒。

穆婉寧向王氏鄭重行禮，叫了一聲娘。

王氏應聲，拿出早已準備好的鐲子，替穆婉寧戴上，微笑著扶她起來。

雖然對待穆婉寧，王氏再怎麼也不會像對待穆若寧一樣親。但之前那麼多年都過來了，哪怕王氏和以往一樣，穆婉寧也不在意。

所有人中，最激動的反而是檀香。

她是下人，進不了祠堂，只能站在外面等著，儀式進行時，著急著來回踱步。待到穆婉寧走出祠堂，向她點頭時，眼淚一下子就湧了出來。

回了清兮院，檀香直接撲進穆婉寧懷裡，哭了起來。「姑娘，真是太好了。」

穆婉寧伸手抱檀香，檀香比她小，但前一世，總是檀香去替她吃苦受罪，把她照顧得好好的。

這一世，她可以護著檀香了。口後等檀香的年紀到了，幫她找個好人家，讓她能平平安安地過一輩子。

只要她這個侯府夫人不倒，就沒人敢欺負檀香。

墨香與穆婉寧的感情沒那麼深，但這半年多來亦處得好，此時也很為穆婉寧高興。

雲香更不必說，在來興臣的事情之後，雲香徹底把穆婉寧當成了自己的主人，而不是像先前那樣，是因為蕭長恭的吩咐，才忠心於她。

這世上，能有多少千金小姐，會把奴婢護在身後，會在奴婢為她拚命時，自己也要去拚命呢？

這樣的人，值得跟一輩子。

初一祭祖後，各府開始了走動。

蕭長恭是今年的新貴，許多府邸都想與他拉近關係。除此之外，蕭長敬已經可以議親，雖然他沒什麼興趣，但提前下手，總好過讓人捷足先登。

蕭長恭本就不耐煩處理這些關係，今年更是以鍛鍊蕭長敬為由，把他推出去，自己稱病，說是戰場上的舊傷犯了，由弟弟代為打理。

蕭長敬坐在正廳主位，由蕭安幫忙，一天見了幾十位大小官員，頭都要炸了。好不容易得了空，他去了後堂，就見到蕭長恭正和蕭六妹下棋。

蕭長敬驚訝一下，蕭六妹這麼快就學會下棋了？

再仔細一看，就發現不對，這兩人根本沒按規則來，只是拿著黑白兩色的棋子，互相擺圖案。而且還嚴格遵守一人一子的規矩，看上去煞有介事。

蕭六妹看到蕭長敬進來，喊了一聲哥哥，又低頭去「下棋」了，還催蕭長恭趕緊落子。

蕭長敬心裡頓時吃味，只不過他的發火對象不是蕭六妹，而是坐在她對面的蕭長恭。

「我說大哥，你太狡猾了吧，把那些煩人的官員推給我，你倒享清閒。」

「我這不是為了鍛鍊你嗎？你和我不同，以後要在官場上混的，早點接觸沒什麼不好。我就不同了，身為武將，與各處官員越少打交道越好。」

蕭長敬立刻回敬一個大大的白眼。「我信你個鬼，你把人家百官之首的女兒都訂下了，還好意思說不與官員打交道。」

「就是因為和穆府訂了親，才更要避嫌。」蕭長恭把手裡的棋子扔回棋盒。「身為武將，能打勝仗是好事，但更要懂得收斂鋒芒。

「與穆府訂親，是鋒芒太盛，所以我主動辭了西北大營的差事；年前京郊練兵，得皇帝誇獎，現在我就稱病。我是給皇帝一顆定心丸，讓他覺得我這柄刀既好用，又不會傷到手。

「以後你在官場上行走，也是同樣的道理。你的能力很強，又有我當靠山，難免會讓人心生忌憚，生怕被你取而代之。到時你去做事，就會有人為難你。

「所以，如何展現能力，又不讓人覺得你鋒芒太過，就是你要多多思考的了。」

蕭長敬被蕭長恭這番話說得愣住，原本他真以為蕭長恭不過是為了偷懶，才稱病的。沒想到，背後竟然有這麼複雜的心思。

「你……這樣，不累嗎？」

蕭長恭瞥他一眼。「當年父母俱亡，消息傳來的第二天我便沒了家。如果沒有你，便也罷了，但你當時那麼小，還流落在外。

「我不多想些，蕭家就沒有重振的可能，即使把你找回來，你也一樣是罪臣之子。那我找你回來幹什麼，陪我吃苦受罪嗎？」

蕭長敬心裡湧起一絲怪異的感覺，剛剛他是……感動了嗎？

可是再看蕭長恭，說完這些，便把蕭六姝抱在懷裡，從盤子裡揪下一顆葡萄給她。

「來，六妹，吃葡萄，這葡萄可是從好遠好遠的地方運來的。」

當下蕭長敬覺得，什麼感動，不可能的，這人就是懶。

不過，想歸想，蕭長敬還是回了正廳，因為下人通報，又有府邸派人上門。

蕭長敬走後，蕭六妹仰起天真的小臉。「哥哥的哥哥又在欺負哥哥了。」

蕭長恭趕緊把一粒葡萄塞進她嘴裡。「就妳聰明。」

如是幾日之後，蕭長敬溫文爾雅、進退有常的名聲，在各個高官府邸間傳開了。

蕭長敬知道後，心裡不情不願地承認，蕭長恭這個哥哥，還真是有點用心良苦呢。

大年初五，蕭長恭帶著弟弟蕭長敬和打扮得漂漂亮亮的蕭六姝，上門向穆鼎拜年。

一進穆府，蕭六姝拜完年，領了紅包後，就熟門熟路地去了後院，看那一點都不認生的樣子，根本是把穆府當成了蕭府別院。

蕭長恭有點驚訝，看向蕭長敬，蕭長敬無奈地笑道：「也就是過年這幾天在家老實些，前些日子只要不上課，她就差住在清兮院。」

蕭長恭聽了，趕緊向穆鼎抱拳。「舍妹給岳父大人添麻煩了。」

穆鼎也很喜歡蕭六姝，而且自從有了蕭六姝陪伴之後，穆若寧活潑不少，他瞧著也開心，當下便白蕭長恭一眼。

「行了，少在我這裡油嘴滑舌，去見見家母吧。」

「是，小婿告退。」

到了周氏的靜安堂，蕭六姝已經在吃點心了。穆婉寧坐在她旁邊，幫她剝瓜子。

待蕭長恭、蕭長敬行過禮，又給了壓歲錢，周氏便把蕭長敬叫到身前來，仔細打量。

「嗯，確實是像，難怪四丫頭冒冒失失地把你們留下。」

來之前，蕭長敬已經聽蕭長恭說過，周氏與他未曾見過面的祖母有幾分相似，此時聽她笑咪咪地說話，心裡也覺得親切。

「多虧了恩……穆姑娘，不然我們兄妹，現在怕是還流落在外。」

穆婉寧是他未來的長嫂，卻比他小幾個月。因此蕭長敬叫穆姊姊也不是，叫穆妹妹也不行，只能繼續叫穆姑娘。

「回來了就好。瞧瞧，還是這麼瘦，你得多吃點。現在正是長身體的時候，前面已經耽誤一些了，往後可要補回來。」

周氏扭頭看向張姑姑。「端一碗松茸肉絲粥給他。」

蕭長敬心裡溫暖。「多謝祖母。」

周氏又說了些其他的事，雖然年輕時周氏管家，也是雷厲風行、說一不二，但人上了歲數，就難免有些嘮叨了。

若是長在蜜罐裡的孩子，可能對於祖母的這種嘮叨不耐，但對於蕭長敬來說，這樣的聊天，反而更讓他覺得溫暖。

周氏拉著蕭長敬說話，蕭長恭便站到穆婉寧身邊。

「這個年過得可開心？」他已經知曉穆婉寧成為嫡女的事。

「還好，就是過年禮節頗多，不如平時自在。」

「那是自然的。喏，這個給妳。」蕭長恭說完，遞出一樣東西。

穆婉寧接過，是一根碧綠的髮簪。

「過年時閒在府裡沒事，親手磨的，就是粗糙些。」

穆婉寧笑開了花。「不粗糙，將軍親手磨的，比什麼都好。」

「可是，你怎麼會閒著沒事？」穆婉寧有些狐疑地看向蕭長恭。「你不需要應酬嗎？」

蕭長恭一臉壞笑。「我有個好弟弟嘛，知道心疼哥哥。」

穆婉寧一聽，心裡明白了七、八分，再看蕭長敬投過來的幽怨眼神，笑得肩膀抖動起來。

「對了，妳那溫泉莊子收拾得怎麼樣了？」

一提到溫泉，穆婉寧眼睛便亮了。除夕那天，接管凝泉莊的下人來傳話，說已經打理妥當，隨時可以去泡溫泉了。

想到上輩子心心念念的願望終於要實現，穆婉寧的心就雀躍起來。

蕭六姝聽到溫泉，仰起頭看向穆婉寧。「穆姊姊，妳去溫泉莊子時，帶上我好不好？六姝還沒泡過溫泉呢。」

穆婉寧摸摸蕭六姝的頭。「當然要帶妳啊。」

「太好了，可以泡溫泉了。」

蕭六姝的歡呼引起周氏的注意。「前兩天剛下過雪，此時正適合泡溫泉賞景。」

穆婉寧一看祖母也贊同，立刻道：「孫女聽說泡溫泉對身體很好，祖母的腿一到陰天下雨就疼，不如也去泡泡，說不定能泡好呢。」

周氏遲疑一下，答應了。「也罷，去看看也好。」

晚飯後，穆婉寧向穆鼎稟報，說要去泡溫泉。

穆鼎聽了，也來了興致。以往不是沒泡過，但都是在別人的地盤，這次莊子是自己的，自然不一樣。

於是，大年初七時，穆鼎帶著一大家子人，以及蕭六姝，向凝泉莊出發了。

第五十八章 擒賊

穆家的車隊前腳剛出城，蕭長敬後腳便騎著馬，帶著十多名護衛，以及一輛馬車，也從蕭府出發。

馬車裡的人，自然就是蕭長恭。

目的地嘛，同樣是凝泉莊。

出了城，蕭長敬一臉嫌棄地看向車內。「我是放心不下六妹，你跟來做什麼？」

「我放心不下你嘛。」

「哼。」

「如今我可是稱病之人，你不在府裡，我就得去見客，那不就露餡了嗎？而且溫泉有助於恢復身體，我早年受傷太重，到冬天時，還是得認真將養。」

說到後面，蕭長恭的語氣變得有些低沈了。

蕭長敬一凜。「你不會真有暗傷吧？」

「我有兩次是被人從死人堆裡扒拉出來，揹回去的，你說我會不會有暗傷？」

這下，蕭長敬真的緊張起來，他第一次見到蕭長恭時，蕭長恭可是威猛得狠，騎在馬上手起刀落，猶如戰神下凡。

沒想到，這樣的人居然有暗傷。

「劉大，慢點，再慢點，馬車要平穩一些。」

劉大點點頭。「小少爺放心。」

馬車裡的蕭長恭聽著蕭長敬的吩咐，露出一個得逞的笑容。之前動刀治傷，薛青河可是仔細幫他調理好身體後，才又出去雲遊，哪裡還有什麼致命的暗傷。

不過，這個誤會暫時先留著吧，最好傳到皇帝耳朵裡，身為武將，要比文臣更懂得收斂鋒芒。

馬車走得慢了，蕭長敬騎在馬上，便有些無聊。

聽蕭長恭在馬車裡睡著了，蕭長敬遂騎著馬，在官道附近溜達。

風十則跟在蕭長敬身後，他比蕭長敬稍微大些，但兩人還算同年紀，所以蕭長恭讓他在風字頭暗衛裡選護衛時，就選了風十，地位相當於蕭長恭身邊的小七。

官道周圍，都是一些稀疏的樹林，雖然沒有大的野獸，但或許會遇上一、兩隻兔子。

蕭長敬便向護衛要了一張弓和一筒箭，一邊陪著馬車慢慢走、一邊看看能不能射到獵物，這樣到莊子時，也不算空手。

他正想著，真有一隻兔子從眼前竄過去，直奔官道旁邊的小樹林。

樹林裡不好騎馬，蕭長敬便翻身下馬，揹著弓箭，貓著腰追去。

風十也下馬，不過他稍微落後些，把兩人的馬各自拴在樹上後，才跟上。

剛剛跟上，便看到蕭長敬趴在草叢裡，衝他打手勢，讓他不要作聲。

風十立刻趴下，匍匐靠近蕭長敬，順著他的目光看去。

不遠處，之前風字頭暗衛盯過的方堯正側對著他們，坐在草地上吃乾糧。他的旁邊是一輛馬車，有個人背對著他們，與馬車裡的人說話。

隨後，那人轉身過來和方堯說話，聲音很輕，聽不清楚。

蕭長敬卻是一驚，不由發出動靜，幸好風十眼疾手快，及時按住他，才沒讓對方發現。但對方還是警覺起來，和方堯坐上馬車車轅，馬車緩緩駛動起來。卻是不走官道，只在樹林裡小心穿梭著。

待馬車走遠，蕭長敬才探出頭。「你回去稟報將軍，剛剛和方堯說話的人，是北狄人，我在甘州城見過。」

「小少爺去，屬下跟著。您不會留印記，我會一路留下印記的。」

蕭長敬想了想，跟蹤潛匿這些事，暗衛做得確實要比他好，當下點點頭，回到拴馬的地方，趕去找蕭長恭。

馬車裡的蕭長恭聽到蕭長敬的稟報後，立時清醒。

「你確定？」

「確定。」蕭長敬點點頭。「那人叫什麼，我不清楚，但絕對是北狄人，或者和北狄人一夥的。」

蕭長恭沈思起來，一個北狄人出現在盛京城附近，還和本應回老家的方堯混在一起，絕對沒好事。

「所有人聽令，劉大留下看車，其他人跟我追。」蕭長恭當即下令。

「不用通知盛京城的守軍嗎？」蕭長敬不解。

「暫時還不確定他們要幹什麼，而且這會兒通知守軍，可能打草驚蛇。現在是敵明我暗，正適合跟蹤。」

蕭長恭一改在馬車裡的懶散，順手戴上面具，整個人透露出一股不容抗拒的威嚴。

蕭長敬第一次感覺到，他的哥哥，是大齊最有名的將軍。

方堯等人雖然生出了警惕，但馬車在樹林裡本就走不快，風十又跟得小心，並未讓對方察覺。

蕭長恭帶著弟弟和護衛，一行十幾人很快就找到風十留下的印記。

「一共七人，都有兵器。」蕭長恭看向身後的十餘人，又看看他們的刀劍，心裡踏實。

自從折了柴洪等人後，蕭長恭便藉著練兵的機會，拿了兵部新打造的刀劍給自家護衛。

這當然是違規的，但兵部上報給皇帝之後，卻不了了之，更沒人敢追究這事。

再加上自來興臣手裡收繳的兵器，此時蕭長恭的護衛，算是全盛京城裝備最精良的。

就算那夥人是來刺殺皇帝，他也敢帶人對上。

「等會兒追上了，我去問話，你們務必把所有人圍住，看死了。」

「是。」

很快，一輛馬車，和幾個步行的護衛，出現在蕭長恭眼前。

對方似乎也很懂行軍之道，四周都放了暗哨，不過暗哨還沒來得及出聲警告，就被抹了脖子。

蕭長恭對風十打了個讚賞的手勢。「上。」

一行人飛快把馬車包圍起來，車邊的護衛看到蕭長恭時，立時抽出藏在衣服裡的兵器。不過，他們為了隱藏兵器，沒有長刀、長劍，拿的全是匕首、短劍一類的。

蕭長恭帶來的人，全都是長刀、長劍。

一寸長，一寸強。

馬車上的方堯，看到蕭長恭時，就縮起了頭。

與他同坐在車轅上的白祥，也認出了蕭長恭，他那面具及名聲實在太過如雷貫耳。

白祥心裡大驚，暗道不好，此時遇上蕭長恭，說不定他們的計劃已經敗露了。

可是他行事一向謹慎小心，怎麼就被他們發現？難道是剛剛休息時，附近有人？

不管如何，得先化解眼下的危機。

白祥跳下馬車，臉上堆起熱忱的微笑。

「誤會了，誤會了，眾位官爺是巡山護林的吧，大過年的還要當值，真是辛苦。我們都是正經百姓，不是壞人，車裡是我家少爺，最近心情不好，來京郊散心的。」

白祥說完，從懷裡掏出碎銀。「這裡有些銀兩，眾位官爺若不嫌棄，拿去買茶喝吧，也算我家主人的一點心意。」

白祥對自己的漢話很有信心，不會露出破綻。但對於蕭長敬來說，北狄人就是北狄人，漢話學得再好，也會有些分別，足以讓他確認，白祥就是北狄人。

蕭長敬對蕭長恭點頭，蕭長恭卻想得更多。

馬車旁的幾個護衛，都不像尋常家丁，雖然看上去並不起眼，但從他們的站位、握兵器的姿勢來看，都是高手。

這麼多高手同時潛進盛京，再加上白祥這個漢人通，然後全護著一輛馬車，那馬車裡的人，又會是誰呢？

蕭長恭心裡一動，開口道：「白總管，別費力氣了，請你的主子出來吧。」

這一聲「白總管」，差點把白祥的冷汗嚇出來，因為他在北狄時，對外的身分就是白棘的總管。

白祥正想著怎麼應對時，蕭長恭忽然一個側翻，從馬背跳到地上，隨後一支箭從車廂裡疾射而出，擦著蕭長恭的身體而過。

好險！再慢一瞬，他怕是要中箭了。

蕭長恭出了一身冷汗，若非他在戰場上拚殺十年，對於生死危險多了那麼一絲敏銳，剛剛怕是就要死在這裡。

「殺！」

這一箭彷彿是個信號，馬車邊的護衛立時向蕭長恭衝殺過來。看架式，是要不惜一切代價，把蕭長恭留在這裡。

不過，他們動得雖快，蕭長恭帶來的人也不含糊，自從來興臣的事件之後，蕭長恭出入都帶足了護衛，而且都是精銳。

當下，兩批人馬衝撞在一起，拚殺起來。

喊殺聲響起的同時，一個身材極壯的人從馬車裡跳出來，舞著一對六棱實心鐵錘。

「蕭長恭，明年的今天，就是你的祭日！」

蕭長恭眼神一瞇，原來是他。

白棘不愧天生神力，一對至少二十公斤的鐵錘被使得虎虎生風。這樣的人若是在戰場上，只憑他一人，就能把敵方的陣型撕個口子。

只可惜，他遇到的是蕭長恭。

蕭長恭慣使的是厚背單刀，刀身長而刃，既能在馬上砍人，必要時還能斬馬。

這刀比白棘的六棱錘長，卻不如錘重。兩人一時間鬥了個旗鼓相當，難解難分。

白祥一看，知道大勢已去，如果白棘能一錘子砸死蕭長恭，他們還有贏的可能。現在局勢膠著起來，他們人少，早晚要落敗。

這麼想著，白祥的腳步一點一點往人少的地方移動，此時不趁亂溜走，就沒機會了。

孰料，剛走幾步，他的大腿就被一個人抱住。「白總管，你去哪兒，帶上我好不好？」

這麼一說話，立時有人注意到他們。

白祥雖然是文人，不是護衛，但既然能潛到盛京城中，自是懂些武藝的。當下，他一拳對著方堯的頭頂砸去，若是砸實了，方堯非斃命不可。

可是，白祥不過是以為沒人盯著他，其實那麼多護衛，怎麼可能漏了他。見白祥要殺人，護衛一刀揮出，逼得白祥變招，緊接著另一柄鋼刀就架在他的脖子上。

白祥嘆了口氣，他一向自詡精明，算無遺策，卻栽在親手挑回來的細作上，或許這就是天意吧。

不一會兒，除了白棘之外，其他人或是被斬、或是被俘，唯有白棘還在虎虎生風地掄著鐵錘。

看到蕭長恭對上他的鐵錘，只有暫避鋒芒的分上，白棘哈哈大笑。

「蕭長恭，想不到你也不過爾爾。三年前沒能在戰場遇見你，是你走運，今天我就在這裡結果了你！」

「哼，有病！」蕭長恭吐出這一句，虛砍一刀，便往後一跳。

「別跑，跟我……」白棘話沒說完，脖子就被套上一個繩套，緊接著又是一個，還不是同一方向。

然後，兩邊繩子一用力，白棘立刻被勒得說不出話來。

但白棘天生神力，哪怕被勒住脖子，也沒有被拉倒，反而雙手一伸，分別拽住兩條繩子，往回一拽，竟然把兩個護衛拽近幾步。

繩子一鬆，白棘便能說話了。「懦夫！有能耐咱們單打獨鬥，仗著人多算什麼本事？」

蕭長恭呸了一口。「人多不欺負人少，那叫沒腦子。來人，給我繼續套繩子。」

白棘氣得哇哇大叫，仗著神力想掙脫繩子，可是再有力氣，也架不住人多。

各人的繩子紛紛出手，把白棘牢牢套住，然後圍著白棘飛快轉圈，白棘很快就被數條繩子纏了個嚴嚴實實。

這時，任他再天生神力，也無濟於事。

白棘氣得想罵人，但剛一張口，嘴裡就被蕭長恭塞了兩顆麻核，罵聲變成了悶哼聲。

「偷偷潛入我大齊，還想單打獨鬥，你們北狄人都這麼蠢的嗎？」

回答蕭長恭的，是白棘更激烈的掙扎以及悶哼聲，還有怒視。

蕭長恭撿起白棘的鐵錘掂了掂。「都說北狄國主的大皇子天生神力，在戰場上好使鐵錘，看來你就是白棘了吧。」

這話一出，周圍人全倒抽一口涼氣，隨後眼睛裡發出光來。

乖乖，他們可是擒住了北狄的大皇子，這要是真的，那是多大的功勞？

蕭長敬也嚇一跳，望向蕭長恭。「真的？」再扭頭看支吾出聲的白棘，有點不敢相信自己的判斷。

蕭長恭哈哈大笑，把鐵錘塞給蕭長敬。「拖好了，這可是你立功的明證。」

隨後，從馬車裡搜出來一張特大的弓，和兩支嬰兒胳膊粗的特製箭。加上之前射出去的，一共三支。

「看到沒有，這弓箭也是證明。」

這時，方堯在不遠處連哭帶叫。「不關我的事，是他們強迫我的！他說他是北狄的大臺吉，要刺殺皇帝，若我不跟著他們，就殺了我。將軍饒命啊！」

蕭長恭厭惡地看看方堯。「讓他閉嘴。」

立時有兵丁一拳打在方堯的肚子上，方堯像蝦米一樣蜷縮在地上，所有的話全被打回肚子裡。

「清理一下，屍體都帶上。這是證據，務必小心，不要有所遺漏。」

「是！」眾人回答得極有氣勢。

他們都是上過戰場的，知道北狄人管自己的皇子叫臺吉。剛剛方堯喊的大臺吉，無疑是證明了蕭長恭的話。

飛快清理完後，蕭長恭和蕭長敬坐在白棘的馬車裡，看著白棘。

「臺吉躺得可還舒服？」

一刻鐘前，白棘還是坐著的，如今卻只能和粽子一樣，躺在車廂裡。

之所以說是粽子，是因為此時白棘身上少說也有十條繩子，除了頭和脖子外，其他地方硬是連個縫隙都沒留。

不，應該說比粽子還慘。粽子好歹還能看見綠葉，現在白棘連穿什麼衣服都看不出來。白棘的嘴裡還有兩顆麻核，根本說不出話，只能對蕭長恭怒目而視。

蕭長敬看看白棘，又看看放在車廂裡的大弓和箭，想起方才蕭長恭差點被射中，不由有點後怕。

「大哥，你沒事吧？」這聲大哥，他叫得有些遲疑，有些彆扭。

「沒事。戰場上生死一瞬的事多了，麻木了。」

蕭長敬不覺得蕭長恭在說實話，生死一瞬的事，豈能麻木？再想想他之前說的暗傷。

「要不……你解甲歸田吧，我替你去從軍。」

蕭長恭詫異地看蕭長敬，哪怕此時只露了半張臉，也是滿滿的笑意。「有你這句話，就夠了。」

如果不是有白棘在，他想說的，遠不只這一句。

蕭長敬也知道此時不是說話的時候，但剛剛那瞬間，話就這樣出口了。

白棘很不爽，他被捆得像個粽了，卻要看著敵人兄友弟恭。再想想他的弟弟，根本不會關心他的死活，只會一門心思奪他的太子之位。

如今他身陷敵營，他們知道了，怕是只會開心才對。

中午時，一行人趕到了凝泉莊。

門口的家丁看到蕭長恭的人，又是血、又是帶屍體的，嚇了一跳，讓他們進去的同時，也趕緊向穆鼎通報。

蕭長恭直接去見穆鼎，穆鼎聽完他的稟報後，驚得站起來。

「長恭，此事可有把握？」

「小婿雖沒見過白棘，但見過他叔叔白耀，叔姪倆確有相像之處。另外，傳言中白棘天生神力，也是對得上的，還有這個可以佐證。」

蕭長恭說著，遞上一枚戒指，戒指上的裝飾是鷹頭。

「鷹頭黃金戒，好，好，有這個，就算他不是白棘，也是北狄的大人物。此事要馬上稟報陛下，我這就去寫摺子。不，你去寫，現在就寫。」

「還是岳父大人寫吧，畢竟人在您的莊子上。」

穆鼎看著蕭長恭。「好，長恭越來越會收斂鋒芒了。另外，此事不要聲張，保密做得越好，對我們越是有利。」

「是，岳父大人放心，我的手下都是守得住秘密的人。」

話雖如此，蕭長恭還是把自己的手下聚集在一起，要他們務必保密，同時莊子裡也加強了守衛。

尤其夜裡，謹防同夥前來偷襲救人。

自從白棘被俘後，只有一句話，要求見皇帝。

蕭長恭也不為難他，除了沒有解開繩子外，吃喝都供得足足的。

甚至，蕭長恭也沒打算審白棘。這種大人物，還是交給皇帝處置，越俎代庖的事少做。

不過不審白棘，不代表不能審方堯，得問清楚，除了他們這批人，還有沒有第二批。

這一次，蕭長恭和白棘感到同樣無力，方堯只差掏出心窩子了，但確實是一問三不知。

「人都說天不生無用之人，我真是覺得，你連做壞人的本事都沒有。」

方堯已經不會臉紅了，這會兒的他只想活命。

雖然方堯一問三不知，但至少說出盛京城裡的藏身之處。蕭長恭立即讓人稟報穆鼎，然後派小七回去，調動府裡其他護衛，先圍了那間院子。

如果有人來問，先用宰相府和鎮西侯府的印信，把事情壓下來，再上報皇帝。

一切安排好之後，蕭長恭才真正放鬆下來，本想去見見穆婉寧，卻聽說下午時穆婉寧帶著蕭六妹去泡了溫泉，這會兒正在房裡小憩。

「也罷，長敬先吃飯，吃了飯，我們也去泡泡。皇家溫泉，不是那麼容易泡得到的。」

第五十九章　雪仗

凝泉莊一共有大小三個溫泉池子，大的比較靠外，劃給男人用，裡面是兩個小的，就歸女眷。

蕭家兄弟到溫泉時，穆鴻漸正在裡面泡。蕭長敬是第一次見穆鴻漸，有些拘謹，生怕穆鴻漸這種世家公子會覺得他是鄉野出身。

但很快地，他就注意不到這點了，因為蕭長恭身上真的是傷痕累累，而且看得出來，多是陳年舊傷。

這一身傷，連穆鴻漸也嚇了一跳。

「蕭將軍當真是守土衛國的好男兒，鴻漸感佩。」穆鴻漸說著，鄭重向蕭長恭抱拳。雖然他現在光著上半身，人也泡在溫泉池子裡，看起來很是滑稽，但他的語氣肅穆，竟生出一種莊嚴之感。

蕭長敬忽然感到自豪，因為有這樣一個令人敬佩的哥哥。

有了這個插曲，再加上穆鴻漸本就是外向性子，而且他要走武舉路子，便對蕭家兄弟生出一股親近感。

沒一會兒，蕭長敬就和穆鴻漸聊得開心，把蕭長恭晾在一邊。

蕭長恭自然不會在意，泡在溫泉裡，閉著眼睛想事情。

他總覺得白棘這麼輕易就被他們抓住，會有後手，再怎麼說，也是一國皇子，如此輕易地潛進來，沒點倚仗就太魯莽了。

就算白棘只長肌肉不長腦子，他身邊的人也不會這樣。雖然這些年來，聽說白濯更偏愛小兒子，但也不至於放任大兒子把人頭送給大齊。

而且，白濯一副胸有成竹的樣子，更是加重了這懷疑。

會是什麼樣的後手呢？

不管如何，他現在的任務就是看好白棘，其他的等皇帝指示再說。

皇帝收到穆鼎的摺子時，已經是晚上，看到摺子裡的內容，以及隨摺子而來的鷹頭黃金戒，覺得這個驚喜著實太大了點。

「好啊，蕭長恭這小子，總是時不時能給朕送個大禮。今夜禁軍是誰當值？」

「回陛下，是剛剛提拔上來的齊副統領，齊明遠。」

「兵部尚書的兒子？叫他來見我。」

「是。」

片刻後，齊明遠一身鎧甲走進上書房。他和何立業一樣，都是在重新整頓禁軍之後調任的，之前只能做做宮門守衛的差事。

「明日朕要出行，相信你已經知道了。現在去挑選二百名精銳軍士，連夜趕往凝泉莊，接管那裡的防衛，告訴他們，明天朕會親至，要他們做好準備。」

齊明遠有些驚訝，但還是抱拳應下。「是。」

「記住，朕會親至的事，只許告訴蕭長恭與穆鼎兩人。」

「臣明白。」

齊明遠出去後，德勝微有憂慮，道：「陛下，凝泉莊畢竟比較小，擔不得行宮之責。而且，只是抓到北狄的大皇子，何勞陛下親至。」

皇帝搖搖頭。「他們如此埋伏，朝中定有內應。朕不想打草驚蛇，要順藤摸瓜，把他們一個個都揪出來。」

與此同時，齊明遠去挑人了，他的觀察極為敏銳，皇帝如此吩咐，定是要對朝中大部分人保密。因此挑的都是平時不怎麼愛說話的，而且行軍時鉗馬銜枚，悄無聲息地出了城。

穆婉寧是晚飯時才見到蕭長恭的，聽說他們經歷了一場惡戰，還抓了重要的人物。

「將軍可有受傷？」

蕭長恭心裡溫暖。「沒有，小小蟊賊而已，哪裡傷得了我。倒是我聽說，你們下午堆了好大一個雪人，沒著涼吧？」

「沒有，有溫泉呢。」

兩人匆匆說了幾句話，便趕緊分開。畢竟還有一大家子人在，不好太過親近。

吃過飯，一群人聚在正廳裡玩投壺。

投壺不分男女，穆鼎身為一家之主，出了個彩頭，是一方硯臺。

「這方硯臺乃是上好的澄泥硯，用料講究，雕工也是上等，乃大師之作。今日，誰投壺勝出，這硯臺就歸誰。」

這硯臺的確不錯，文房四寶是讀書人家必備，穆鼎又對兒女要求甚嚴，所以這塊硯臺對穆婉寧姊妹，也是有吸引力的。

不過，這次穆婉寧沒有延續在長公主府贏得三皇子彩頭時的好運氣，五箭裡，只投中了一箭。

這次穆安寧的手氣好多了，五箭中了四箭。

不過要論最出眾的，是蕭長敬和穆鴻漸。

蕭長敬從小用石頭打鳥、打兔子，準頭非常好。穆鴻漸則是練過弓箭，準頭也是一流。而且，世家公子不會投壺，會遭人恥笑，因此穆鴻漸和穆安寧一樣，特地練過投壺。

一輪下來，兩人不相上下，對視一眼，目光裡都有鬥志，異口同聲道：「再來。」

第二輪由蕭長敬先投，只見他屏氣凝神，五箭如行雲流水般投出去，不僅五投全中，而且還是連中貫耳。

所謂連中貫耳，就是不僅一箭不空，還要分別投中壺兩邊的小耳。小耳比大壺口更細，因此更難投。

「好！」穆婉寧率先叫好。「二哥，看你的了。」

穆鴻漸不甘示弱，接過僕從遞來的箭，衝著穆婉寧揚起自信的笑容，然後同樣是五箭連投，竟與蕭長敬投了個一模一樣的，連入壺的順序都沒差，最後一箭進壺時，大廳的人都喝

起采來。

穆安寧與穆若寧叫得尤其大聲。「二哥好棒！」

「下一輪你先。」蕭長敬眼裡鬥志熊熊。

「好。」

穆鴻漸捋起袖子，一下子抓起三支箭，站在投壺的位置，深吸一口氣，然後緩緩吐氣。

就在眾人跟著鬆一口氣時，穆鴻漸瞬間出手，居然同時投出三箭。

噹啷！三箭同時落壺，分中三耳。

大廳裡的喝采聲頓時更高了。

這下，連蕭長恭都有點驚訝，這份準頭，軍裡那些神射手也未必能有。

當下，蕭長敬抱拳拱手。「鴻漸兄當真好準頭，在下自愧弗如。」

穆婉寧瞪大眼睛。「二哥有當神箭手的本錢啊。」

穆鴻漸得意洋洋。「明年武舉，我的目標就是奪魁，到時妳那狀元齋就是文武雙全。四妹妹記得答應給我的厚禮就好。」

穆婉寧立刻道：「沒問題，要是二哥奪魁，就算要天上的星星，妹妹也幫你摘下來。」

周氏笑道：「你們倆啊，一個敢說，一個敢接，越說越沒了譜。」

穆鼎也笑罵。「《武經七書》可背全了？居然敢誇這個海口。」

「這文考嘛，我是不怕的，有爹爹、有大哥，我天天沾文氣，也沾滿了啊。」

蕭長恭想到他第一次夜探穆府時，滿府人都沒發現，卻是被穆鴻漸發現，不由點頭。

「鴻漸的武藝、謀略都不錯，奪魁並非沒有可能。」

「你看，連鎮西侯都如此說了。」

一家人正歡樂的時候，下人進來稟報，禁軍副統領齊明遠求見。

穆鼎與蕭長恭對視一眼，心裡了然。「請齊副統領到偏廳等候。」

眾人聽是禁軍副統領，立刻明白有正事要辦，便各自散去。

穆婉寧臨走前，望向蕭長恭，看到他對她微笑，才放心離開。

齊明遠帶來皇帝要親至的消息，穆鼎便沒有對他隱瞞，把白棘的身分告訴他，驚得齊明遠倒抽一口氣。

當下，白棘立刻由禁軍接手，裡三層、外三層地看管起來。

待一切安排妥當之後，齊明遠看著蕭長恭直嘆氣。

「我說蕭兄，你這是走了什麼狗屎運？出來追未婚妻，都能撞上北狄的大皇子。我要有你一成的好運氣，早就升副統領了。」

「誰叫你死活不肯議親，齊伯父都要急出病來了吧？」

「他啊，他現在顧不上我，我那兩個妹妹，就夠他煩的了。」

蕭長恭不由笑了下，他和穆婉寧最初互表心意時，還是他那兩位妹妹「幫忙」的呢。

「齊家妹妹怎麼了？」

「怎麼了？」齊明遠沒好氣。「還不是因為你。自從見過你，就非要我爹以你為準，替她們找夫君，不然就不嫁。

「可是這盛京城裡，能比得過你的，也就我一個了。你說你那麼出眾幹什麼？我妹妹要是嫁不出去，成了老姑娘，我跟你沒完。」

蕭長恭哈哈大笑，心裡有點可惜，如果齊家姊妹爭點氣，說給蕭長敬倒也不是不行。

不過，蕭長恭也就是想想，要是真娶進來，妯娌之間豈不天天吵架。

給穆婉寧添堵的事，他可不幹。

一夜無話，天上紛紛揚揚下起雪來。第二天一早，整個莊子都是一片銀白。

自重生之後，穆婉寧就特別喜歡早起。這是她重生後的第一個春節，看著眼前雪景，不由想到重生前最後一個春節，檀香染了風寒去世，當時的冷，現在回想起來，還是深入骨髓。

「姑娘，您怎麼就這樣站在窗子前？快關上窗，別著涼了。」檀香知道穆婉寧起得早，此時已經收拾好自己，端了水盆進來伺候穆婉寧漱洗。

看著檀香紅潤的臉色，穆婉寧打心底感謝老天爺，能重活一世，真的是太好了。

蕭六姝起來，看到大雪也很興奮。

她不是沒見過雪，甘州比盛京更靠北，雪也更大些。但自打她記事起，竹義在冬天就會發病，她根本無心去玩。蕭長敬更是要擔起養家的責任，也不可能陪她。

但現在不同，她可以大玩特玩了。

「穆姊姊，我們去堆雪人、打雪仗好不好？」

「好。」

「還要帶上哥哥和哥哥的哥哥。」

穆婉寧聽著蕭六姝繞口令一樣的稱呼，不由好笑。「好，都依妳。吃過早飯，我們就去找他們。」

吃完早飯，蕭六姝便迫不及待拉著穆婉寧，去找蕭長恭和蕭長敬。

一進院子裡，就看到兄弟倆正在練功。即使是冬天，也只穿了一件單衣，頭上還冒著絲絲熱氣。

蕭六姝對此見怪不怪，倒是穆婉寧有些驚訝。

「哥哥，哥哥的哥哥，我們要去打雪仗，你們來不來？」

蕭長敬一向不會拒絕蕭六姝，但昨天剛剛抓了白棘，即便他不知道今天皇帝要來，也覺得此時放開去玩，或有不妥。

蕭長恭想著，反正皇帝不會這麼早到，而且白棘由禁軍看管，不用他費心，大手一揮。「都去、都去。不過，要練完功、吃完早飯才行。這叫拳不離手，曲不離口。日後妳要學什麼，也得這麼練，明白沒有？」

蕭六姝似懂非懂，點點頭。「明白了。那我也要練。」說著就跑到場中，學著蕭長敬的樣子，拉開架勢。

穆婉寧亦起了玩心，看向蕭長恭。「如果將軍不嫌棄，也教教我可好？」

蕭長恭哪裡會嫌棄，當下收了拳，讓穆婉寧走到院中，從最基礎的拳法、架勢教起。

其實練功本是枯燥的，單一個蹲馬步，一次最少要蹲一炷香工夫。但蕭長恭哪裡捨得讓穆婉寧那麼苦，因此只教動作，不求力氣。

穆婉寧努力地跟著打了一套拳，額頭上很快見了汗，臉色也紅潤不少。

「不錯，妳記住這套拳，以後每天早上打一遍，不求傷人退敵，強身健體也是好的。」

穆婉寧點點頭，覺得蕭長恭說得有道理。

她這樣想著，乾脆脫下外面的罩衣，又打了一遍，中間有忘記的，或是不準確的地方，蕭長恭就上前糾正。

穆婉寧特別喜歡蕭長恭動手糾正她的感覺，掌心的溫熱，會透過衣服，傳遞到她身上。

兩人正練得高興，便聽到周圍傳來一陣細碎的笑聲。

她一扭頭，只見蕭長敬早就收了手，正和蕭六姝坐在廊下，一臉竊笑地看著他們，連檀香、雲香的臉上，也是滿滿的促狹之意。

兩人這才發現，站得太近了，一個打拳一個扶，只差貼在一起了。

「咳，這裡，要高一點，再高一點。」蕭長恭一邊後退、一邊用指背抬穆婉寧的胳膊，不好再用掌心去托。

穆婉寧羞紅了臉，打不下去了。「那個，你們吃早飯吧，我們走了。」

雖然蕭長敬喜歡拿蕭長恭和穆婉寧開玩笑，但不代表他希望穆婉寧離開，當下低聲吩咐蕭六姝。

「讓穆姊姊留下吃飯。」

蕭六姝馬上說道：「我剛剛沒吃飽。」

穆婉寧無奈。「那妳再吃一點好了。」

「穆姊姊陪我吃。」

其實穆婉寧也不想走，順水推舟留下，坐在桌邊幫三人布菜，特意幫蕭長恭多挾了些。

一頓飯吃得蕭長恭眉飛色舞。

蕭長敬忍了一頓飯，最後還是沒忍住。「幼稚。」

「我高興。」蕭長恭也壓低聲音回了一句。

蕭六姝卻有些急不可耐，終於等到蕭長恭、蕭長敬吃完飯，便拉著兩人去了後山。

另一邊，穆鴻嶺也在穆鴻漸和穆鴻林的鼓動下出來了。

加上穆安寧和穆若寧，九人齊聚在凝泉莊後面的小樹林裡。

這裡樹木稀疏，地面開闊，正好用來打雪仗。

蕭長恭不好直接參戰，畢竟最大的穆鴻嶺也比他小四、五歲呢，遂站在一邊。「你們打，我來當裁判。」

不過分組卻是有點難分，若是男孩子一組，女孩子一組，穆婉寧這邊就要吃虧。

穆婉寧便道：「不如這樣，長敬和我們一夥，當先鋒打頭陣。大哥、二哥、五弟一夥。

我們五對三，你們也不算太虧，如何？」

穆鴻漸臉上立時露出壞壞的笑容。「我看挺好。有了蕭長敬當靶子，我就可以放心打了。」一話沒說完，一個雪球即朝蕭長敬丟過去。

蕭長敬立刻側身躲過。「居然玩偷襲，看我的！」

幾個女孩子一見開打了，立刻笑哈哈地加油，結果一個不注意，穆安寧被穆鴻林的雪團打進脖子裡，激靈打了個冷顫。

「好個穆鴻林，給我站住！」

穆安寧上了手，穆婉寧、穆若寧也加入戰局。至於蕭六妹，蕭長敬反攻時，她就握上雪團了。

穆鴻林雖是男孩子，但雙拳難敵六手，趕緊往看戲的穆鴻嶺身後躲。

穆安寧、穆婉寧哪管這個，一通雪團招呼過去，穆鴻嶺也被打了個滿身雪。

這下，穆鴻嶺不能再觀戰了，也攪和進去。眾人打得熱火朝天，時不時爆出一陣大笑。

這歡笑聲實在太大了，把待在主屋的穆鼎和偏院的周氏吸引過來。

反正出來就是玩的，穆鼎乾脆讓人擺上椅子，坐在向陽處，陪著周氏觀戰。

蕭長恭站在旁邊，卻沒閒著，指揮女孩子們圍攻穆家三兄弟。

眼看著打得差不多了，穆婉寧他們人多，但面對三個男孩子，仍是占不到便宜。

穆婉寧眼睛一轉，跑到蕭長敬身邊，壓低聲音。「找個機會，把我二哥放倒。」

蕭長敬會意，一邊打、一邊接近穆鴻漸，穆婉寧和穆安寧揮揮手，各帶一個妹妹，包抄過去。

穆鴻林剛要提醒，卻被穆安寧瞪了一眼，立刻閉嘴。

比起二哥，胞姊的威勢更大啊。

穆鴻漸也發現不對了，剛要跑，就被蕭長敬一個飛撲放倒，隨後四個姑娘一擁而上，把能抓到的雪全往穆鴻漸身上堆，當下把他堆了個嚴嚴實實。

「你們給我等著！」穆鴻漸在雪裡大叫。

穆婉寧道：「跑啊！」

四個姑娘趕緊跑開，充當主力的蕭長敬更是跑得飛快。

穆鴻漸從雪裡出來時，活像個老頭，頭髮跟眉毛全是雪。

這下，連穆鴻嶺都顧不得君子風度，站在遠處笑彎了腰，穆婉寧幾個更是坐在雪上笑得直喘氣，坐在遠處觀戰的穆鼎也笑得不得了。

穆鴻漸拍掉身上的雪，就要找蕭長敬報仇，穆婉寧卻大喊：「二哥，你已經是我們的手下敗將，就是我們的人了，要幫我們對付大哥和五弟。」

穆鴻漸一聽，對啊，找蕭長敬報仇只能欺負他一個，但要是倒戈，就可以欺負兩個，樂趣加倍。

再說，怎麼也是親兄弟，被埋的滋味，得讓他倆嚐嚐。

穆鴻林一聽，心知不妙，立刻開溜。但他與穆鴻漸站得近，哪裡跑得了，沒跑幾步，就被自家二哥抱住，按倒在地。

「妹妹們，快來堆雪人！」
不久，穆鴻林也成了老頭。
看著穆鴻林幽怨的眼神，穆婉寧笑得都沒力氣了，坐在雪地裡直喘氣。
蕭長敬和穆鴻漸對視一眼，露出一個邪惡的笑容，突地從雪地裡跳起，奔向穆鴻嶺。
穆鴻嶺早防著這一手呢，立時跑開，可他一個書生怎麼跑得過要參加武舉的弟弟和從苦日子走過來的蕭長敬？
兩人再加上緩過來的四個姑娘，一陣圍追堵截，最終還是逮到穆鴻嶺，放倒在地，一齊歡呼著把穆鴻嶺堆成雪人。
遠處觀戰的穆鼎、王氏、周氏，笑得直不起腰，穆婉寧發明的打雪仗法子，可是比他們見過的都厲害。
眼見蕭長敬最終也沒逃脫被堆成雪人的命運，周氏看看大家玩得沒力氣了，趕緊派人把他們叫回來，往溫泉裡送。
這麼玩雪，領子、袖子早已濕透，等到身上的熱勁過了，非著涼不可。
很快，四個姑娘都進了女眷的溫泉池子，穆家三兄弟加上蕭長敬也進去泡。
王氏還命人煮薑湯，一人灌了一大碗，讓他們在池子裡泡夠一炷香工夫再出來。
穆婉寧坐在溫熱的泉水裡，看著穆若寧和蕭六姝潑水打鬧，身上累極，卻是心情大好。
這樣的日子，才叫日子啊。

第六十章　倚仗

中午剛過，皇帝帶著禁軍，駕臨凝泉莊。

前院至大門處早已由禁軍接管，所有人不得隨意走動。

蕭長恭和穆鼎跪在門口。「恭迎陛下。」

「平身。兩位愛卿不必客氣，朕此番前來，倒是給你們添麻煩。」

穆鼎道：「臣等為陛下盡力，乃是本分，陛下此話折煞臣等了。」

皇帝由穆鼎引路，進了正廳，隨後便將白棘押上來。

此時白棘雙手雙腳全是鐵鍊，由四名軍士拽著，以防他暴起傷人。

白棘看到皇帝身上的龍袍，不由冷笑一聲。「想不到我白棘還有幾分薄面，竟能讓大齊的皇帝親自前來。」

皇帝卻是微微一笑。「白家的俘虜可不多見，三年前帶回來的，也不過是個人頭，如今有了活的，朕自然要看個新鮮。」

白棘脹紅了臉，這分明是說他是白家的第一個俘虜，在皇帝眼中只是個玩物。

「哼，你們漢人就是油嘴滑舌。我這次來是代表我父王與你們商談換俘之事，若我能平安回去，北狄便可釋放三千俘虜。

「但凡我有任何損傷，俘虜就少一千；我若有個三長兩短，你們大齊就只能收到三千顆人頭了。」

此話一出，皇帝真是恨得牙根癢癢。當年甘州城破，北狄人在城中大開殺戒，老弱病殘被殺個精光，青壯則被拉到更北的地方充當苦力。

三年前收復甘州城時，得以換回一批大齊人，沒想到居然還有三千。

「你們也別想給我留暗傷，若我回去後查出隱疾，大齊就會再收到兩千顆人頭。」

「放肆！」

皇帝快氣炸了，沒想到白棘會拿當年擄去的百姓來威脅他。

如果他不在意百姓，直接殺了白棘，那麼北狄人定會拿此事大做文章，別說剛剛收復的甘州城百姓會失望，就是邊關，以及西北大營，也會對他不滿。

可是，若讓白棘在大齊境內這麼明目張膽地逛了一圈，然後安然無恙地回去，那大齊的臉也算丟盡了。

「還有，我每隔一天就會發送暗號，告訴父皇我還安全。一旦北狄收不到暗號，便意味著我被你們抓住，會立刻送來國書，正式提出換俘的事。

「別想悄無聲息地把這事壓下去，今天晚上就是約定發暗號的日子。明天一早，帶著國書的使團就會出發，邊關之人都會知道換俘的消息。所以，你們不必耍什麼花樣了，老老實實地拿我去換俘吧，哈哈哈哈哈。」

白棘在皇帝陰狠的眼神中被押下去，隨後皇帝看向蕭長恭和穆鼎，聲音裡透著決絕。

「你們務必想出辦法，讓白棘吃足苦頭。俘虜要換，但絕不能讓他好好地回去。」

「是。」

皇帝氣呼呼來，又氣呼呼地走，蕭長恭想讓蕭長敬在皇帝面前露個臉，都沒能辦到。

蕭長恭和穆鼎這對準翁婿雖然答應得痛快，但對皇帝的要求，都感到棘手。

如果只是折磨人，又不留傷，那還好辦，那些專職拷問的人多少有些手段。

可是，如果這麼做，即便換俘時看不出來，等白棘回去，那兩千人就完了。一刀殺了還是好的，就怕白棘拿他們出氣，虐殺了再扔回邊境，絕對會讓人心不安。

而且，要是第二天使團便啟程，從邊境到盛京，不過十日路程，就算大齊以各種理由拖延，最多拖上十五日。

這工夫，真的是太緊了。

整個下午，蕭長恭都把自己關在屋內，穆鼎同樣待在書房裡，苦思惡想。

穆婉寧不知發生了什麼事，等了一下午也不見人出來，便帶自己做的點心來看蕭長恭。

「這是怎麼了？陛下一走，你和爹爹都愁眉苦臉起來。」

蕭長恭搖搖頭，不想把那些事告訴穆婉寧，沒得讓她煩心。

不過，穆婉寧看的雜書多，那馬蹄鐵就是她無意間看到的，然後有了大用，或許她有些奇思妙想，也說不定。

「多的我不能和妳說，但妳若是有既能折磨人，又不留傷，還不讓人知道的法子，可以告訴我。」

「又要折磨人，又要不留傷，還不讓人知道？」

「對，少一樣都不行。」

「這……不可能嘛，人家都吃痛了，哪能不知道。」

蕭長恭苦笑，這個道理他也明白，可若不這樣，真只能讓白棘大搖大擺地回去了。

穆婉寧嘴上說著不可能，但腦子裡也不停地想，如何才能做到。

一時間，兩人苦思惡想，生平第一次對坐無言。

想了半個時辰，穆婉寧也毫無頭緒，先不說留不留傷，要讓人痛，還不讓人知道，根本不可能。

「馬上要吃晚飯了，我單獨炒兩個小菜給你吧。看你這樣，大概無心和大家一起吃。」

蕭長恭點點頭。「也好。」

穆婉寧帶著檀香進了廚房，問下人準備什麼食材，忽然看到了紅通通的乾番椒。

番椒，也叫辣椒，因為是從西域傳過來，因此更習慣叫番椒。

番椒曬乾後，可以保存很久，而且辣勁十足，冬天加進吃食裡禦寒，效果非常不錯。

但用來炒菜時，卻要小心，穆婉寧記得夏天時徒手切過新鮮的番椒，皮膚沾到汁水，火燒火燎了一個時辰呢。

等等，若一點點番椒汁水就能辣得手上疼痛難忍，那如果弄多一點，抹全身呢？

穆婉寧想像那滋味，打了個顫。

而且，上次被番椒辣過之後，她的皮膚並無異樣，也沒有任何傷痕。

用這個折磨人倒行，但怎樣才能讓人不知道？

穆婉寧看著眼前的乾番椒，忽然覺得有一絲靈感從腦海中閃過，卻怎麼也抓不住。

檀香看著穆婉寧站在廚房裡發愣半天，上前叫道：「姑娘？」

一連叫了兩聲，穆婉寧才回過神來。「什麼？」

「姑娘，您怎麼發愣啊，不是要給將軍做菜嗎？」

「發愣？對啊！」穆婉寧驚喜出聲，方才腦海中的念頭，終於被她抓住了。

穆婉寧抓起一把乾番椒，放入碗中。想了想，又抄起剪刀，把乾番椒剪碎，剪了小半碗之後，倒入一些熱水，剛好浸濕番椒。

片刻後，乾番椒變得濕潤起來，水也漸漸變成紅色。

穆婉寧用手指沾一點，放進嘴裡，嘶了一聲，果然很辣。

「就它了！檀香，妳提醒得真是太好了！」

穆婉寧說完，端著番椒水，興奮地跑向蕭長恭的院子，留下滿臉莫名其妙的檀香。

穆婉寧風風火火地跑進屋，對著愁眉不展的蕭長恭道：「有辦法了！」

蕭長恭大喜。「真的？什麼辦法，快說來聽聽。」

「光說沒用，將軍可願讓婉寧試一下？放心，絕對無傷。」

蕭長恭當即點頭。「好，我親自試試。」

親自試過了，他才能確定到底可不可行，畢竟事關的可是幾千條百姓的命。

穆婉寧看到蕭長恭點頭，道：「請將軍找條帶子蒙上眼睛，不可以偷看。」

「好，依妳。」蕭長恭轉身在屋子看了一圈，找來一條腰帶，遮住眼睛。

穆婉寧看著蕭長恭的滑稽樣子，覺得好笑。「將軍坐到桌前，把手伸出來放在桌上。」

蕭長恭依言照辦。

此時，番椒水更紅了，穆婉寧拿出自己的帕子沾了番椒水，擦在蕭長恭的手背上。

「這是在搞什麼？不疼啊。」

「將軍別急嘛，婉寧在將軍手上灑了火種，等會兒將軍的手背就該起火了。」

「故弄玄虛。」蕭長恭對什麼火種，是絕對不信的。

可是漸漸地，蕭長恭有點信了，因為他的手背變得越來越燙，像點了小火苗一樣。

「嘶，真有點疼了，火燒火燎的。」

穆婉寧另拿一塊帕子，沾了冷的茶水，幫蕭長恭擦手背。

「奇怪，怎麼不疼了？」

過了一會兒，蕭長恭道：「又疼了，燒得更厲害了。妳這是使了什麼把戲？」

蕭長恭一把扯下綁在臉上的腰帶，仔細看自己的手背，雖然火燒火燎的感覺依舊，卻是丁點傷痕也無。

穆婉寧讓在門外候著的小七，重新端一壺熱茶進來。

茶水送來，穆婉寧先幫蕭長恭倒了一杯。「將軍先嚐嚐，這茶水可燙？」

蕭長恭喝了一口。「還好，不燙。」

穆婉寧拿過蕭長恭的杯子，直接把杯子裡剩下的茶水，潑在他塗過番椒水的手背上。

蕭長恭立即被燙得縮回手，然後瞪大了眼睛。「這茶水明明不燙，怎麼碰到了我的手背，變得如此之燙？」

穆婉寧笑得很是得意。「這是番椒水，嚐起來很辣，抹在皮膚上就會產生這種火燒火燎的感覺。這感覺會在一個時辰左右消退，不會留下任何傷痕。

「將軍可以蒙住要拷問的人的眼睛，在他身上塗番椒水，待他受罪之後，再餵下蒙汗藥。等到第二天，就說一切都是他在作夢，你覺得是否可行？」

蕭長恭再次看看手背。「若是一個時辰後真的無事，此法或許真的可用。」

「還有，若用溫水潑過，感覺會像碰到熱水一樣的燙。若用冷水，就會稍微緩解。將軍可以先用這壺冷茶挺一挺，過一個時辰就好了。」

蕭長恭心情很好，若是真能不留傷，又能騙過白棘，那麼現在他越疼，意味著白棘受的苦越大。用得好，甚至還能從他嘴裡撬出不少北狄的機密來。

半個時辰後，蕭長恭果然覺得手上沒什麼感覺了，看看完好的手背，很難相信。最疼的時候，他真的懷疑自己手上在著火。

「這次，婉兒可是又幫了我的大忙。」蕭長恭興奮地在屋子裡亂轉，把事情前後想了幾遍，覺得非常可行。

他走到穆婉寧面前，在她的額頭使勁親了下，端起番椒水，興沖沖地去找穆鼎了。

這舉動讓穆婉寧覺得，自己的臉上都塗滿了番椒水。

不久後，換穆鼎感受到番椒水的威力，而且他感受的，可比蕭長恭強烈得多。畢竟蕭長恭沒有穆婉寧那麼細心，只塗了一點，他是差點把穆鼎的整隻手按進碗裡，疼得穆鼎齜牙咧嘴。

好在穆鼎想的和蕭長恭是一樣的，現在他越疼，到時白棘受的折磨越大。畢竟他們可不會好心的只給他按一隻手，不來個全身沐浴，都對不起他從那麼遠的地方來。

「岳父大人，此法是婉寧想出來的，小婿不敢擅專，還是由岳父大人呈給陛下吧。馬蹄鐵的事，小婿到現在還過意不去。」

「老夫一把年紀了，也做到宰相，還要功勞做什麼？」

「此事本應是婉寧的功勞，可惜她不能出面，岳父大人自然當仁不讓。而且陛下多半會把白棘交給小婿來審，到時小婿跟著沾光就是。」

「也罷，老夫再占你們一次便宜好了。」

第二日一早，穆家人和蕭家人一起回了盛京城。

白棘早一步被押送回去，再加上方堯，此時都被關在天牢裡。

皇帝看了穆鼎的摺子，不由也起了好奇心。「德勝，去取番椒來，朕親自試試。」

番椒送來，德勝沒敢讓皇帝試，道：「陛下貴為天子，試刑的事，還是讓老奴做吧。」

「也好。」

片刻後，德勝就在皇帝面前嘶個不停，一邊看著根本無恙的手、一邊說自己是如何像被火烤一般的疼。

半個時辰後，疼痛消退，德勝也覺得很驚奇。「陛下，還真是完全無傷呢。」

「好，不過不可大意。蕭長恭不是說，還抓到一個為虎作倀的大齊人嗎，先用這個法子在他身上試試，試好了，就拿白棘開刀。」

「這件事，就交給蕭長恭辦，人是他抓的，便由他審。還有，告訴他，買番椒的錢，朕出了，務必多多的用。」

「遵旨。」

白棘在天牢裡住不到兩天，就被接出來，安置在一個環境還不錯的小院中。

雖然手腳上仍有非常重的手鐐、腳銬，但白棘看到院裡的佈置，心中得意起來。

「哼，任你們大齊人如何狡猾，還不是不敢把我怎麼樣。」

白祥就在他隔壁，被拷問了兩天，方堯的慘叫聲也讓他心驚膽顫，但那樣可怕的刑罰，到底沒有落到他身上。

他果然是不同的，大齊人只敢動動他的手下和奴才。

不過這些都不算什麼，只要傷的不是他，只要他能平平安安地回到北狄，他就算立功，就能保住太子之位。

屋子裡的擺設也不錯，根本看不出是牢房。而且更讓白棘驚喜的是，晚餐居然很豐盛，有酒有肉不說，味道還很好。

白棘吃了兩天牢飯，此時心裡認定大齊人不敢拿他如何，當下大快朵頤起來。

吃飽喝足後，不到一刻鐘，白棘便鼾聲如雷。

蕭長恭帶著蕭長敬，冷笑著出現在房門口。「把他剝光了，拖到刑房去。注意點，不要弄壞衣服，明天還得穿。」

剝光了白棘，一是為了方便「上藥」，二是隔天醒來時，好迷惑他。

刑房裡，白棘被掛在木架上，頭上綁著厚厚布條，把他的眼睛遮得死死的。

旁邊是一口大鍋，煮著一整鍋番椒水，看起來紅通通的。據廚子說，番椒煮熟後，辣勁更強。

「將軍，按您的吩咐，這番椒水煮了兩個時辰，我剛嚐了一點，絕對夠勁。」

「好，鍋子可以拿下了，放涼後刷在他身上，小心別燙壞他。」

「是。」

不一會兒，番椒水不燙人了，兩個兵丁把鍋子端到白棘身邊，各拿一把刷子，像刷漿糊似的，在白棘全身上下刷了個遍。乾了之後，還刷第二遍。

饒是蒙汗藥的藥性已經很強，也擋不了全身刷番椒水帶來的刺痛感。迷迷糊糊中，白棘覺得自己就像是臨行前被架到火上烤的羊，還有人不時往他身上刷調料。

他想睜開眼睛，卻睜不開，只有一片漆黑。

耳邊很靜，除了噼啪的柴火聲，就是刷子刷調料的聲音，與烤全羊時的聲音很像。比全身如火烤般更難忍受的，是下身的火烤，白棘疼得直叫，卻沒有任何回應。

忽然間，他整個人被提起，隨後全身浸入冷水之中，全身的火烤感覺如奇蹟般瞬間消失，整個人像是在夏天喝了冰水一樣舒服。

隨即，他又被提起，全身開始躁熱起來，然後開始更猛烈的火烤。

「啊啊啊啊，誰在那裡？你們要幹什麼？我是白棘，北狄的大皇子，你們大齊人敢對我動刑，那五千俘虜一個都別想要回來，啊啊啊……」

蕭長恭看著白棘在那裡叫罵，仍舊一言不發。

這是他與蕭長敬兩人制定的策略，第一夜只折磨，不拷問，再怎麼急，也不差這一夜，務必要在第一夜把「夜裡受折磨，醒來就是一場夢」這個印象印在白棘腦海裡。

不過，讓他這麼叫下去也不行，萬一嗓子喊啞，第二天該起疑心了。

於是，白棘的嘴巴很快被堵住。

如此折騰了兩個時辰，蕭長恭讓人給白棘灌下一碗蒙汗藥，然後用清水擦淨身上的番椒末子，送回房裡，穿好衣服，放在床上。

第六十一章 受刑

第二天上午，白棘悠悠醒來，想到夜裡的痛苦，驚恐坐起，扯著嗓子大喊起來。

「來人，我要見蕭長恭，你們大齊人不守信用，半夜拷打我！」

蕭長恭很快地走進屋裡。

「你們大齊人說話是放屁嗎，我告訴你們，那兩千俘虜，你們別想要了，等我回去，一定要……」

「臺吉可是沒睡醒？我們何時拷打你？你看看，你身上可有傷？」

白棘低頭，扯開自己的衣服，卻發現身上真的半點傷痕也沒有。而且，也沒有感覺到任何痛苦。

那昨天夜裡是怎麼回事？就只是作了個夢？

可是那夢也太真實了，那種如同被火烤的痛，實在讓人難忘。他現在回想起來，還是心有餘悸。

蕭長恭冷笑一聲。「白棘，現在我們的確拿你沒辦法，但你不用得意太久，我會儘早想出法子，絕不會讓你這麼輕輕鬆鬆地回去。不讓你付出代價，我蕭長恭的蕭字就倒著寫。」

蕭長恭說完，氣急敗壞地出了屋子。

聽了蕭長恭這一通威脅，白棘心裡反而踏實，哈哈大笑。

「那你就做好把蕭字倒著寫的準備吧。如果我所料不錯，今天你們的邊關守軍就能收到我們的國書，換俘的事已經宣揚開來，勸你們好好待我，哈哈哈哈哈。」

第二天晚上，白棘再次在晚飯後不久，便鼾聲如雷。

是夜，他又體驗到了「烤全羊」的快樂。

第三天上午，再醒來時，白棘立刻察看自己的身體，仍然毫髮無傷。然而，昨天的感覺更痛了，不只是烤，甚至開始水煮。

先烤後煮，煮完再烤，烤完再煮，反反覆覆，白棘連撞牆的心都有了。

想到整個人都被開水淹沒的感覺，白棘便狠狠地打了個冷顫。

這時，有人送早飯進來。

莫非是飯菜裡有藥，讓他產生了幻覺？想到自己連續兩天都是吃了飯就睡著，說不定跟這個有關。

不管如何，這飯不能吃了。

早飯不吃，沒人理；午飯沒吃，還是沒人理；到了晚飯，雖然已經很餓，白棘還是決定再忍忍。

一整天都不吃東西，看看晚上睡覺時還會不會作噩夢。

反正一天不吃飯，也餓不死人。

不過，這飯豈是他想不吃就不吃的？

到了晚上，蕭長恭冷笑著出現在門口，道：「臺吉還是乖乖吃飯，萬一餓壞了，少還一千俘虜，可就不好了。

「你不吃，我就叫人硬灌，再把你關進箱子裡，從現在開始，到換俘之前，一步不讓你出箱子。

「到時，我們把你連箱子一起送到甘州城，先遊趟街，讓甘州城百姓好好瞻仰瞻仰北狄大臺吉的風采，然後再把你洗刷乾淨，拿去換俘。」

「你敢！」白棘一瞪眼睛。「敢這麼對我，就算你能換回那三千俘虜，後面的兩千，你別想要了。」

蕭長恭滿臉不在乎。「我有什麼不敢的，皇帝在乎名聲，我又不在乎。不過是兩千個讓你們折磨快十年的百姓，到時我上戰場，多殺些北狄人，就賺回來了。

「倒是臺吉你，要是坐在自己的便溺當中，在甘州城遊街，等消息傳回北狄，這輩子都別想繼承王位。」

「你……」白棘氣結，又不得不承認蕭長恭說得對，這樣的消息一傳出去，白刺那個混蛋定會咬死這點，讓他這輩子再無翻身的可能。

「你們還等什麼，還不趕緊伺候臺吉用膳？」蕭長恭說完，轉身離去。

最終，白棘小心翼翼地吃了飯，但不敢吃太多。少吃點，說不定夜裡少受點罪呢。

可惜，這樣的打算注定落空，因為今天飯裡根本沒有蒙汗藥，藥是混在香裡的。

蕭長敬直接把江湖上採花賊用的迷香，用在白棘身上。

夜裡，白棘又被拖走了。
蕭長恭露出得意的笑。這才幾天，往後還有的是噩夢等著白棘。畢竟，他可沒想把蕭字倒著寫。

白棘在睡夢中，再度體驗身上著火的快樂。
與前兩夜不同的是，這一夜，有人問話。
「你是白棘？」
問話的聲音低沈陰森，聽得白棘一哆嗦。
「你……你是誰？」
「我是地獄裡的判官，這一層是火海獄。你身為北狄人，卻在大齊的土地上為非作歹，接連血洗大齊百姓的村莊。如今那些冤死的百姓告你一狀，本官問你，你可認罪？」
「認個屁！老子又不是大齊人，你是大齊的判官，如何管得了我？」
「哼，死不認罪，來人！」
「在！」
「火海獄第一罰，炙刑。」說罷，還有令籤掉下的聲音。
立刻有兩個人上前，一人手裡拿的是真正燒紅的烙鐵，一個拿的是溫的，比皮膚稍燙一些的烙鐵。
拿著燒紅烙鐵的人，故意在白棘身前晃了一圈，讓他感受有多燙。

「我、我告訴你們，我不是大齊人，你們大齊的判官管不到我。」白棘的聲音明顯哆嗦起來，他現在已經全身著火，再來個炙刑，豈不是要烙熟了？

兩個兵丁憋著笑，對視一眼，同時動手，只是一人按在白棘胸前，一人卻是按在旁邊的豬肉上。

滋啦一聲，肉味飄出來了。

白棘立即慘嚎起來。

蕭長敬得意地看向蕭長恭，後者給了他一記肯定的眼神。

白棘沒叫兩聲，嘴又被堵住，主要是為了不讓他把嗓子叫啞。

把一大塊豬肉反覆燙了個遍，白棘身上也「烙」得差不多之後，蕭長敬便衝兵丁打了個手勢。

兵丁會意，立刻道：「判官，炙刑已經行完，是否繼續第二個刑罰，烤刑？」

架子上的白棘一聽，頓時慌了，支吾著要說話，奈何嘴裡被塞著布，說不出來。

蕭長敬無聲地清了清嗓子，把聲音壓低。「犯人可是有話要說？」

白棘瘋狂點頭，不久，嘴裡的布終於被扯下。「求判官開恩，我願贖罪。」

「人已經殺完了，你怎麼贖罪？」

「我、我在大齊存了不少金銀珠寶，都可以拿出來。」

「陰間之人告你，要陽間財物有何用？來人，動刑。」

「不要，不要啊。」

白棘感覺自己被提起來了，然後一捆捆木材放到他腳下，接著聞到松油的味道。油潑到木頭上，再用火把一點，火苗能竄到幾尺高。

這哪裡是烤刑，分明是要把他燒成乾！

「我且問你，你認不認罪？」

「認，我認！」

「我乃閻王殿裡的判官，你既然認罪，就要老實把做過的事一一交代清楚。如果有隱瞞，立即行烤刑。」

「我……我說。」

白棘開始招供，但還是心存僥倖，說的都是和當下無關緊要的事，比如在哪裡血洗村莊，什麼時候搶了個姑娘等等。

不過，雖然關聯不大，但白棘卻成功地激起仇恨。

牢房裡的兵丁都是大齊人，白棘身為北狄人，本就招人恨，還在那裡大說特說殺了多少大齊人，當下讓所有人恨得牙根癢癢。

蕭長敬閉起眼，把思緒藏起來。這樣的事，他見得多了，甘州城裡的大齊人，每時每刻過的都是這樣的生活。

這並不意味著他不憤怒，只是眼下還有更重要的事。

「很好，你既認罪，那些冤魂便能輪迴投胎。不過，於你來說，這些都是小罪，還有大罪未認。本官給你最後一次機會，如果再不認罪，即刻行刑。」

「是！」牢房裡的兵丁立刻大吼一聲，聲音之大，震得梁柱上的土都落下。這一聲對白棘來說，不啻於一聲炸雷，叫得他差點尿出來。

「我說，我說，這次我來，是要刺殺皇帝……」

牢房裡有兩名負責抄寫的人，把白棘說的每一句話記下來，這些都是要呈給皇帝的。前面的內容，蕭長敬知道得差不多了，畢竟人是他發現的，也幫忙追捕。但緊接著，白棘說出的話，讓所有聽到的人都倒抽一口涼氣。

北狄人要換的俘虜，居然全是假的，都是北狄士兵假扮！

北狄人料定，大齊人會在那三千人當中盤查有無細作，但如果三千人全是細作呢？沒有人敢下令處死這三千人，即便集中看管，也不可能面面俱到。

只要一個疏忽，三千人想鬧事，無論在哪裡，都會造成不小的破壞。

甚至，還可以安排幾十個人暴露得明顯些，讓大齊人抓到，便不再對剩下的人設防。

一旦這個計劃得逞，無論主將是誰，都會被坑大了。

當然，如果能坑到蕭長恭，對北狄人來說，就更好了。

蕭長敬看著白棘，眼睛裡第一次露出真真正正的殺意。

他是在甘州長大的，恨北狄人，但對大齊人也沒有多深的情分。甚至於，他在甘州城受的苦，有一半還是大齊人帶給他的。

所以，無論三千也好，五千也罷，蕭長敬對那些人都沒有感情。

但蕭長恭不同，雖然相認的時日並不長，但蕭長恭的確盡到了當哥哥的責任，真正把他當成弟弟看待。連毫無關係的蕭六姝，蕭長恭也是打從心底愛護。

北狄人敢坑他的哥哥，蕭長敬絕對不允許。

「來人，立刻行煮刑！」

之前的拷問中，蕭長敬一直沒有讓白棘泡真正的熱水，都是溫水。因為這招他自己試過，塗了番椒再泡熱水，滋味真如油煎一樣。

這一次，蕭長敬發了狠，直接讓人在原本的溫水裡加了兩桶滾水，水溫雖然燙不壞人，但絕對要比原來的溫水更熱，加上番椒水的辣勁，滋味更是銷魂。

白棘被燙得人都傻了，一邊破口大罵判官不講信用、一邊招出更多的內容。

眼看著白棘快撐不住，蕭長敬一抬手，白棘被提起來，放進涼水裡。

一入涼水，白棘周身的灼燒感霎時消失得無影無蹤，舒服得差點哼出聲來。

這時，白棘又被灌下蒙汗藥，直到在水裡泡了半個時辰，辣勁過了，才把他撈出來，洗刷乾淨，送了回去。

再次醒來時，白棘想到前一夜的痛苦，想起自己說了什麼，立刻驚坐而起，出了一身的冷汗。

幸好此時已經天亮，眼前不再是一片漆黑，白棘才鬆了口氣。

他心裡已有預料，那不過是一場夢，但低頭扯開衣服後，還是不敢相信自己的眼睛。

胸膛上的皮膚好好的，可他明明記得，昨天夜裡，那一處被反覆烙了多次。
現在非但看不出一點痕跡，甚至連汗毛都沒傷到。
難道，真的是夢？他真是被大齊的陰間判官抓走了？
白棘不死心，昨夜留下的痛苦太深，他一定要弄個清楚，當下又在房裡叫罵，非要見蕭長恭不可。
其實蕭長恭就在院外，但哪能讓白棘想見就見？一直磨蹭到下午，他才走進關押白棘的院子。
「我說臺吉，你有完沒完，好歹是個男人，作個夢就嚇得大呼小叫，也好意思？」
白棘被說得面皮發燙，若說他受了刑，但身上一點傷痕都沒有，睡著之前是什麼樣子，睡醒之後還是什麼樣子。
可若是夢，那這夢也太恐怖了些，不是說作夢受傷就會醒嗎？他都快被人烤熟了，怎麼就是不醒？
再看蕭長恭，對他仍舊咬牙切齒、無可奈何的樣子，時不時還用那些不可能用的招數威脅他。
難道，真的是作夢？
再回想昨夜最後那一下，全身疼痛竟在瞬間消失無蹤，根本是人力不可為之事。
他也拷打過別人，能做的無非是停止拷打，給人上藥，但也做不到讓疼痛瞬間消失，更做不到在第二天便完全沒有傷痕。

這肯定是地獄裡的判官才有的本事。

想到這裡，白棘對於自己說出秘密之事，不再擔心。但他不想住這裡了，非要換地方不可，還開出條件，如果幫他換地方，可以多換五百俘虜回來。

蕭長恭露出氣急敗壞又無可奈何、完全被白棘拿捏住的樣子，替白棘換了屋子。

可惜，當天夜裡，白棘又身處地獄了。

「白棘，你雖已認罪，但死罪可免，活罪難逃，你就在這裡好好懺悔三天，把你知道的、做過的一一招認出來，如有隱瞞，我這火海獄裡的刑罰，就全讓你領教一遍。」

「是，是，我全招。」

這一次就沒什麼重點了，蕭長敬完全不打斷白棘，任由他說下去。

之前白棘已經把能說的、不能說的全說了，這次更加百無禁忌，什麼宮廷隱秘、父子紛爭，甚至連他睡了白濯小妾的事，都說了出來。

負責記錄的人已經寫了十幾張紙，這些內容都會送給皇帝。雖然有些內容現在看來沒什麼，但說不定哪天能派上大用場。

黑夜過去，白天來臨，白棘再次看到自己安然無恙，心裡終於相信，那就是個夢，一個在大齊才會作的夢，只要回到北狄就好了。

反正是夢，那在夢裡說什麼都無所謂，只要不受罪就行。

在白棘被關押的七日後，蕭長敬停止對白棘的折磨，因為他已經說不出更多的內容了。

而且，再五日，北狄的使團就要到了，據上面交代，這段時日要把白棘養好。

蕭長敬只是替蕭長恭辦事，並不清楚太多細節。

但他相信，蕭長恭可不是什麼省油的燈，都知道這樣的計劃了，若是不計劃個更大的，那真對不起鎮西侯的威名了。

另一邊，皇帝看到蕭長敬的種種手段，再看到白棘的口供，不住點頭。

「這蕭長敬也算是少年英才，幾個小手段使得好啊。當然，番椒的法子也好，穆大人這主意真是讓人叫絕。」

穆鼎罕見地老臉一紅，想了想，還是把實話說出來。「其實，這法子乃是小女所想。雖然軍國大事不可隨意亂說，但老臣想著，小女平時最愛讀雜書，說不定會有些奇思妙想。

「臣略去了人物，只問她可有能折磨人又不叫人知道，還不留傷的法子，沒想到，真讓她想出番椒水來。至於後面的事，就是鎮西侯和其弟的功勞了。」

「好，好啊。對了，我記得最初能抓到白棘，也是蕭長敬的功勞吧？」

「正是。」

「那讓他先在長恭手下聽用，等這件事了了，若做得好，朕給他個蔭官。」

「那老臣先代鎮西侯謝過了。」

皇帝說話，自然金口玉言。很快，蕭長敬便有了校尉的虛銜，幫著處理白棘的事。

至於穆婉寧，皇帝只能賞東西了。

不過，這正合穆婉寧的心意，新淨坊、狀元齋都有進項，但誰會嫌錢多？而且莊子裡還有十幾名從來興臣手中救下的姑娘，吃穿用度都要錢。

錢越多，以後遇到事情，她越有底氣，越能救助更多的人。

此時，天牢裡，一根繩子被扔在方堯面前。

「有人託我給你帶句話，死在牢裡，比死在堂上要好。一旦上了公堂，搭上的，不只是你爹方淮的名聲，還有整個方家。」

方堯渾身一顫，整個人委頓在地。

是夜，方堯自縊於天牢，方母也於同一刻，在女監撞柱而亡。

五日後，北狄的使團如期到達盛京，蕭長恭帶著蕭長敬，與鴻臚寺的官員開始了扯皮弄筋的談判。

此時還天寒地凍，要換俘就得出兵，這個時節出兵，對於大齊可不利。

因此，無論北狄人有多急，蕭長恭都是一副不緊不慢的樣子，白天稱病，說是感染風寒，到了晚上，便說舊傷復發，臥床不起。

蕭長敬一聽到「稱病」兩個字，就知道他那親哥哥又來坑弟弟了。

果然，蕭長恭「語重心長」地對他說道：「長敬啊，這談判也是很重要的，將士在戰場上拚殺，若談判沒守住，那將士們可能就白死了，甚至還得把打下的土地讓回去。

「所以，談判你定要親自經歷才行。更何況，白棘的口供也是你問出來的，日後論功行賞，功勞當然越多越好。哥哥不適合出風頭了，這好事自然落到你頭上。」

蕭長敬一臉無奈地看著蕭長恭。

要說這些話是假的，是騙他的吧，倒也不盡然，每一句話都有道理，不能說錯；但要說蕭長恭是真心實意吧，那滿臉的壞笑又是怎麼回事？

最後，蕭長敬還是只能無奈地代替蕭長恭去談判。

但他沒想到，這場談判居然不是想像中的苦差事，而且大有樂趣，還是非常、非常大的樂趣！

第六十二章 拜師

國與國之間的談判，講的是利益，仁義道德非但用不上，反而可能會誤事。

這對於讀慣了聖賢書的人來說，是很不習慣的。因此，許多剛進鴻臚寺的年輕官員，不適應個一、兩年，根本上不了場。

但蕭長敬不同，他是一個曾在北狄人手下討生活的大齊人。

竹義教他儒家思想，可是在那種情況下，生存才是第一要務。想在北狄人治下的甘州城生存下去，就要學會用盡一切可能，拚盡全力，從北狄人手中獲得一點可憐的利益。

這種想法早已深入蕭長敬的骨髓，因此，剛開始談判，他便心領神會，目標就一個，怎樣能占北狄人的便宜，怎麼能坑北狄人一筆，就怎麼來。

而且蕭長敬非常敏銳，只要對方言語稍有破綻，態度稍微有所猶豫，他就能咬死，不撕下二兩肉來，絕對不鬆口。

只半天，北狄使團看著蕭長敬的眼神，就像是隨時要冒出火來。知道他是蕭長恭的弟弟後，這火光便順理成章化為恨意了。

前來主持談判的鴻臚寺正卿范志正，看蕭長敬時，卻是雙眼冒精光——這就是外交場上的天才，談判桌上的大將啊！

不到半天，范志正就決定，要收蕭長敬為徒弟，把這半生積累的談判經驗全傳授給他。

這樣哪怕他告老了，大齊在外交上，也能無憂二十年。

不過，蕭長敬還未行冠禮，要收徒弟，得蕭長恭點頭才行。

可是，蕭長恭一連三天沒露面，而且因為他稱病，閉門謝客，范志正也沒辦法上門。

直到第四天，在北狄使團的強烈抗議下，「一臉病容」的蕭長恭才勉強出現。

這下，范志正總算抓到機會了，立刻把蕭長恭拉到一邊。

「我說侯爺啊，令弟可是人才，不，談判的天才。這樣的人去行軍打仗太浪費了，那麼多士兵，少他一個不少，多他一個不多。

「但是，你讓他去談判，他可是一人能頂百萬兵。他多談一寸土地，替大齊多要一分好處，咱們邊關的將士就能少死一個人，少流一滴血。

「所以，你懂我的的意思吧？」范志正有點急。按說，都是徒弟急著拜師父，結果現在反了，成了師父急著收徒弟。

蕭長恭愣住，蕭長敬有這麼厲害？這才幾天，就成了談判的天才？還一人能頂百萬兵，吹牛吧。

范志正是個急性子，看蕭長恭不說話，以為蕭長恭不答應，當下臉一沈。「怎麼，非得上戰場，才叫守家衛國？我們負責邦交的，就不是為國盡忠了？」

蕭長恭看范志正急了，趕緊解釋。「范大人誤會，在下絕沒有看不起鴻臚寺的意思。舍弟一向頑皮，沒想到竟然能得范大人青眼，讓在下有些意外罷了。」

「這麼說，你是答應了？那讓長敬拜我為師，這段時日跟著我，我保准傾囊相授。」
「談判這件事，技巧多著呢。現在長敬靠的只是天賦，若能多加教導，我敢保證，未來十年，不，二十年，他會是邦交史上風頭無兩的人物，如何？」
蕭長恭哪有什麼不答應的，他本也不想讓蕭長敬上戰場，蕭家的人死得夠多了，從文沒什麼不好。
「只要他願意，在下絕無二話。」
「有侯爺這句話，我就放心了，趕緊準備拜師禮吧。這徒弟，我收定了。」

晚上回府時，蕭長敬去找蕭長恭。
「范大人找你談過了吧，他要我入鴻臚寺，當他的徒弟，你怎麼看？」
蕭長恭有些意外，本以為蕭長敬會自己拿主意呢。
「你自己覺得呢？這件事關乎你未來的人生，定要遵從本心才好。」
「我……不知道。」
蕭長恭靜靜地看向蕭長敬，示意他先坐下。「別急，這是大事，你一時無法決定也正常，不如先說說你是怎麼想的吧。」
蕭長敬沈默一會兒，忽然抬頭，道：「祠堂裡那麼多牌位，個個都是上過戰場的，如果我沒上戰場，會不會對不起他們？」
蕭長恭哈哈大笑，可是笑著笑著，卻紅了眼眶。「你能這麼想，就足夠了。其實今天范大人說得對，邦交也是戰場，是看不見的腥風血雨。

「真正的戰場上，難免有勝有敗，贏的時候如何乘勝追擊，敗的時候如何減少損失，就要靠鴻臚寺的人了。所以，你進鴻臚寺，絕不會對不起祠堂裡的祖先。

「而且，就我的私心來說，我並不希望你上戰場。戰場凶險，我早晚要回去，萬一哪天回不來，蕭家只能靠你來撐門楣了。能留京為官，也是留下香火。你想進鴻臚寺，我是支持的，只要你自己願意就好。」

蕭長敬聽完，點點頭，不說話了。

三天後，在蕭長恭的見證下，蕭長敬拜范志正為師。

在大齊，想正式做官，仍然要經過科舉，但鴻臚寺是可以有蔭官的。蕭家既有追封的國公，也有蕭長恭這個正紅火的侯爺，還有皇帝的許諾，蕭長敬當個蔭官，完全不成問題。

不過，蕭長敬卻有不同的想法，他想先拜師，北狄換俘過後，還是要去考科舉，這樣才名正言順。

范志正也支持徒弟。鴻臚寺既與附近國家打交道，也是正式官場，蔭官終究還是比不過科舉出身的人。

考上科舉，日後面對同僚，說話底氣也要足一些。

消息傳到穆府，穆婉寧也為這個發展感到意外，當然更多的是開心。

這日，在新淨坊與蕭長恭見面時，穆婉寧開心地說：「我覺得長敬之前不議親挺好的，靠著你的關係，他不過是個富家子弟，那些真正有心氣的高門望族，看不上他。

「可是，若再等幾年，等他自己考過科舉，又在鴻臚寺立功，那才是真正的棟梁之才。到時，什麼樣的姑娘找不到？」

蕭長恭滿臉寵愛地看著穆婉寧，還沒過門呢，她就有長嫂的風範了，對幼弟的婚事，想得比他還清楚。

「好，都依妳。再過幾年也好，到時妳以長嫂的身分去幫他議親，才名正言順。」

穆婉寧把頭一扭。「跟你說正事呢。」

蕭長恭嘿嘿一笑。「我說的也是正事嘛。」

三月初春，陽光正好，穆婉寧拿著本雜記，半倚在榻上，邊曬太陽邊看書。

墨香從外面走進來，遞了一封信給她。「沈掌櫃託門口小廝轉交的。」

穆婉寧拆開一看，臉色漸漸沈下來。

新淨坊製皂的材料，竟然不夠了。

穆婉寧把方子交給皇帝後，皇帝又販售出去，盛京城裡新開的胰皂坊是一家接著一家，百姓也開始習慣了用胰皂來潔面洗手。

這些胰皂中，有高級的，也有低價的。但無論是哪種，想要做胰皂，都離不開一種材料，就是豬胰臟。

在胰皂出現之前，豬胰臟的唯一用途就是製作澡豆。但澡豆價高，只有有錢人才用得起，雖然盛京城中達官顯貴多，但用量不大。

可是，隨著平民百姓也開始用起胰皂，豬胰臟的價錢越來越高，甚至可能不夠用。對此，沈掌櫃早有準備，很早就與盛京城附近養豬的農戶訂了書契。

最近新淨坊也在趕工，沒幾天就要春闈，沈掌櫃又推出一款狀元禮盒的新品，比上一次的更加精緻，也更加高級。

為了區分兩種狀元禮盒，這一次的叫春風盒，取春風得意，金榜題名的寓意，仍然是一半糕點、一半香胰皂，還附帶一枚大相國寺最精緻的文昌符。

糕點吃下去叫「納福」；香胰皂淨手「祛穢」；文昌符「祈運」，都幫學子想好了。

許多有學子要赴考的人家，都來買上一盒，圖個好兆頭；今年不赴考的，也要買上一份，能沾些喜氣總是好的，誰也不嫌好事多嘛。

別家皂坊當然不願意新淨坊獨大，但狀元禮盒是從狀元齋那裡來的，新淨坊只是搭上了這條線。

於是，其他家也仿著出了「題名盒」、「如意盒」等等禮盒，但因為沒有狀元齋的加持，沒有穆鴻嶺的名氣，賣得並不好。

思來想去，這些皂坊不約而同，選擇在材料上下手，多家一起收購豬胰臟，一時間盛京城的豬胰臟價錢飛漲，連之前與沈掌櫃簽了書契的農戶，都不惜毀約。

穆婉寧皺了皺眉頭，沈思一會兒，道：「檀香，伺候我梳洗，我們去趟新淨坊。」

到了新淨坊，沈掌櫃滿臉歉意，出來相迎。

「讓東家操心了，平日豬胰臟都是夠用的，但突然之間，之前簽好書契的農戶都不賣豬胰臟給我們，想要買，就得加價。」

「加多少？」

「三倍。而且這個三倍，已經是多次漲價後的三倍了，接近原來的十倍。」

穆婉寧微微皺眉，十倍的本錢，是新淨坊承受不起的。

「宜長莊養的豬多大了？能不能出欄？」

宜長莊是蕭長恭送給穆婉寧的莊子，自新淨坊開業後，那裡便飼養了不少肉豬，一來可以提供肉食，二來可以為新淨坊提供材料。

墨香答道：「宜長莊的豬還差些時日才能出欄，不過若材料缺得太凶，也不是不行。」

穆婉寧點點頭，看向沈掌櫃。「這是我的腰牌，那裡應該至少有七、八頭可以出欄的豬，若材料不夠，就讓新淨坊的夥計拿腰牌去取。」

「好，這樣我心裡就有數了。不過，這樣下去，只能解一時之困。關於材料的來源，我另有想法，若能做得好，以後可保材料無憂。」

穆婉寧來了興趣。「沈掌櫃請講。」

「這段時日，因為多方聯手，導致豬胰臟的價錢上漲，但豬肉的價錢卻是下降。許多農戶殺豬賣了豬胰臟，卻賣不出肉，其實還是虧損。」

「若是我們有其他利用豬肉的辦法，直接購買整頭豬，自行宰殺，不但價錢能降，而且別的皂坊想通過大肆收豬來哄抬價錢，就做不到了。」

穆婉寧點頭。「沈掌櫃倒是與我想到一處去了。來的路上，我也想過此事，關於豬肉，我還真有個主意，沈掌櫃不妨幫我想想。」

「東家過謙了。」

穆婉寧的辦法，就是用豬肉做香腸。肉料剁碎加上鹽、番椒末等調料，然後塞到豬腸衣裡，再用線掐成一節一節，風乾後可保長久不壞。吃的時候或蒸或煮，甚至炒菜也可以。

「這辦法也是我從遊記上看來的，說是南方很流行。盛京地處北方，還沒人這樣做。」

沈掌櫃沈思一下。「若是味道好，我們可以自己開一家鋪子，兩邊互為保障。」確實是個好辦法。

說做就做，穆婉寧立刻叫夥計上街買了五十斤豬肉、幾條豬腸衣，又買了些乾番椒及各種調料，按著遊記上寫的方子，開始做了。

忙了一下午，五十斤肉全變成了香腸。

不過，按記載的方子，還要風乾。但現在的季節，盛京城很冷，根本無法風乾。

穆婉寧看著一屋子香腸，有些傻眼。

「東家不用擔心，我老呂有法子。在屋裡搭個爐子，把屋子燒得熱熱的，再讓人站著搧風，也能風乾。」

「只能如此了。」穆婉寧點頭。

很快地，香腸被掛好晾在架子上，火爐也把屋裡燒得熱熱的，呂大力親自上陣，和另一個夥計，各拿一把大蒲扇，對著香腸呼呼搧起來。

兩天後，穆婉寧拿下一節香腸，上鍋試蒸。還沒出鍋，眾人便聞到了香味。蒸好後拿出來切片，大家嚐了，都是眼睛一亮，好吃啊。鹹與辣，配上肉香，就算什麼都不加，也能當一道菜。

沈掌櫃佩服道：「東家的主意，真是一個比一個好。不過，這香腸的口味還可以調，府裡若有名廚，讓他們各自調味，做出不同的口味，這樣鋪子裡也能多賣幾種。」

穆婉寧笑道：「那沈掌櫃可要更勞累了。」

「能幫著東家把生意做大，又怎會嫌累？」

商議既定，沈掌櫃立刻著手向農戶收購整頭豬，同時還買下他們賣不出去的豬肉，這樣一來，書契簽得更順利了。

當然，之前毀約的農戶，便不會再合作了。

不少人悔不當初，想去求沈掌櫃，但沈掌櫃為了日後不再發生類似的事，堅持回絕。

這一次，他們讓沈掌櫃在穆婉寧面前丟了面子，雖不至於出手報復，但想再與他合作，門兒都沒有。

穆婉寧一口氣做了五十斤香腸，肯定吃不完，便送了不少給熟識的府邸，就當提早為鋪子打響名氣。

除了自家與鎮西侯府，鐵府、南安伯府，以及范府，都送了一份。

同時，穆婉寧也託人帶話，現在她缺材料，若這幾家的莊子有可以出欄的豬，不妨賣她一些。

二月初，王氏開始心神不寧，兩天後穆鴻嶺又要進貢院了。

之前有過一次經驗，東西也早早備好，但王氏仍然止不住擔心，一遍一遍檢查各種物品，嘴裡還不住念叨著。

「衣服得是單的，但要厚，此時天冷，炭火也要備得足足的，要選紅絲炭才好，不留煙氣。而且，炭塊不能太大，也不能太小。」

穆婉寧再怎麼也入了嫡，不能再像以前那樣對王氏敬而遠之，便想上前安慰。

然而，她還沒開口，就聽到王氏念叨。「被子要厚實，但不能太厚，太厚了不貼身，反而更冷。」

被子！

穆婉寧立時想起一件事，前一世的這個時候，雖沒有鬧出舞弊案，但因為有考生鬼迷心竅，在被子夾了小抄，被查出來。

更可氣的是，這樣的事還發生了兩次。

當時，負責巡視的程老將軍，是出了名的脾氣火爆，當即下令，後面未進的，一律不許帶被子。

先前進去的考生，被子也全讓人扔了出來。

本來這也沒什麼，大家的衣服都穿得厚。可是春闈第一天夜裡，忽然來了一場倒春寒，一大批考生在號舍裡凍病了，當中就有穆鴻嶺。

最後穆鴻嶺還是得了頭名，卻足足在家躺了一個月，差點沒能趕上殿試。

該死，她怎能忘了這個，那一個月就算是不死，也要脫層皮。

穆婉寧二話不說，扔下絮絮叨叨的王氏，風一樣地跑了出去。

王氏看她的背影一眼，心裡滿意。這才對嘛，大家都應該緊張起來，老勸她不著急，有什麼用。

第六十三章　披風

不能帶被子，想要禦寒，最好的就是狐皮和貂皮。這當中，屬貂皮最能保暖。

不過，貂皮只有很小一塊，想拿貂皮做披風，還要毛色一致，價錢都能買一座院子了。

因此，盛京城裡賣的大多是狐皮披風，這也導致貂皮的價錢反而不如狐皮。

現在要以禦寒為主，毛皮、大小、形狀都可以不講究，就算雜色也無所謂。

「雲香，妳趕緊去趟狀元齋，讓沈掌櫃派出人手，去買盛京城裡皮草行的貂皮，不限毛色，不限大小，只要價錢合適，都買下來。」

「是。那一共要買多少塊？」

穆婉寧在心裡琢磨一下。「三十塊吧。」

一塊貂皮最少也要五兩銀子，三十塊就是一百五十兩，是狀元齋一個月的進項了。

但穆婉寧寧可花點錢，也不想讓穆鴻嶺再染一次風寒。

前一世穆鴻嶺挺了過來，萬一這一世有變化，挺不過來呢？

這年頭，因為風寒死人，再正常不過。

要說沈掌櫃辦事，本領絕對是一流。

穆婉寧是中午吩咐下去的，晚上沈掌櫃就送來三十塊顏色、大小、形狀各異的貂皮。

當天晚上，穆婉寧讓檀香在屋子裡多點蠟燭，拉著三個婢女，將三十塊貂皮，按著從淺到深的毛色，拼成大大的披風。

位置確定好之後，三個婢女修剪毛皮，穆婉寧親手縫製。

這一縫就是一夜，直到天光大亮，穆婉寧才縫完最後一針，又在領口處縫了對盤龍釦，用來固定。

這件披風真的很大，穆婉寧嬌小的身材完全撐不起來，而且非常重，怕是有十斤之沈。

當穆婉寧把這件披風拿給穆鴻嶺和王氏時，被王氏嫌棄了。

「這是什麼東西啊，披風不像披風，被子不像被子的，而且也太難看了。」

穆婉寧不好說出自己能未卜先知，只道：「大哥進考場，保暖最重要。被子是有夾層的，萬一有人在裡面夾了小抄，被發現後，被子就得拆開檢查，甚至不准帶被子進去。

「但我這披風不同，沒有夾層，不怕檢查，白天可以披在身上，夜裡可以當被子。」

王氏還是不太高興。「話是這麼說，但妳用的皮料太小，未必保暖。」

穆鴻嶺也覺得穆婉寧有點小題大作，不過不忍心像王氏說得那麼直白。「多謝四妹妹，披風先放在這裡吧。」

穆婉寧知道這是穆鴻嶺敷衍她的話，若真放在這裡，等到用的時候，就來不及了。

「那也好……啊，這裡有一處綻線了，我再去縫一下，晚點給大哥送來。」

穆鴻嶺無奈。「去吧。」

回了清兮院，穆婉寧倒頭就睡。既然穆鴻嶺不肯用，她也不勉強，明天送考帶著就是。若是這一世不同，並未發生那些事，她就當花錢買心安；若是發生了，趁著穆鴻嶺沒進考場，再交給他也不遲。

第二天一早，穆府照例，全家出門為穆鴻嶺送考。

到了貢院一看，果然在外巡視的就是程守節程老將軍。這時蕭長恭還在負責與北狄換俘的事，脫不開身。

穆婉寧生怕穆鴻嶺排得太前面，先進貢院，後來才發生小抄之事，因此在貢院門口拉著穆鴻嶺，百般拖延。

吉祥話說了一車又一車，最後連穆鴻嶺都有點不耐煩了，道：「好了、好了，不過是場考試，沒什麼大不了的，我去排隊了。」說完，接過王氏準備好的東西，向隊伍走去。

穆婉寧看著排隊的穆鴻嶺，心慌不已。都這會兒了，小抄之事還沒鬧出來，萬一是穆鴻嶺進了貢院再發生，一切就來不及了。

「要麼別發生，要麼快點發生吧。」穆婉寧不住在心裡祈禱著。

或許重生一次的穆婉寧真是非常得老天眷顧，前方很快起了騷動。

程守節聞聲，走進了貢院。

過了一會兒，程守節氣呼呼地走出來，一手各拎了一個考生，當場把人摔在貢院前的廣場上。

「此二人在被子中夾帶寫好的文章。從現在起，所有考生不許帶被子進去，要恨，就恨他們吧。」

穆婉寧看得直抽氣，這程老將軍是真狠啊。這兩個考生惹了眾怒，別說做官無望，日後家族也要受牽連。

不過此時顧不得感嘆了，送東西要緊。穆鴻嶺還在貢院之外，雖然被兵丁隔開，但只要未入貢院，一切就來得及。

穆婉寧轉身，從雲香手裡接過披風，推開人群，快步跑向穆鴻嶺。

兵丁立刻來攔，連程守節也投來目光。

「我給哥哥送披風，是皮製的，單面，絕沒有夾層。我哥哥體弱，還望將軍開恩。」

兵丁攔住穆婉寧，穆婉寧立刻藉著披風的掩護，往兵丁手裡塞了一小錠銀子。

大齊的銀子分大錠、小錠，大錠十兩，小錠五兩。

五兩，快趕上兵丁半年的俸祿了。

銀子一入手，兵丁就不好攔得太過，一個遲疑，穆婉寧便穿過了他的阻攔，直接跑到程守節面前。

「穆府穆婉寧，見過將軍。我家哥哥體弱，這披風是我特製的，絕對沒有夾層，還望將軍開恩，准我把披風送給哥哥。」穆婉寧深深行了一禮，眼裡懇切之意讓人動容。

京城沒有幾個穆家，眾人立時明白，這位姑娘是宰相的女兒，鎮西侯的未婚妻。

若是別人，程守節理都不會理。但蕭長恭的未婚妻，他就賣個薄面吧，畢竟武將的家眷，不是那麼好當的。

當下，程守節冷聲道：「拿過來。」

穆婉寧趕緊把披風遞上。

一入手，程守節有點驚訝，這披風夠沈的。再抖開仔細看，的確都是皮料拼接，連襯裡都沒做，一目了然，根本不可能夾帶東西。

「行了，回去吧。」

穆婉寧喜笑顏開。「多謝將軍。」

程守節望向送考的親眷。「你們聽著，有單層披風的趕快送去，再晚就沒機會了。」

程守節說完，走向排隊的隊伍。「哪個是穆鴻嶺？」

穆鴻嶺趕緊行禮。「見過程老將軍，學生正是。」

程守節把披風扔到穆鴻嶺身上。「你倒是個命好的，要好好考啊。」

穆鴻嶺感受著身上的重量，和披風毛茸茸的溫暖，心裡感動，沈聲道：「必不辜負家人與將軍的期望。」

看穆婉寧拿了披風往貢院門口跑，王氏的心就跳到了嗓子眼，生怕披風送不進去，開始後悔，心裡大罵自己沒眼光。

直到瞧見披風穩穩當當地落在穆鴻嶺肩上，王氏才把心放回肚子裡。

「好丫頭，不愧是娘的女兒，先前是娘錯怪妳了。」王氏拉著穆婉寧的手，嘴裡好話一籮筐。

「快，跟娘說說，妳都用了多少皮子，夠不夠大，夠不夠暖？哎呀，妳怎麼不早說，我那庫房裡還有上好的貂皮呢。」

「母親放心，披風肯定夠大夠暖，做的時候就是按著大哥哥的身材去做的，肯定不會讓大哥哥凍到。」

「好，好，真是好孩子。」

與王氏的滿臉欣慰不同，貢院外的送考之人都快炸鍋了，家裡窮一點的，趕緊要回被子，畢竟為了赴考，都把家裡最好的被子拿出來了。

而家裡富的，便四處找人借披風。

但今天並非寒冬臘月，大多人只披了棉袍披風，穿皮料披風的少之又少。而且，只有體弱的女眷才有披風。

可是女眷嬌小，披風也小。貢院又遠離民宅，回家取來不及，當場借又借不到。

因此，直到學子們都進院，也沒人能像穆鴻嶺一樣，扛著一件超大、超厚實的貂皮披風走進號舍。

貢院的號舍很小，僅容一人而臥，白天應考，晚上休息。

穆鴻嶺把披風鋪到板子上，筆墨擺上桌，在角落裡藏好吃食。又在另一邊牆角處的炭盤裡擺好炭塊，方便夜裡冷時燒炭。

除此之外，也沒什麼可準備的。

進了號舍，至少要半個時辰才會發考卷，穆鴻嶺乾脆把披風裹在身上，往牆上一靠，閉目養神。

這披風真暖和，而且真是夠大，連腿帶腳都能罩上。

穆婉寧難道會未卜先知不成？怎麼今日的事，像是她親眼所見一般呢？

穆婉寧剛回到府裡不久，蕭長恭就來了，直言有事相商。

這讓穆婉寧頗為意外，蕭長恭從來沒有這樣直接上門說有事的。

待屏退下人之後，蕭長恭開口道：「那個香腸，做起來工序幾何，若給妳半個月，能做出多少？」

穆婉寧看蕭長恭表情嚴肅，不由也正色起來。「工序倒不複雜，只是需要風乾，才能保存得久，味道也更好些。若是半個月，就看將軍要多少了，有材料，一、兩千斤也不難。」

「那就兩千斤。」

「啊？真要那麼多？」穆婉寧嚇了一跳，兩千斤的香腸，這是要幹什麼？

蕭長恭用手制止穆婉寧想問出口的問題。「多的我不能跟妳說，這件事需要保密。我不能明目張膽地做，只得求妳幫忙，而且絕對要守口如瓶。」

穆婉寧飛快思索起來，兩千斤聽著嚇人，但有人手，並不難辦。新淨坊那天僅動用了五個夥計，第一次試做雖有些生疏，卻只用了一下午就做出五十斤香腸。

若是找十個手腳麻利的人，一天做上兩百斤不成問題，至於保密，就以新淨坊收材料的名義好了。

一隻豬兩百斤，去皮去骨，大約有一百四十斤的純肉，十五頭豬便夠了。宜長莊上就有十頭，再收上五頭，足矣。

宜長莊地處偏僻，只要多帶自己人，保密不是問題。

穆婉寧計較已定，點頭道：「此事我可以應下，不知將軍什麼時候要？」

「二月底。」

「好，我一定會為將軍做到。」

蕭長恭掏出一疊銀票。「這裡是一千兩銀子，如果不夠，妳儘管去安叔那兒支取。」

穆婉寧嚇一跳。「夠了夠了，哪裡用得了這麼多。」

蕭長恭還是堅持留下銀票，然後深深看了穆婉寧一眼，告辭離開。

這個眼神，讓穆婉寧心裡沒來由一跳。蕭長恭的樣子太不對勁，平常哪一次不是抓著她的手摩挲半天才肯走，今天卻是一言不發就離開了。

不過，多思無益，穆婉寧趕緊在心中籌謀起要用的人手和材料來。

當天晚上，如同前一世一樣，一場倒春寒席捲盛京城。第二天一早，給周氏請安時，穆婉寧凍得直打哆嗦。

一進靜安堂，王氏居然也在，平時她從未這麼早過。

「婉兒，妳快跟我說說，妳那披風用料可足，縫得可密，不會有透風的地方吧？我一宿都沒睡好，鴻嶺身上只有單衣，如今都指望妳那件披風了。」
王氏是真急了，嘴皮子哆嗦著，她寧可自己出去受凍，也不願意兒子受凍。
穆婉寧趕緊上前扶住王氏。「母親別急，先坐下喝口茶水。那披風全用貂皮，雖然毛色不好，但絕對保暖。我縫的時候，針腳細密，也披上試過，一點不透風。」
這些話，穆婉寧已經說了好幾遍，王氏也在心裡反覆念叨多次，但此時聽穆婉寧再三保證，還是給了她一些安慰。
「那就好，那就好。」
給周氏請過安後，穆婉寧帶婢女跟護衛出城，去宜長莊。蕭府的護衛則由劉大帶領，照例在城門處等候。
第一次去宜長莊，半路遇上來興臣，沒到莊子就折返。後來再去，是為了安置那些遭到來興臣殘害的女孩子，匆匆忙忙，並沒有把莊子接收過來，目前仍舊是原來的管家在管。
不過這樣反倒是最合適的安排，因為莊子裡的管家是雲二。
雲二早年在一次差事中受了重傷，殘了一條腿，只能退下來。蕭長恭便安排她在莊子裡當總管，想嫁人就嫁，不想嫁人，待在莊子裡也好。
如今由她照顧並教導那些女孩子，真是再合適不過。
穆婉寧一行人是在未時剛過到莊子的，馬車停下，就看到雲二拄著枴杖站在莊門口，身形筆直，面容威嚴。

這種威嚴，連穆婉寧都覺得發怵。雲二就像是學堂裡最威嚴的先生，只要眼睛一掃，便能讓一群連父母管教也不聽的紈袴子弟聽話。

「雲二姑姑，這是將軍的密信。」穆婉寧走下馬車，把蕭長恭的信遞過去。雲二已經自梳，表示不嫁人了，因此稱她一聲姑姑。

雲二接過，掃了一眼，有些詫異，但面上不顯。「將軍這信傳錯了，這莊子已經歸了姑娘，我自然是聽憑姑娘吩咐。」

其實這信是穆婉寧讓蕭長恭寫的，她不懷疑雲二的忠心，就算雲二不服從她，也會和最初的雲香一樣，僅憑蕭長恭吩咐，便為她賣命。

但有總比沒有好，畢竟接下來要做的事，需要有雲二全力相助。

「那些女孩子怎麼樣了？」

「都不錯，精神緩了過來。知道姑娘來，都盼著呢。」

雲二引穆婉寧進了正廳，坐在主位上，又奉了茶，才向另一邊招招手。

不一會兒，一行十二個姑娘穿著一樣的衣服，按個頭高低，分成三列站在穆婉寧面前。

「見過姑娘，謝過姑娘救命的大恩大德。」姑娘們一起跪地行禮，聲音清脆又整齊。

穆婉寧對這個場面還有些不習慣，不過想想這十二人也確實算她救下的，就勉強應了，讓她們站起來說話。

姑娘們起身，看向穆婉寧，臉上露出笑意。

穆婉寧瞧了也高興，這十二個女孩子再不復初見時的麻木神情，臉上有了生氣，眼睛裡亦有了光彩。
「這段時日，雲二姑姑真是辛苦了，看到她們就知道，雲二姑姑花了許多心思。」
雲二的臉不再是冷峻的表情，望向這十二個姑娘時，目光柔軟了不少。
「她們多是被家裡嫌棄的，也不願再用家裡的姓氏。我便做主，給她們以福字做姓，寓意後面的日子都是有福氣的。
「這是福慧，最大，她的女紅做得最好，日後姑娘若是要開成衣鋪，或是給府裡人做衣裳，可以叫她做。
「這個叫福留，她有個哥哥叫劉三，卻是不嫌棄她，想接她回去。可是她不想給哥哥、嫂嫂添麻煩，就留在這兒了，取名福留。劉留同音，也是個好寓意。她很會做菜，等會兒姑娘就能嚐到她的手藝了。」
劉三……穆婉寧想起來了，當初送來興臣去流放之地的官差，就叫劉三，為了報復來興臣，還特意找了一個擅長刑罰拷問的人跟著。
有那樣兩個人跟著，穆婉寧不用知道細節，都覺得解氣。
「好，福留這名字好。」
「這個叫福欣，那個是福佳，還有那個最小的叫福明……」
雲二一一介紹，講到最小那個，整個人都溫柔起來，目光中透露出的溫暖，讓人動容。
穆婉寧的鼻子忽然發酸，她的生母去世時，她還很小，已經記不得生母的樣子和眼神。
生母若在，看她時，就該是雲二這個樣子吧。

「哎呀，我看到姑娘就說個沒完，姑娘餓了吧？福佳，去讓廚房開飯了。」雲二介紹一圈，扭頭看到穆婉寧發愣，趕緊打圓場。

「沒有，只是想到一些事情。晚上雲二姑姑陪我吃飯吧，正好有些事要和姑姑商議。」

雲二曾經是暗衛，商量保密工作，再合適不過。

第六十四章 軍糧

宜長莊離盛京城遠，地處偏僻，附近的農戶不多，全都是莊子的佃戶。

想要這些人保守秘密很簡單，不讓他們離開莊子就行。當然，也暫時不准外人進來。

現在剛剛過完年，不需要走親戚。莊子可以自給自足，關上三個月，不會有問題。

雲二向穆婉寧稟報時，說得井井有條。

其實，這些事情，雲二早就開始做了。蕭長恭除了在明面上給雲二寫過信外，暗地裡還傳了一封信，要她準備一千斤的炒小米。

去年豐收，莊子裡的存糧夠，不必採買，暗中派人炒好就行。

炒小米是大齊軍隊的軍糧，行軍打仗時，每個士兵身上都有一個口袋，裡面裝的，就是炒小米。

炒小米再加上香腸，上過戰場的雲二心裡明白了七、八分，蕭長恭這是讓她們做軍糧。

大齊行軍，每人會給五斤炒小米，一千斤就是兩百人，再加上十斤香腸，看來恐怕會是遠征。

哪個國家需要大齊遠征呢？

雲二渾身一顫，覺得自己想到不得了的事情，難不成……蕭長恭是要直搗北狄王庭？

可是，這太冒險了，不，不能叫冒險，這根本是胡鬧，是拿自己的命開玩笑！

雲二心情激蕩，恨不得現在去勸蕭長恭打消計劃。可是扭頭看到穆婉寧一邊吃飯、一邊還在琢磨著工期，只得硬生生冷靜下來。

她不能亂！

將軍特意單獨傳信給她，要她做炒小米，就是為了瞞著穆婉寧。如果她亂了，很容易被穆婉寧識破。

雖然早已不是暗衛，但雲二仍然堅守暗衛的準則，不論如何，都不能破壞主人的計劃。

只是……等穆婉寧知道自己做的是軍糧，送未來的夫君去以身犯險，她能接受嗎？這未免太殘忍了些。

「錢二，你在新淨坊時，香腸已經做得很好。待會兒我安排你教姑娘們和莊戶們，把做香腸的工序和心得傳授給他們。」

錢二是新淨坊的夥計，這次跟了來，聽到還要教姑娘們，立時慌了。「要、要講給姑娘們聽？」

「這是怎麼了？平時那麼會說的一張嘴，聽到有姑娘就張不開了？」

「不，不是……」

「行了，那些女孩子還沒害羞，你一個大老爺們害羞什麼？難道想讓她們笑你還不如女兒家大方？」

別的能忍，這可不能忍。錢二脹紅了臉，挺了挺胸。「那可不行，那小的回新淨坊豈不被笑話死。姑娘放心吧，小的明白了，小的這就下去準備。」

穆婉寧強忍笑意，讓錢二下去了，轉頭看向劉大。

「劉大哥，你帶幾個人，把殺豬的工具準備好。今天早些休息，明天一早，天亮了就開工。先殺兩頭，盡快去皮去骨，交給姑娘們做成肉餡。」

劉大點頭。「姑娘放心，這事我們都是做慣的，必不會出了岔子。」

穆婉寧又轉向雲二，道：「兩頭豬大概有三百斤的肉，若是能一天做完，將軍兩千斤的香腸，差不多七天便能做好。未來這幾日，莊子裡的人可能會很辛苦，如何排班、吃飯、休息，就要靠姑姑出力了。」

「這是應當的，姑娘不必掛心。姑娘先吃飯吧，中午沒吃，別餓壞了。」

「也好。」

穆婉寧拿起碗筷，繼續吃飯，只是仍舊吃得心不在焉。蕭長恭突然要這麼多香腸，還要得很急，她也是有猜測的。

只是那個猜測讓她太過心驚，她不敢，也不願去相信。

但既然答應了，或許說，既然選擇了那個人，她只能支持下去。

吃過晚飯，穆婉寧去看錢二教姑娘們和莊戶們的婆娘。未來幾天，她們可是往腸衣裡塞肉餡的人手。

雖然錢二還是緊張，但到底是動了腦子，直接拿肉餡和腸衣演示。

先從分離腸衣開始，再將腸衣套在竹筒上，把肉餡壓進去，扎針排氣，最後用線綁好，勒出形狀。

他做完，大家也學得差不多，再問問細節，便明白了。

眾人看到穆婉寧過來，都站起身行禮。

穆婉寧示意大家坐下。「明天開始，大家可能要忙上一陣子，等忙完了，若是做得好，我給你們殺上一口豬，咱們全莊人一起樂呵樂呵。」

「姑娘有吩咐，大家肯定不惜力氣。前幾年附近遭了災，田裡顆粒無收，將軍不但免了我們的租賦，還拿出第二年的春種和糧食。大家正愁沒辦法報答將軍呢，現在總算有地方使力氣了。」

說話的是一位壯實的莊稼婦女，臉上曬得有些黑，說起話來嗓門很大，語氣爽朗，讓人見了就心生歡喜。

「這是莊戶的媳婦，為人實在，她男人也在莊子上，既是莊戶，也是護院。」雲二低聲幫穆婉寧介紹。

穆婉寧微笑點頭。「這位大嫂說話實在，婉寧也就不跟大家客氣了。今日早些休息，明天天亮，就要開始幹活了。」

「好咧！」

屋子裡的人逐一散去，福留卻磨蹭著不肯走，看看穆婉寧，似有話要說，又有些膽怯。

「妳是福留吧，是不是有什麼話要說？」

福留趕緊向穆婉寧行禮，只是說話之前，先去看雲二。

「有話就說，看我幹什麼？以後妳們出去過日子了，還要事事都來問我？」

福留臉上有些赧然，咬了咬嘴唇。「剛才錢二哥說要把乾番椒剪成絲，放到肉餡當中。福留覺得那樣效果不好，應該用藥碾子把番椒碾得碎碎的，再放進去，味道更好，同時也更省材料。」

穆婉寧笑道：「這想法不錯，可以試試。不如這樣，這肉餡怎麼調味，就交給妳好了。」

「另外，妳可以試試別的辦法，讓香腸直接就能當飯吃。還有，鹽要多一些，不怕鹹，就怕壞，要能保存得住，明白嗎？」

福留興奮地點頭。「福留一定不讓姑娘失望。」

雲二卻是聽得心裡暗驚，特意強調香腸要能當飯吃，還要保存得住，難道穆婉寧已經猜到了不成？

一晃兩天已過，穆鴻嶺考完第一場，大步流星地走向貢院外的母親。

「嶺兒，你有沒有凍到啊？冷不冷？」王氏見到穆鴻嶺的第一眼，就去抓他的手，感覺溫熱，放了一半的心。

穆鴻嶺扭頭張望。「四妹妹呢，我可要好好感謝她。沒那件披風，我可是要遭罪了。」

「別提了，你進了考場，她第二天就去了莊子，還說等你全考完再回來幫你接風，真是氣死我了。」

「咳咳。」穆鼎忽然出聲。「嶺兒辛苦了，趕緊回家沐浴更衣，好好睡上一覺，明天還要繼續考。」

蕭長恭的計劃雖然隱秘，但身為宰相的穆鼎，還是全盤知曉。這種事情，知道的人越少越好。

北狄使團已經入京，保不准街上哪個人的一句無心之失，就可能讓北狄人猜出來。

雖然這樣的可能微乎其微，但小心駛得萬年船，穆鼎從不輕視任何一個對手。

回到家裡，穆鴻嶺先去拜見周氏，周氏看到孫兒面色仍舊紅潤，放心不少。

「沒受罪就好，快去沐浴吃飯吧。我看到你，就安心了。」

「是，孫兒告退。」

按規矩來說，每次考試，除了第一天可以帶進筆墨被褥之外，第二次、第三次進場時，只允許帶吃食。

但這次有不少府邸聯名上表，請求皇帝開恩，允許第二場進場時，攜帶沒有夾層的禦寒之物。

皇帝很快便准了，於是第二場進場時，幾乎每個人身上都披著皮料做的披風。不過，即使是這樣，隊伍也短了許多。

有一批考生病倒，無法繼續赴考，像范軒宇就沒出現在隊伍之中，讓穆鴻嶺有些遺憾。

幸好范軒宇年紀不大，下一屆再考，也是來得及。

只是，沒能見到穆婉寧，穆鴻嶺有些奇怪。究竟是什麼樣的事，需要穆婉寧一個未出閣的女孩子去做呢？

鴻臚寺中，蕭長敬在范志正的帶領下，一連與北狄人談了快半個月，終於達成協議，用三千九百個俘虜換回大臺吉白棘，並且在歸去後的一個月內，釋放所有剩餘俘虜。

這個結果，讓皇帝很是滿意，再加上白棘吐露出的各種消息與內情，這次大齊算是賺了個盆滿缽豐。

如果接下來的計劃能成功，大齊就不只是賺了，甚至能保邊關十年和平！

可是對於接下來的計劃，即使是皇帝，也有些憂心。

「長恭，你和我說實話，你到底有幾成把握？你可是朕的大將，如無必要，實在是不想讓你冒險。」

蕭長恭沈思一下，道：「陛下，只要是上戰場打仗，就沒有十足十的把握，任何事情都有可能發生。但這次確實是千載難逢的好機會，即使冒險，也是值得。」

皇帝想到之前蕭長恭稟報自己的計劃時所說的話，不由嘆息一聲。「好，那就按你想的去做吧。乾糧準備得怎麼樣了？」

「莊子裡的人已經加緊趕製。那個莊子地處偏僻，用的都是府裡的家僕，事後我讓他們在莊子裡住上一段時日，絕對不會洩漏風聲。」

皇帝點點頭，出聲吩咐。「德勝，取酒來。」

德勝轉身出去，很快端了兩杯酒來。

「長恭，這一杯，朕敬你，望你能出奇制勝，馬到成功。等你回來時，朕要親自為你倒一杯慶功酒。」

「謝陛下，臣定當赴湯蹈火，萬死不辭。」

蕭長恭端起酒杯，一口飲下，隨後跪地行禮，走出殿外。

這杯酒，既是踐行酒，也是訣別酒。

再往後，君臣之前，只會有場面前的對話，像這樣動情的，不會再有了，以免讓人看出端倪。

春闈的最後一日，穆婉寧帶著護衛回京。隨行而來的，還有四百斤香腸。

這並不是蕭長恭為部下準備的那批，而是穆婉寧為新開的香腸鋪子準備的，剛好可以為最近收購整豬的事掩人耳目，也能讓蕭長恭看到實物，心中有數。

兩千斤香腸和一千斤炒小米，已經全部準備妥當，放在莊子裡，隨時可以取走。

炒小米的事，穆婉寧在第三天就知道了。實在是炒小米的香味太香，即使雲二把人安排在莊子一角，味道也飄了過來。

看到炒小米後，穆婉寧就知道，自己之前的猜測成了真。

她也曾與雲二一樣，想去制止蕭長恭這個瘋狂的舉動。但隨後冷靜下來，蕭長恭征戰十年，對於戰場局勢，對於這計劃的危險，比任何一個人都清楚。

他既然訂了這樣的計劃，就不是任何人可以輕易撼動的。

第二天，鑼鼓街的街口，穆婉寧的久香齋正式開業，開始賣香腸。

不過，在現場的穆婉寧顯得有些心不在焉。

事實上，從發現炒小米的那一天，穆婉寧就是這個樣子了。

她非常希望蕭長恭能來找她，能給她一個解釋。為什麼要準備這些？為什麼要做那麼冒險的事？

她知道蕭長恭是將軍，將軍就要上戰場，不可能一輩子平平安安地待在盛京城。

她只是希望蕭長恭能露面，跟她說說，為什麼要做這樣凶險萬分的事？哪怕有些機密不能告訴她，說一些讓她安心的話也好。

可是從昨天回城，到今天開業，蕭長恭一直沒有露面。哪怕穆婉寧已經派人送去不少香腸，蕭長恭也完全沒有回應。

到了晚上，穆婉寧再也坐不住，用送開店禮的名義，帶著雲香去了蕭府。

沒想到，蕭長恭居然不見她，甚至沒讓她進門，要蕭安把人攔在府門口。

蕭安看著穆婉寧，滿臉尷尬。「穆姑娘，我們大少爺不在府裡，去軍營了。等他回來，我一定讓他去見妳，可好？」

這番話，讓穆婉寧心裡最後一絲奢望也沒了，人都不敢見，便證明她所有的猜測，可能是真的。

在這之前，她一直有一絲幻想，如果是她猜錯了呢？

等他回來……萬一回不來呢？

難道，他連最後一面都不肯見？

想到上一次臨別時，蕭長恭的眼神，穆婉寧的心如墜冰窖。

他是存了死意的。

穆婉寧死死咬住嘴唇，忍住心裡的種種擔憂、焦慮，與憤怒——敢訂那樣的計劃，敢讓她代為準備軍糧，難道就不敢見她一面？

可是，此時只能忍，這事要保密。北狄人還在城裡，若被人看出端倪，難保不會壞事。

穆婉寧強行擠出笑容。「多謝安叔，代我轉告將軍，我、等、他、回、來！」

最後幾個字，穆婉寧是一個字、一個字吐出去的。

蕭安也不禁動容，穆婉寧哪裡是笑，分明是在哭。

「姑娘放心，老奴一定代為轉答。」

蕭安一躬到地，把所有的思緒掩蓋在面容之下。

回到穆府，穆婉寧在自己屋裡平復了好一會兒，才擺出開心的樣子，去為穆鴻嶺接風。

家宴上，眾人喜笑顏開，然而穆婉寧心裡有事，即使強顏歡笑，也看得出興致不高。

「四妹妹，妳是不是累了？」穆鴻嶺心細，看出穆婉寧似乎有心事。

「沒有，還好。」穆婉寧知道自己失態了，全家都很高興，她實在不應該掃興。

「說起來，為兄還沒有好好感謝妳呢，那披風真的是幫了大忙。這次我若考得好，至少有妳一半功勞。」

穆婉寧趕緊擺手。「那是大哥哥十年如一日苦讀的結果，跟我可沒關係，我不過是做些小事罷了。就算沒有這披風，哥哥也一樣能高中。」

「來，四妹妹，這一杯大哥敬妳。」

穆婉寧端起自己面前的果子酒。「那妹妹預祝大哥哥高中會元，再中狀元。」

「好，就借四妹妹吉言。」

夜裡三更，穆婉寧躺在床上，卻怎麼也睡不著。

她在等，也在祈禱，希望蕭長恭能像在京郊大營時，出其不意地從窗戶翻進來。

為此，她還特意點了油燈。

只是等到後半夜，梆子敲到了四更，蕭長恭也沒有出現。

屋頂上，蕭長恭一直靜靜伏在那裡，一動不動，既不敢下去見面，又捨不得離去。

直到屋子裡的油燈熄滅，梆子敲了五更，蕭長恭才起身離開。

院子裡的角落，雲香看著蕭長恭離去的身影，又看看穆婉寧的屋子，心裡幽幽地嘆息了一聲。

第二天一早，穆婉寧向周氏請過安後，就帶著三個婢女和護衛，前往城外的護國寺。

到了山腳下，穆婉寧棄車步行，一步一步走到護國寺的正殿，捐了一百兩香油錢，求了一道平安符。

然後，是給家人以及蕭長敬、蕭六姝的康健符，最後是穆鴻嶺的如意符，求完了才下山回去。

「大哥，這是護國寺的如意符，保你事事如意。」

穆鴻嶺心裡感動。「好，多謝四妹妹，這大冷天的，還特意去為我求符。」

這話說得穆婉寧暗暗愧疚，還有些臉紅，她可不是為了穆鴻嶺大清早登山求符，只是內中隱情，她不能說就是了，只能讓穆鴻嶺誤會下去。

所謂君子可以欺之以方，聖人誠不欺我。

第六十五章 出征

二月底，蕭長恭帶領一千禁衛軍，從盛京城出發，押送北狄大皇子白棘前往甘州，換回當年被北狄擄去的大齊百姓。

前一夜，京郊大營一處不起眼的暗門，走出了兩百人，一人兩騎，鉗馬銜枚，靜悄悄地前往宜長莊。

到達宜長莊後，每人揹了自己的十斤香腸和五斤炒小米，秘密前往甘州城。

此時，不少盛京城的百姓都聚集在城門處。上一次白棘被俘，消息並沒有傳出來，這一次卻是大張旗鼓地宣佈換俘。

因此，許多百姓趕來看熱鬧，看北狄的大皇子長什麼樣。蕭長恭本來不在意讓白棘露個臉，但北狄使團還跟著呢，強烈反對這樣做。

於是，蕭長敬藉機又敲了一筆。「不露面也行，再加五百俘虜。要我說，你們北狄人痛快點，五千俘虜全換回來算了。你們臺吉在我們這裡是好吃好喝，刑都不曾動一下，連皮都沒破一點呢。」

「我要見我們臺吉。」

北狄使團在盛京城時，曾無數次提出這個要求，都被蕭長恭以各種理由回絕。最多讓他們遠遠地看上一眼，證明人活著，沒缺胳膊少腿。

眼下已經到了最後，蕭長敬和范志正商量一下，點頭答應。

「不過，只有一盞茶的工夫。」

北狄的使者點點頭，急匆匆跟著蕭長敬去見白棘。

白棘被安排在一輛馬車裡，馬車四壁加上鐵板，他的手腳也戴著重重鐐銬，以防逃脫，但精神還不錯。

北狄使者問的第一句話就是——「臺吉可有受苦？」

白棘很想說自己苦頭吃大了，可是他的身上沒有任何傷痕，這陣子又是好吃好喝供著，人都長胖了，說受刑，實在難以讓人相信。

再者，因為他在「夢裡」可是什麼都招了，真說受了刑，一來沒證據，二來萬一被父親知曉那些事，他就完了。

因此，白棘搖搖頭。「沒有，大齊人不敢對我怎麼樣。」

看到白棘搖頭，北狄使者湊上前，用極低的聲音問道：「以臺吉觀之，大齊人可有對這次換俘之事起疑？」

「沒有，起初蕭長恭還對我出言恐嚇，這幾日連理都不理我。想來他已經認命了，連他那個弟弟，不也是在換俘人數上計較嗎？」

北狄使者點點頭，白棘的說詞與他這幾天感受到的相同。大齊人越是在換俘人數上斤斤計較，越是說明他們沒有起疑。

哼，換得越多，敗得越快。這幾日他非得裝出小氣的樣子，也是為了不讓大齊人起疑。

很快地，蕭長敬在外面敲了敲車窗，提醒時辰到了，而且他們也該出發了。

於是，北狄使者出來後，很痛快地與蕭長敬說好，用剩下的所有俘虜，換白棘不出現在盛京百姓面前，換他一路上不受苛待。

蕭長敬滿面笑意，與北狄人達成了最後的協議。

以為送的人越多，勝算就越大？哼，有他們哭的時候。

於是，盛京城的百姓最終撲了空，除了威風凜凜的禁軍和蕭長恭之外，並未看到白棘。

穆婉寧也擠在送行的隊伍中，遠遠地看著蕭長恭。如果這是最後一面的話，她要把他牢牢地記在心裡。

此時的蕭長恭穿上全套盔甲，腰間懸著一柄烏黑的配劍，加上獠牙面具，整個人肅殺而威嚴。

他的旁邊，也是同樣頂盔束甲的小七，手裡擎著代表蕭長恭的大旗。勁風吹過，一個大大的蕭字在風中舞動。

蕭長恭往送行的隊伍中深深地望了一眼，然後一抬手。「出發！」

昨天夜裡，蕭長恭想了許久，還是未敢去與穆婉寧告別。他怕自己會忍不住，會不捨，會說出不該說出的話。

越是在乎，反而越難告別。

倒是穆婉寧讓雲香送來了一個平安符。

蕭長恭的盔甲襯裡，塞著那個平安符，這是他戴著的唯一一件穆婉寧送的東西。其餘的，全留在了府內。

隨符而來的，還有一句話。

我等你回來。

雖然這句話早已由蕭安轉答過，但雲香說的時候，仍讓蕭長恭動容。他幾乎能想到穆婉寧說這句話時的語氣、表情。

穆婉寧看得懂蕭長恭臨行時的眼神，也理解他為什麼不來向她告別。

其實不告別也好，真見了面，穆婉寧也怕自己會抓住他，懇求他不要去。

只要兩人心裡都有對方，都把對方看成最放心不下的人，見與不見，其實差別並不大。

這一次，蕭長恭的目的，是要一勞永逸。

長途奔襲的確凶險萬分，但北狄人的陰謀，卻給了蕭長恭絕好的機會。

北狄人想在換俘時玩貓膩，用士兵代替俘虜，想藉此裡應外合，吃掉換俘的大將和邊關的駐軍。

為了這個目的，北狄人必會囤重兵於邊境。

但北狄人四年前剛丟了甘州城，一年前又被蕭長恭追著打了一百餘里，他們的兵力，已經不多了。

囤兵於邊境，勢必會造成國內兵力空虛。北狄人的王庭不像盛京是一座城池，易守難攻，而是由一個個大帳篷組成的。

這樣的王庭，雖然方便移動，但防禦卻很弱，只要能靠近，就能殺個措手不及。

這一次，將是蕭長恭為父母報仇的絕佳機會，亦是大齊換得邊關寧靜的絕佳機會。

所以，哪怕蕭長恭現在有未婚妻，有幼弟，也必須咬牙全部放下，深入北狄人的腹地，來一次千里奔襲。

縱使不能成功，他也要不留遺憾。

三月初，蕭長恭帶隊到達甘州。

此時的甘州守將，名叫程衛邊，是程守節將軍的小兒子。今年三十有六，征戰沙場二十年，也是一名經驗豐富的大將。

「衛邊兄，別來無恙。」蕭長恭在馬上抱拳，不論如何，能重回甘州，重回這座由他親手收復的城池，他的心情還是很好的。

「回盛京的這一年，長恭老弟可是沒閒著啊，我在邊關，都時時地聽到你的消息呢。還有，托你那新淨坊的福，我在甘州也能洗個乾淨的澡嘍。」

甘州城的新淨坊，用的人都是蕭長恭的舊時部屬。除了日常製皂、賣皂之外，還有充當眼線、搜集情報的作用。

兩人短暫地敘了舊，便開始交接。白棘身為重犯，要被關入早已準備好的地牢。

這一點，遭到了北狄使團的反對。

程守邊可不是蕭長敬，雖然早早從軍報上得知蕭長敬做的事，但這會兒北狄人手裡已經沒有俘虜可換，他就不客氣了。

「這裡是甘州，不是盛京，全城人都恨不得扒你們的皮，喝你們的血。地牢雖然差了點，但勝在安全。真把你們臺吉放到使館去，萬一出點什麼事，我們甘州守軍可不負責。」

北狄使者心中一凜，看看周圍的百姓，最終還是點了頭。

隨後，程衛邊大手一揮，派人把北狄使團送往驛館。一路上，不時有百姓往他們身上扔石子。

守軍們目不斜視，只要沒有人衝上來，就一律不管。

到了晚上，在甘州城的軍帳中，蕭長恭見到了現在的西北大營統領郭懷。

簡單敘舊之後，郭懷開口道：「你的計劃，我們已經知曉，既然陛下已經准了，我們也不好說什麼，但要我們什麼都不做，也是不可能的。

「我這邊會出四隊人馬，每隊兩百人，自帶十天的乾糧和快馬……」

「不行。」蕭長恭立即出言打斷。「這事太過凶險，你們沒有必要冒這個險。」

郭懷擺擺手，示意蕭長恭聽他把話說完。

「這事既是冒險，也是掙功勞。你蕭長恭能看出北狄國內兵力空虛，是個機會，難道我們就看不出？

「這四隊人與你同時進北狄腹地，分散在不同方向，一來可以重創他們，二來也能為你掩護，三來還可以讓他們的人疲於奔命，無法集中全部的兵力圍剿你。

「最後一點，如果你成功了，未來十年裡，我們可能無仗可打。不乘機替自己撈點軍功，難道要等老了拿不動刀的時候再去？」

蕭長恭心裡感動，郭懷這番話聽起來有理有據，但說到底，還是要拿命去拚。深入北狄腹地，不是那麼容易的。

「這份情義，長恭記下了。」蕭長恭對著軍帳中所有人鄭重行了一禮，算是應下。

「不過，人好辦，但是馬怎麼辦？咱們有那麼多馬嗎？而且長途奔襲，一人至少要兩匹才行。」

郭懷露出得意的笑容。「長恭有所不知，自從馬蹄鐵造出來後，我們馬匹的損耗大大減少。而且有了馬蹄鐵，馬跑起來更有勁。老兄我這半年可是沒閒著，組織許多小隊去打劫北狄人的營地，搶了不少馬回來。不是這樣，我怎麼敢派四隊人跟你進北狄？」

這下，蕭長恭心裡大定，他帶來的人，都是在他京郊大營裡精挑細選的，再加上他的親衛，戰鬥力如何，自是有數。

但甘州這邊，若是這半年不斷與北狄人打游擊，經驗想必也夠，有這樣的助力，這次直搗王庭的行動，更有可能成功。

「好，太好了！你們準備得如何？我的計劃是明天在儀式上露個面，晚上就出發。」

「隨時可以出發。」

商議已定，眾人離開營帳。

蕭長恭看著夜空中的一勾新月，默默地道：「婉寧，等我回去。」

第二天一早，雙方列了重兵在邊境。

北狄使團越線而過，去向北狄主帥稟報這次談判的結果。

這回，白棘沒有坐馬車的待遇了，被裝在一個大大的囚車裡，推到前線。

過了大約一炷香工夫左右，北狄主帥越陣而出，帶著親衛走到兩軍之間。

程衛邊同樣帶了親衛，趕著囚車走到陣前，直到相距五十步的地方才停下。

「北狄崽子們看好了，這就是你們的大臺吉，沒缺胳膊沒少腿，趕緊把我們大齊的人還回來！」

囚車裡的白棘恨恨地看著程衛邊，同時也恨恨地看著北狄的主帥，他萬萬沒想到，這次換俘事件的主帥，居然是白刺。

白刺是北狄國主白濯最偏愛的小兒子，一心想搶他太子之位的人。

由他當主帥，就算白棘成功回去，大齊人也因此吃了大虧，那功勞也不是白棘一人的，白刺要占很大一部分。

最多，兩人五五分，白棘還是不能坐穩太子之位。

想到自己孤身犯險，白刺卻來撿現成的，白棘恨不得跳出囚車，一掌拍死他。

當然，更多的是心裡對父親的不滿，讓大兒子拿命去拚，卻讓小兒子撿現成的，這份偏心真真讓人心寒。

此時被注視的白刺卻是開心得很，完全不在意自家大哥要吃人的目光，也不去理會程衛邊的話，反而看向程衛邊身後的蕭長恭，伸手抱拳。

「蕭將軍，別來無恙啊。」

蕭長恭冷哼一聲。「不勞臺吉掛懷。」

「白刺，你敢無視我！」程衛邊脹紅了臉，對白刺怒目而視。

白刺裝出這才看到程守邊的樣子。「哎呀呀，不好意思，我們北狄只知道大齊有個蕭長恭，卻不知甘州城何時又出了一員大將。」

「哼，白刺小兒不要猖狂，有你記住爺爺我的時候。」

雙方話不投機，反正該確認的事已經確認了，立刻分開，回歸自己的陣地。

入了陣地，蕭長恭衝著程衛邊抱拳。「長恭身體不適，後面的事，就拜託程將軍了。」

程衛邊知道這是蕭長恭在向他告別。「放心，白刺那小子不是說不認識我嗎，這一次，老子就讓他好好地認識認識。」

蕭長恭點點頭，帶著小七和一眾親衛，離了前線，返回甘州城。趁著路上沒人的時候，悄悄調轉方向，直奔約定的地點。

那裡，會有他精挑細選的人等著他。他們也將從那裡越過邊境，深入北狄人的腹地。

隨後，雙方正式開始換俘。

以北狄人的想法，當然是五千人一口氣全換過去，才能把水攪混，利於行事。

但程衛邊既然知道了北狄人的計謀，怎會讓他們如願？

程衛邊的計劃，就是一個「拖」字，拖得越久越好。

一來，北狄人以換俘為由，在邊境囤了不少兵馬。這些部隊人吃馬嚼的，每天可是要消耗不少糧草。

二來，囤重兵於邊境，便意味著國內空虛，能追擊蕭長恭的人會變少。

一旦他們有所異動，敢派人追擊，少了不頂用，多了就是給程衛邊機會。陣腳鬆動，絕對是對陣大忌。

手握十萬大軍，若不拚個大的，拿什麼升官發財？

卻說蕭長恭這邊，帶著小七與自己的人會合後，一行人趁著夜色，越過邊境，潛入了北狄境內。

另外四批人，已經先他們一天潛進去，為蕭長恭打掩護。

三天後，北狄國主白濯得知，境內有一個小聚落被滅了。

「大齊人？」

很快，各處都傳來消息。據說這批大齊人心狠手辣，見人必殺，絕不留活口。而且多為一擊致命，手法狠辣，甚至沒人看見這批到底有多少人。

但從馬蹄印上看，至少有五、六百人，而且，不只一隊。

白濯震怒，命令手下的鷹師立即派出軍隊，圍剿這批大齊匪徒。

蕭長恭一路小心翼翼地帶人向北狄腹地前進，除非不得已，不會去屠戮北狄人的聚落。若真遇到了，他也不會手軟。

小不忍，則亂大謀。

「將軍，這些北狄人並不知道王帳的下落。據他們說，王帳的位置在北狄是機密，普通人根本不可能知道。」

蕭長恭吐出嘴裡的草稈。「這倒不意外。不過，王帳那麼多人，想隱藏起來是不可能的，我們只要沿著河找，一定能找到。吃食跟水裝好了沒有？」

「都差不多了。」

「傳令下去，一刻鐘後，出發。」

「是。」

很快，兩百人的隊伍騎著馬，又各拉了兩匹馬，絕塵而去。

第六十六章 禮物

自從蕭長恭走後，穆婉寧茶飯不思，生怕一覺醒來，就會得到蕭長恭陣亡的消息。

一連消沈幾天，人都瘦了下去。

三個婢女急得不得了，該勸的話都勸過了，可一點用處也沒有。

這種事情，不是勸就有用的，還得靠穆婉寧自己想開。

幸好，自打蕭長恭走後，鐵英蘭一連幾日來清兮院陪伴穆婉寧。她也算半個武官家眷，知道家裡有人上戰場的滋味，即便不能安慰什麼，也可以多陪陪穆婉寧。

因此，鐵英蘭目前是清兮院裡最受歡迎的客人。

「我說妳啊，還沒過門就這樣，那等妳過了門，有了孩子，蕭將軍再上戰場，是不是要在家裡急得上吊？要我說，妳趁早退婚，少著點急，說不定我還能跟妳多做幾年朋友。」

鐵英蘭斜靠在軟榻上，一邊吃著瓜子、一邊數落穆婉寧。先前好話說遍，一點用都沒有，這回來點狠的，說不定能有奇效。

果然，穆婉寧不像之前那樣消沈，瞪了鐵英蘭一眼，沒好氣道：「妳就不能盼著我好？」

「妳這話就沒道理了，我要妳退婚，是為了妳好；找個書生嫁了，一輩子都不會上戰場，省得操這份閒心。妳說，我這還不叫盼妳好？那什麼叫盼妳好？」

穆婉寧被鐵英蘭的歪理氣笑了。「胡說八道。」

「妳啊，得自己看得開。男人出外打仗，不擔心是不可能的，可也得有個度。真把自己急出病了，人家得勝歸來，妳卻一命嗚呼，這盛京城裡，不知有多少人要樂得拍手。」

「這話怎講？」

「我說妳是真傻還是假傻啊，之前沒人敢嫁蕭將軍，那是懼怕傳言，說蕭將軍陰晴不定、殺人如麻。可是這一年下來，誰不知道蕭將軍平易近人，都等著嫁給他呢。

「妳別不信，是妳還沒過門，等妳過了門，保准有人趕著往妳的後院塞人。甚至啊，說不定還有人跟皇帝嚼舌根，說穆府的穆婉寧太柔弱，一有事人就垮了，以後那麼大的府邸，沒個有擔當的女主人可不行，不如讓他女兒去做平妻，主持府裡的大小事……」

穆婉寧猛然一拍桌子。「我看誰敢！」

「怎麼不敢？將軍才走幾天，妳就茶飯不思，打仗哪次不得花上三、五個月，甚至一年半載？妳這樣下去，半個月就去了半條命，到時人家往妳府裡塞人，豈不順理成章？」

一想到有人會和她分享蕭長恭，穆婉寧的心就像是被火燒過一樣，雖然她見慣了男人三妻四妾，可是到了自己身上，這滋味竟是那樣的不好受。

「不行，我絕對不允許這樣的事發生。」

「唉，對嘍，就是這樣，妳得振作起來，妳不倒，就沒人敢欺負妳。好好過自己的小日子，把自己養得白白胖胖，等著將軍得勝歸來。」

穆婉寧的心裡忽然像是透進了亮光，其實道理很簡單，想通了不值一提，但是想不通時，人就會陷在裡面。

而且，每每想到蕭長恭的軍糧是她準備的，穆婉寧更有愧疚之心，覺得是自己害了他。甚至有時覺得，如果她沒出做香腸的主意，蕭長恭就不會動那樣的念頭了。

其實，這與她又有什麼關係呢？沒有香腸，蕭長恭也一樣會上戰場。

鐵英蘭看到穆婉寧有了生氣，心裡高興，扭頭對著門口喊道：「檀香，妳家姑娘回魂了，趕緊端參粥來。」

「是，奴婢這就去。」檀香樂得不得了，雖然方才鐵英蘭說話確實狠了點，但現在穆婉寧振作起來，比什麼都好。

穆婉寧看向鐵英蘭，心裡感動，上前拉住鐵英蘭的手。「鐵姊姊，謝謝妳，妳真是我的救星。」

「好了，想通了，就好好吃飯。等妳吃飽了，我可是有個好消息要告訴妳。」

這會兒穆婉寧心情開朗，肚子咕嚕叫起來，接過檀香端來的參粥大口喝著，一時竟顧不上去問鐵英蘭到底有什麼好消息了。

一碗粥喝完，肚子裡有東西，額頭上也出了汗，穆婉寧覺得舒服多了。

「鐵姊姊，快說，是什麼好消息？」

鐵英蘭一臉壞笑。「之前想要進妳後院的人，馬上就要進別人的後院了，妳這個准侯府夫人，要不要去給她添妝，『慶賀』一下？」

穆婉寧眼睛一亮。「要去，當然要去。」

一想到吳采薇，穆婉寧因為別人也想嫁蕭長恭而生出的醋勁、恨勁，全衝著她去了。

吳采薇想嫁給蕭長恭，前前後後給穆婉寧添了無數的堵，除了被掌嘴那次，是因為干擾了國政，其他最重的懲罰，也不過是禁足、訓斥。

甚至，皇帝賜婚，還挑了個禁軍副統領給她。

一直以來，穆婉寧只能挨打，如今也到了她主動給吳采薇添堵的時候了。

這叫來而不往，非禮也。

妳都噁心我一年，這次也該輪到我出出氣了。

「鐵姊姊此言，正合我意。」穆婉寧臉上也浮現一抹壞壞的笑容。「不過，鐵姊姊啊鐵姊姊，之前我怎麼就沒看出來，妳也是個愛幸災樂禍的？」

「妳這個『也』字，用得極好，咱倆這算是臭味相投了。」

穆婉寧這才發現，自己說了個「也」字，當下笑出聲來。

鐵英蘭又道：「她做了那麼多噁心人的事，如今給人當填房，我沒放鞭炮慶祝，就算我爹教得好了。再說，給她添妝，我還得花錢呢。」

「這倒也是。不過嘛，能花點錢噁心她一下，也是值得的。咱們得想個法子，既不留把柄，又能把她氣得半死。」

「這主意好。」

「不過，鐵姊姊得保護我，萬一到時吳采薇氣急，真的動手傷人，我可是要吃虧的，上次就差點著了她的道。」

鐵英蘭拍了拍胸脯。「放心，有本女俠在呢，保證她傷不了妳一根手指頭。」

說罷，兩人同時哈哈大笑。

「那咱們送什麼好呢？」鐵英蘭看向穆婉寧。「妳有什麼主意？」

穆婉寧嘿嘿一笑。「保密。」

鐵英蘭走後，穆婉寧便帶著雲香上街。

雖然想到蕭長恭，仍是擔心不已，但經過鐵英蘭的開導後，穆婉寧也想明白了，不論蕭長恭在戰場上遇到什麼樣的凶險，她在家裡擔心，都是無濟於事。

唯一能做的，就是過好自己的日子，像以前那樣，把心放在自己身上，而非別人身上。

哪怕那個人是蕭長恭，也不行。

穆婉寧想的禮物很簡單，就是找城裡的酒窖，買了兩罈還算不錯的酒，然後又去自家的久香齋，包了兩大包香腸。

到久香齋時，沈掌櫃也在，見她要了香腸，問道：「東家，這是要拿去送禮？」

「是啊。」穆婉寧用目光示意一下雲香手裡的兩罈酒。「長長久久嘛。」

沈掌櫃不由笑出聲來，但還是勸道：「這兩樣雖然寓意不錯，但到底有些拿不出手，不符合東家的身分。不知東家要給什麼人送禮，在下願代為準備。」

穆婉寧輕笑一聲。「之前誣衊我與人有染，又硬闖鎮西侯府，害將軍病危的吳鄉主要嫁人了，我給她備點添妝。」

沈掌櫃愣了一下，當即點頭。「東家這禮品很好，不用換了。不過，包裝得用心點，至少不能讓外人看出問題來。

「而且，東家若想再氣氣吳鄉主，不妨……」沈掌櫃微微上前，壓低聲音，把自己的計劃說出來。

這話正合穆婉寧的心意，當下笑道：「知我者，沈掌櫃也。」

一般來說，添妝都是下午。這天剛吃過午飯，鐵英蘭就上門了。

「快讓我看看，妳準備了什麼東西？」

穆婉寧指指院子裡的兩個紅色籮筐，鼓鼓的不說，上面還覆蓋著紅布，看著就很喜慶。

「怎麼樣，看著像那麼回事吧？」

「是夠招眼的，就是怎麼看也不像是添妝的禮物，倒像是媒婆上門提親的東西。」

鐵英蘭這話說得沒錯。小姊妹之間添妝，送的都是金銀首飾、玉器擺件等等。這類東西一般都不大，還會用錦盒裝好，講究的是精緻、小巧。哪有穆婉寧這樣的，弄了兩個籮筐，和鄉下媒婆上門時沒什麼兩樣。

「像就像吧，就算我把天上的星星裝進盒子裡，她也未必會給我好臉色。再說，我是噁心人去的，自然是怎麼便宜怎麼來。」

鐵英蘭按捺不住好奇心，揭開紅布看了，卻是之前吃過的香腸。再翻開另一個籮筐，是兩罈酒。

稍微一想，鐵英蘭便明白穆婉寧的意思，笑得連形象都不要了，坐在院子裡直打跌。

「我說，妳這也太小氣了吧！」

「不然呢？要不是空手上門不好，我還懶得為她花銀子。」

鐵英蘭想了想，點點頭。「有道理。」隨即打開自己懷裡的錦盒，把裡面的鐲子拿出來戴在手腕上，然後看向穆婉寧。

「等會兒出門時，先去趟鋪子，我也要備份一模一樣的。」

下午，長公主府的管家收到了兩封拜帖，以及兩對紅色的大籮筐。

這禮單，管家也有點傻眼，頭一次聽說姑娘家添妝還有送這個的。

按規矩，管家要站到院中唱喏，大聲把禮單上的東西報出來。

可是這東西能報嗎？豈不讓滿院賓客笑話死？

但穆婉寧和鐵英蘭已經進了吳采薇的小院，正等著呢。

吳采薇沒想到穆婉寧會來，從第一眼看到穆婉寧起，目光中就透出一股怨毒。

她費盡心思，卻沒能搶過這個庶女，眼下自己失敗了，不得不嫁人，穆婉寧竟然來了。

這是以贏家的姿態來嘲笑她嗎？

「哼，妳來幹什麼，我們長公主府不歡迎妳。」

對於吳采薇的態度，穆婉寧一點都不意外，甚至覺得這樣才好。如此，她心裡最後一絲愧疚，也沒了。

屋裡除了吳采薇之外，還有穆婉寧之前見過的程雪遙，簡月婧卻是沒有出現。

之前白棘準備行刺皇帝，曾向簡月婧的父親打聽皇帝是否出巡的事。

那可是事關皇帝安危的大事。在白棘被抓的第二天，簡父就被罷官去職，一家人已經啟程回老家了。

「我可是來給吳鄉主添妝，都說婚前添妝是添福氣，歡迎還來不及，沒想到在吳鄉主這裡，卻是反著來，見面就先攆人。」

吳采薇惡狠狠地瞪著穆婉寧，才不信穆婉寧會祝福她。

「管家，唱禮單，我倒要看看，未來的侯府夫人會送什麼禮給我。」

管家手一抖，這下非唸不可了。

「穆府四姑娘，香腸兩包、美酒兩罈，寓意長長久久。」管家都覺得自己沒臉看這禮單，虧穆婉寧想得出來。

吳采薇哈哈大笑，轉頭看向程雪遙，以及屋子裡其他女眷。

「沒想到堂堂侯府夫人，出手竟然這般寒酸。穆婉寧，妳要是窮得揭不開鍋了，就別在這裡打腫臉充胖子。」

「一別三月有餘，想不到吳鄉主的腦子還是這般不靈光。這送禮嘛，憑的是各人之間的交情，交情好的，自然要送貴重之物；交情差的，自然就送些便宜東西。

「我與鄉主之間，可是沒有交情可言，非但沒有，反而有仇有怨。今日我能來添妝，已經是聖人教得好了。」

這話說得旁邊的鐵英蘭差點沒笑出聲，昨天她說是爹爹教得好，今天穆婉寧就活學活用，說是聖人教得好了。

自從上次被南安伯夫人趕出來後，程雪遙閉門謝客好幾個月，羞得不敢見人，婚事亦大大受了影響，此時再見穆婉寧，也是恨得牙根癢癢。

「穆姑娘這話不對了，聖人可沒教人落井下石。」

穆婉寧嗤笑一聲。「其一，吳鄉主成親，又是皇帝賜婚，是大大的好事，怎麼在妳嘴裡，就變成掉進井中？而且，我是來添妝的，不過是依著交情備禮，怎麼就成了落井下石？程姑娘，妳該不會把心裡話說出來了吧？」

這話一說完，鐵英蘭笑得肚子都痛了，連吳采薇也狠狠地瞪程雪遙一眼。

「其二，聖人雖沒教人落井下石，卻教人以德報德，以直報怨。吳鄉主德行不顯，又不曾與人為善，我今日來，已經是違背聖人的意願，以德報怨了。」

吳采薇終於忍無可忍，手向門口一指。「來人，把她趕出去！」

穆婉寧擺擺手。「吳鄉主既然不願待客，婉寧自當客隨主便，走了就是。唯願鄉主與未來夫君長長久久，事事和睦。」

穆婉寧說完，轉身就走，鐵英蘭隨後跟上。這是來之前商議好的，穆婉寧一個人出手就夠了，鐵英蘭不要出聲。

畢竟鐵英蘭與吳采薇並沒有直接的過節，捲進來不好。

屋子裡，吳采薇又砸了一套茶盞。

「把她們帶來的東西扔出去！」

穆婉寧聽見了，頓住有些磨蹭的腳步，大聲道：「成親前一天就把長長久久扔出門去，可不是什麼吉利的事情，還望鄉主三思。」

話落，她和鐵英蘭對視一眼，兩人同時加快腳步，離開了長公主府。

走遠之後，鐵英蘭大大呼了口氣。

「呼，一向只有吳采薇噁心別人的分，如今終於能噁心她一次，真是讓人心情舒暢。不過，妳這樣一鬧，等妳成親時，她不知會怎麼報復呢。」

穆婉寧無奈地看她。「我的好鐵姊姊，說過癮的是妳，怎麼擔心的也是妳？」

「咳，這不是開心過了，就後怕嘛。妳不知道，剛剛我都做好動手的準備了，生怕吳采薇把長公主府的護衛叫出來。」

「鐵姊姊放寬心，今兒就算我不鬧這一場，妳以為我成親時她會老實？反正她都要鬧上一鬧，我何必客氣。這叫蝨子多了不咬，債多了不愁，不鬧白不鬧。」

鐵英蘭聽了，簡直哭笑不得。

可惜，能這麼想的，也只有穆婉寧一人了。

回府不久，這消息便傳進穆府，當天晚上，穆婉寧就被周氏罰去跪祠堂了。

「和妳說過多少次，過去的對手，不要緊盯著，自貶身價。妳倒好，巴巴地趕去打人家的臉，生怕人家不恨妳？

「還有，那畢竟是皇帝的外甥女，不看僧面也要看佛面，真把皇帝惹惱了，別說妳吃不完兜著走，連妳父親也要跟著遭殃。」

穆婉寧乖乖地跪在那裡，不敢出聲，心裡卻是腹誹，皇帝都包庇吳采薇多少次了，除了干擾國政那回，其他全是不痛不癢的懲罰。

吳采薇使出的那些招數，要不是即時破解，她可是會把命都搭進去。

雖然做填房挺打臉的，但與她何干？那是皇帝為了拉攏手下，捨了自己的外甥女，總不能要她為此感恩戴德。

不過，周氏罵人，穆婉寧也只能受著。畢竟自重生以來，周氏對她是真的不錯。

無非就是跪祠堂，跪著跪著便習慣了。要是重新來過，她肯定還是要去的。

第六十七章 狀元

四月二十一，殿試如期舉行。一家人再次像春闈送考那樣，齊聚在皇城大門口。

皇城大門平時是不開的，唯有皇帝登基、大婚這樣的日子才開。

另外，每隔三年迎接新科狀元時，皇城大門也會開啟。所有參加殿試的考生一起進去，結束時，只有狀元、榜眼、探花才能從正門出。

看著穆鴻嶺走進皇宮，王氏激動得眼冒淚花。五歲啟蒙，十幾年寒窗苦讀，終於到了最後一步。

起初，舉凡考過春闈的學子，都能參加殿試，但隨著制度發展，現在只有甲榜的前三十名才能進宮，接受皇帝的親自考校。

上了殿，接受皇帝的考校，按規矩，就要稱皇帝一聲座師。出來以後，就可以自稱天子門生了。

殿試同樣是寫文章，不過這次是由八名閱卷官當場批閱。批閱時，皇帝會隨機提問，若是答得不好，雖然不至於淘汰，但想進前三名就沒機會了。

當然，答得好，入了皇帝的眼，便極有機會得到前三名。

最後，閱卷官會選出十名最好的卷子，交由皇帝欽定一、二、三名，即狀元、榜眼、探花。

殿試只考一天，清晨進，日暮出，送完穆鴻嶺，穆家人便回府去，準備晚上的慶功宴。不管最終結果如何，能得天子門生的稱呼，也是值得慶祝一番的。

回去時，穆婉寧窩在馬車裡補眠。昨夜她沒睡好，一早又被叫起來，已經有些迷糊了。馬車走著走著不動了，檀香在外面回稟，說對面是其他伯府的馬車，要讓一下。

穆婉寧點點頭，等會兒就等會兒吧，倒沒什麼。

馬車旁是間茶館，此時隱約有議論聲傳來。

「哎，你們聽說了嗎，鎮西侯在邊關失蹤，已經有二十多天了。」

「我也聽說了，還有人說……」說話的人壓低聲音。「可能是投敵了。」

「什麼，投敵？不可能，鎮西侯是我們邊關的大英雄，怎麼會投敵？」

「噓，你小聲點，那麼大聲嚷嚷幹什麼，這不都是聽說的嗎。」

坐在馬車裡的穆婉寧把這些話聽了個一清二楚，氣得人都不睏了。

「雲香，妳去找他們，就說我在這兒，問他們敢不敢來我面前當面說。」

這話一說，誰還敢來？當下茶館裡的客人走得乾乾淨淨。

但是穆婉寧的憂慮並未消減多少，蕭長恭失蹤，便說明他真的如她想的那樣，深入了北狄人的腹地。

可是，邊關大將的行蹤，連她這個未婚妻都不清楚，這些市井百姓是從哪裡得知？還有，投敵叛國的謠言，又是從何時開始傳的？

「雲香，改道，去鎮西侯府。」

到了鎮西侯府，蕭長敬不在，據蕭安說，是在范志正那裡。

「也罷，我不方便直接追到范府，還望安叔轉告這件事。」穆婉寧把街邊聽到的流言告訴蕭安。

蕭安聽完，也緊皺眉頭。他是侯府的管家，雖然沒出過盛京城，沒上過戰場，但也了解行軍打仗之事。

戰場之上，最忌透露主將行蹤。雖然蕭長恭沒在西北大營任職，但身為一品軍侯，又負責這次換俘，其行蹤絕不是盛京百姓可以知曉的，更別說還有投敵的謠言了。

所謂風起於青萍之末，說不定這是北狄人的後手，準備用流言毀了蕭長恭，也可能是北狄人面對大齊人搗亂的反擊。

如果蕭長恭真的深入北狄人的腹地，所造成的損失絕對小不了，北狄人想藉此報復蕭長恭，不是不可能。

「多謝穆姑娘提點，老奴知曉了，必不會讓此事發展下去。」蕭安說完，便吩咐下去。「來人，去把小少爺請回來，就說有重要的事要與他商量。」

蕭長恭這次走，風雲衛裡，除了像小七一樣的親衛之外，並沒有帶走其他擅長打探情報的人，統統交予蕭長敬管著。

因此，想查清楚這些事，真得讓蕭長敬回來。

穆婉寧不便久待，回去太晚，王氏肯定要不高興。

不過，好幾天沒見到蕭六姝，穆婉寧有些捨不得，道：「不如這樣，六姝同我回府吧，晚上我家有筵席，讓她跟著熱鬧熱鬧。」

蕭安點點頭。「也好，晚上再讓小少爺接她回來，正好把賀禮送去。這禮，老奴早就備下了，想來到了晚上，出名的不只是穆家大公子，還有姑娘的狀元齋吧？」

穆婉寧微微一笑。「那就借安叔吉言了。」

能去穆府玩，蕭六姝當然答應。前段時日因為蕭長恭剛走，蕭安怕穆婉寧觸景生情，不敢讓蕭六姝過去。

穆婉寧帶蕭六姝回穆府，穆若寧見到蕭六姝，樂得跟什麼似的，沒一會兒，兩個小姑娘就在花園裡玩開了。

穆府裡一片忙碌，除了要準備晚上的慶功宴之外，王氏又準備許多炮仗，就等著穆鴻嶺高中狀元時，好好放上一放。

「母親，坐下歇歇吧。」穆婉寧上前扶住王氏。「您這麼忙下去，等到晚上哥哥回來，豈不沒力氣恭喜他了。」

「哎喲，妳一說，還真累了。不過再累，我也高興。上一次咱們穆家中狀元，還是快百年前的事，這回要是妳大哥真能中狀元，我非要妳爹開祠堂，好好向祖宗稟報……」

「哎呀，開祠堂的香燭，我怎麼把這個忘了。」王氏說著，一拍大腿，又要站起來。

穆婉寧趕緊拉住她。「母親別急，管祠堂的人早已備下了，女兒剛剛進來時，他還特意讓我向母親傳話呢。」

穆婉寧乖巧地幫王氏又是揉肩、又是捏腿的，終於讓王氏稍稍歇了一會兒，但很快又忙碌起來。

眼看日頭漸斜，王氏又出聲催促了。

「快快，一炷香工夫之後都上車，去宮門口等著。嶺兒若是中狀元，就能從皇宮的大門口走出來，一輩子可就這麼一回。」

這一次，穆家孩子動作麻利，不用王氏催，早早就準備好，甚至連周氏都出來了。前幾次送考，她可是沒去的。

到了門口，王氏卻發現少了一個人。「哎，漸兒呢，怎麼不見了？」四處扭頭去找。

穆婉寧解釋道：「二哥說，怕我們在宮門前占不到好位置，提前去準備，說是務必要讓哥哥出來時，第一眼看到母親。」

其實，穆鴻漸的原話是「要讓大哥出來時第一個看到我」，穆婉寧稍微改了下。

「好，這孩子也知道疼人了。」王氏滿臉欣慰。

等穆家人到了宮門口，門前果然早已停滿各式各樣的馬車。

「這裡，這裡！」

不一會兒，穆鴻漸跑過來，跳上馬車，坐在大壯旁邊。

大壯一揚鞭子，藉著穆鴻漸的喊聲，總算把馬車趕進去。

到了最靠近宮門的位置，就看到六名穆府的家丁，在眾多馬車之中，硬是圈出了一塊空地，剛好停得下兩輛馬車。

「怎麼樣，還是我聰明吧。」

王氏寵溺地摸摸他的頭。「聰明。我的漸兒也長大了，不愧是要參加武科舉的人，懂事多了。」

穆家人來得很早，又等了將近一個時辰，才看到皇宮大門緩緩打開。

一時間，所有人屏氣凝神，不知會走出哪三個人來。

先出來的是皇家儀仗，這亦是皇帝給的殊榮，唯有新科狀元、榜眼、探花可以享用。

隨後出來的是手捧皇榜的官員，對著眾人展示一圈後，自去宮門口張榜。

再來是三頂軟轎，同樣也是皇帝恩典，不是所有人都能從宮裡坐著轎子出來。

三頂轎子，一頂在前，坐的是新科狀元；另外兩頂落後半個轎身，是榜眼與探花。

很快地，轎子落地，轎簾一挑，穆鴻嶺從最前面的轎子裡，緩緩走了出來。

穆家人歡呼起來，當中穆鴻漸叫得最大聲。榜眼、探花也跟著露出真容，門口的氣氛熱烈至極。

三人互相致意，才快步走向自己的家人。

「孩兒不負所望，終於及第，中了狀元，向母親道喜。」穆鴻嶺說罷，伏身下拜。

王氏的眼淚一下湧了出來，待穆鴻嶺磕完頭，上前扶住他。「好，好孩子，快起來。」

眾兄弟姊妹都圍上來。「恭喜大哥。」

這時，穆鴻嶺才注意到周氏也在。「祖母來了，孫兒拜謝祖母。」

周氏很激動，穆家雖出過兩任宰相，但許久沒出過狀元了。

「好孩子，回家去，去祠堂裡報聲喜。」

這時，穆鼎也出來了。身為宰相，在這等為國舉賢的重大時刻，自然是要在的。

回到家，開了祠堂，上過香，穆鴻嶺正式向穆鼎和王氏磕頭，又去給周氏磕頭，才算報完喜，一家人熱熱鬧鬧地開了席。

蕭六姝跟著穆婉寧，看得眼睛亮晶晶的。「穆家大哥哥好厲害啊。」

「所以，等妳回家，要多督促妳長敬哥哥讀書才是。」

「嗯，六姝記下了，到時也讓哥哥拿個狀元回來。」

這話讓穆婉寧噗哧一聲笑了出來。

至於已經回到蕭府的蕭長敬，沒來由打了個噴嚏，怎麼感覺他像是被人惦記上了呢？

北狄境內某處，蕭長恭往南邊方向瞇了瞇眼。

今天是四月二十一，殿試的日子，不知穆鴻嶺那小子有沒有中狀元？

要真能中狀元，最高興的應該是穆婉寧吧，她的狀元齋，這下可是名副其實了。

「將軍，問出來了。」小七興匆匆跑來，打斷了蕭長恭的思緒。

「快說。」

「我們剛剛抓到的那個斥候，正是出自拱衛王帳的鷹師，王帳離我們不到百里。不過，據他交代，最近又有一個鷹師回防，現在王帳周圍是密不透風。」

蕭長恭皺眉。「找地方休息隱蔽，等入夜了，我們摸過去看看。」

「是。」

入夜後的火光，在茫茫草原上是看得很清楚的。蕭長恭帶著人，沒費多大力氣，便找到王帳。

可是，所謂的王帳，並不是一個，而是許多帳篷的集合。大大小小的帳篷沿河流搭建，雖然王帳肯定是最大的，但白濯未必會在那個帳篷裡。

一般來說，最大的帳篷都是用來議事，居住的並不會很大。

他們這兩百人，雖然足以成為一股奇兵，但在幾千人面前，還是不夠看。

所以，如何找到白濯，一擊必中，就成了最重要的事。

「傳我命令，除小七外，留下十人，其他人退回一百里之外。」

小七有些遲疑。「將軍，這樣會不會太冒險了？」

「大家全留在這裡更冒險，人少容易隱蔽。」

「是。」

可惜，北狄人的防範確實嚴密，蕭長恭帶著人在附近晃了幾圈，也沒找到什麼破綻，更別提深入探查哪個才是白濯所在的王帳。

不過，北狄防範得雖然嚴密，但守衛兵力不足，想擴大盤查卻是不可能，給了蕭長恭可乘之機。

眼看天快亮了，蕭長恭道：「走，先退遠點，晚上再來。」

然而，第二晚仍是一無所獲，直到第三天白日時，蕭長恭遠遠趴在地上，透過千里鏡，看到了一大隊人馬由南而來。

雖然領兵的人只有一個背影，但蕭長恭覺得這人有點眼熟。如果是他想的那個人，那麼，今天晚上定會有事發生。

「後退，待到入夜再來，把其餘人也招過來。」

如果是真正的兩軍對壘，蕭長恭並不會只依據猜測來行動。但現在情形不同，他已經深入北狄境內一個多月，再不做點什麼，等到北狄人平定其他地方的騷亂，難保不會發現他。

入夜後不久，蕭長恭的人馬趕至，此時王帳還是一片寧靜。

「隱蔽，休息。」

「是。」

一直等到夜半時分，王帳裡忽然起了騷動，接著便亂起來。

隨後，四處都是砍殺聲，時不時聽見有人高喊。「白刺造反，凡跟隨者，格殺勿論！」

與此同時，有更大的聲音道：「有人假扮國主，擒之有功！」

蕭長恭興奮地站起身，白天他就懷疑那背影像白刺。而且，白刺此時應該在邊境才對，突然回防，必有大事。

果不其然，真亂起來了。

蕭長恭一揮手，帶著他的人馬，悄悄地接近王帳。

他們剛接近，就看到一小隊人從王帳中衝出來，後面還跟著一隊人馬，顯然是要追殺前面的人。

蕭長恭看看逃出來的人，心中一喜，打個手勢，靜靜帶人跟上。

他的人全是黑衣黑甲，隱藏在夜色中，很難發現。追兵看不清楚，也未曾發現他們。

前面那隊人馬，最終還是被後面的跟上，兩隊人拚命廝殺，眼看要撐不住了，蕭長恭便帶人衝上去。

很快，追兵全滅，被追的僅有三個人倖存，被蕭長恭的人團團圍住。

「你、你們是誰？」

夜色裡，蕭長恭上前，冷冷地道：「白國主，別來無恙。」

蕭長恭的話一出口，為首人的眼睛瞇了一下，立刻散發出身為上位者的氣勢。

「既然認出我，為什麼還不下馬見禮，難道你們也想造反嗎？」白濯也知來者不善，但眼下情勢不由人，只能揣著明白裝糊塗。

「不敢。」

這話讓白濯和另外兩個護衛暗暗鬆口氣，只要不是造反，一切都有得商量。

然而，就在他們鬆懈的這一瞬，蕭長恭和小七手起刀落，直接砍了兩名護衛，趁著白濯驚詫時，一掌擊暈他。

蕭長恭拎起白濯，放在自己的馬鞍上，低喝一聲。「走。」

眾人立時向南飛馳而去。

穆婉寧說過，話本裡的壞人，都是死於話多的。現在蕭長恭就是北狄人眼裡大大的壞人，剛剛說話，不過是為了確認白濯的身分。

既然找對了人，自然是速戰速決。有什麼話，回到大齊境內，就算說上三天三夜，也沒人管。

他們的身後，廝殺還在繼續，無人注意到已經有一小隊人馬擄了真正的國主，飛快往南邊而去。

不得不說，白刺確實有一手。白濯在國主之位上坐了十年，善加團結國內將領與小部落。孰料一朝不慎，竟被小兒子逼到這種地步。

白濯在馬上顛簸半宿，醒了過來，但渾身都被綁得死死的。

他是一國之主，卻不是一國之勇士，也沒有白赫那天生神力。此時能做的，只是勉強抬起頭，對蕭長恭怒目而視。

蕭長恭看到了白濯的不甘，心情很好。「白國主不要這樣看著我，我與你有殺父之仇，惹惱了我，對你沒好處。還有，你們北狄人對大齊人的手段，我可是清楚得很。」

說到後面，蕭長恭的聲音陡然冷下來。邊關十年，他見過太多太多殘忍的事。

白濯也打了個冷顫，從蕭長恭冷冷的眼神來看，他一點也不懷疑眼前的人做得出來。

天已大亮，一行人有些困乏，但現在不是休息的時候。離王帳越遠，才越能安心。越過一條小河時，蕭長恭下令飲馬、裝水，勉強休息了一刻鐘，又繼續向南趕路。

白濯看到這批人一路向南，心裡涼了半截，最不願意看到的情況還是發生了。

前些時日，北狄境內接連出現幾批大齊人，攪得四處不寧。他身為國主，頻頻調動軍隊平亂，也是疲於奔命。

沒想到，千防萬防，他還是落到了大齊人手裡，實在是當國主的恥辱。

第六十八章　擒王

一直跑到中午，蕭長恭才下令，在一處地勢低窪的地方整裝休息。

草原的地形一望無際、一馬平川，白天想要隱蔽實在很難，唯有這種地勢低的地方，才能勉強停留片刻。

白天不只隱蔽難，行軍也非常危險，很容易被人發現。之前蕭長恭是帶著人晝伏夜出，今天是為了快點遠離王帳，才冒險趕路。

幸好白刺自顧不暇，而白濯雖然逃了，但王帳到底是他的，白刺想要拿下王帳，也得花一番工夫才行。

白濯被兵丁從馬上放下來，拿下嘴裡塞的布，隨後有人把水囊和大餅遞到他嘴邊。

當初帶來的炒小米和香腸早就吃完了，後面的吃食，完全是以戰養戰得來的。

「白國主，你吃些吧，回大齊的路還很長。」

白濯瞇著眼睛看向蕭長恭。「你究竟是誰？」

蕭長恭無奈，因為面具會反光，不利於隱蔽，所以自從進了北狄後，他就把面具摘下來。

結果，摘了面具，便沒人認識他了，只得從懷裡拿出面具戴上。

白濯見狀，立刻倒抽一口涼氣。

「先前國內便有傳言，說你帶隊殺進來，沒想到是真的。既如此，為什麼不一刀殺了我？帶我的首級回大齊，你們的皇帝也一樣會獎賞你。」

「你以為我不想殺了你？不過是眼下情勢不同，你活著比死了對我們更有好處。」

白濯沈吟一下。「你想讓我們自己亂起來。」

蕭長恭目露讚許。「不錯，不愧是一國之主，反應得很快嘛。白刺造反，卻沒能抓住你，只要你活著，就有機會收攏殘兵舊部，奪回王位。所以，白國主還是吃些東西，日後還有當王的機會呢。」

白濯深深地看了蕭長恭一眼。「沒想到你想得如此深遠，既然你有這想法，現在我就可以和你立誓，放我離開，十年之內，我絕對不向大齊動兵。」

「哈哈哈哈，白國主啊白國主。」蕭長恭大笑，聲音卻是冷下來。「都到了這個時候，你還想給我挖坑。且不說你現在的口頭誓約是否有用，就說這種誓約吧，要訂也是由兩國國君來訂，我若和你訂了誓約，可就是僭越之罪，身陷囹圄，還想著坑人？」

蕭長恭看向兵丁，道：「不要給吃的了，白國主腦子不清醒，餓一餓說不定會好些。」

於是，白濯只能看著眼前的大餅飛了。

按說，一個人餓上一天不會有什麼事，但沒事是指不會死人，挨餓的滋味卻是逃不掉的。即便是錦衣玉食慣了的白濯，到了晚上，也懷念起大餅的味道。

此時，他們已經重新上路，白濯亦在休息時被換上黑色衣服，甚至嘴裡塞的布，也細心地換成黑色的。

此時，白刺已經把王帳完全掌握在手裡，得知沒有發現白濯的屍體後，立刻下令嚴加搜查那個「假冒國主的逆賊」。

之前白濯有過一個替身，已經被白刺殺了，當成正主，停放在王帳內。白刺帶著一眾人，圍著他哭拜。

要說白刺的手段，並不算高明，卻是好用。

這種造反的事，大多只需要一個說得過去的理由，即便所有人都知道躺在棺材裡的是假的，跑掉那個才是真的，但這不重要，只要白刺手裡有兵、有權，假的也可以是真的。

此時，蕭長恭遇到了一批屬於白刺的大軍。他們收到的命令，是不惜一切代價，都要抓住假冒的國主。

不過夜裡搜索，即便點著火把，茫茫草原，也會漏看。因此，主將下令，將營帳一字排開，且多點火把，不求把人抓住，只求把人嚇走。

只要逃亡之人不敢過來，到了白天，就可以繼續搜索。

大軍分散在各處，火把是最好的標記，蕭長恭拿著千里鏡，仔細觀察。

這批大軍很分散，若是繞過他們，甚至需要往北走才行。

眼見防衛越來越嚴，要是再向北，日後還有沒有機會回南方，就不一定了。

看來，只能冒險穿越。

蕭長恭觀察半天，最後選擇了一處小營地，離其他兩處稍遠，而且看樣子人不多。若能悄無聲息地摸過去，滅了這個小營地，他們就有穿過的可能。
「白國主，待會兒我們要冒險穿過營地，我奉勸你聽話，不要出聲，也不要搞什麼把戲。不然，在你們的人抓到我之前，我定會一刀砍了你。你的人再快，也快不過我的刀。
「再說，就算你能回到自己人手裡，也一樣是死。我要是白刺，肯定不會讓你活著。」
白濯對眼前的形勢看得比蕭長恭還要清楚，畢竟他是國主，每一處大軍在什麼位置，心裡有數。
這支大軍並不是他的部屬，既不是他佈置的，自然就是聽命於白刺。被他們抓住，還不如跟蕭長恭回大齊，至少能活命。
於是，白濯點點頭，表示自己會老實聽話。
蕭長恭一揮手，所有人替馬嘴纏上布，防止牠們出聲。隨後，蕭長恭把白濯交予小七看管，隊伍由他指揮，再點了五、六個擅長潛行暗殺的，帶著他們，匍匐向營地靠近。
小七本想阻攔，由他代替蕭長恭去，但蕭長恭堅決地搖搖頭。
「論正面拚殺，他們差你好幾條街。可是論潛匿嘛，他們能甩你好幾條街。」
小七只得應下了。
很快地，蕭長恭一行人接近營地裡的哨兵。這一處營地很小，只有二十幾人，哨兵有些懈怠，正站著打瞌睡。
幾人對視一眼，比劃幾個手勢，一人上前，悄無聲息放倒衛兵，其他人則深入營帳。

這裡的北狄人極為懈怠，就防範來說，還不如蕭長恭之前遇到的平民聚落。但他們最近被調來調去，實在累了。在草原上疲於奔命，卻連根毛都沒撈到。

敵人懈怠，就是自己的機會。十幾人手起刀落，不少北狄士兵在睡夢中丟了性命。

就在蕭長恭準備發信號，讓大部分的人過去時，草堆裡卻冒出一個人，身形搖晃，嘴裡嘟囔。

「都欺負我，不就是喝了點酒嗎，又把我埋進草堆幹什麼？」

緊接著，這人看到蕭長恭一行人，剛要大喊，蕭長恭甩出一把飛刀，讓他閉了嘴。

呼，好險。

「所有人，再次檢查。」蕭長恭壓低聲音，然後拿起火把，在空中劃了幾圈，當作暗號。

片刻後，黑衣黑甲的士兵們牽著馬、貓著腰走過來，穿過營地，又走了一會兒，確認北狄人聽不到馬蹄聲後，才上馬狂奔。

不過，蕭長恭沒能安穩地跑太久，在他們離開營地一個時辰後，北狄巡視的人就發現被滅的聚落，一道尖銳哨聲響起，整個營地都被驚動了。

「人沒跑太遠。傳我命令，全軍向南追擊！」

「是！」

盛京城內。

雖然蕭長敬和京兆府的蔣幕白全力控制流言，但蕭長恭失蹤投敵的消息，還是不可抑制地在城裡流傳開來。

位居高位之人跌落神壇，還可能投敵叛國？光是想想，就覺得很刺激。

尤其是在茶館之中，這樣的小道消息，比風流韻事更讓人津津樂道。

加上盛京裡的北狄細作不斷推波助瀾，蔣幕白彈壓了幾次，都沒能止住。

那些不知從哪裡冒出來的北狄細作，也很讓他們頭疼。以往確定某個人是細作，是因參與某些事情的關係，比如發現與北狄通信，或抓到一個，又牽扯出其他的來。

但這一次，全盛京城的百姓都在說這些事，細作們不過是說得多些，實在很難就此定罪，只能對他們下禁口令。

然而，這些動作，在堅信蕭長恭就是投敵的人眼裡，成了欲蓋彌彰。

一時間，蕭府成了人人喊打的對象，蕭長敬出門時，差點被百姓圍住，要他解釋。

這事能怎麼解釋，說蕭長恭是深入腹地抓白濯去了？那豈不成了暴露目標，正中北狄人下懷。

再說，就算蕭長恭真投敵，蕭長敬解釋也沒用啊。

蕭長敬氣得不得了，差點當街與人打起來，還是風十死死拉住他，才沒有動手。若是打傷人，這事就更難辦了。

「小少爺息怒，只要等將軍回來，所有流言不攻自破。到時風十陪您去街上罵人，罵他個一天一夜。」

蕭長敬恨恨地說：「一天一夜不夠，我要罵上三天三夜。枉我大哥為了守護他們，受那麼多的傷。」

另一邊，范志正聽到消息，趕緊來蕭府，對著自己的徒弟好一頓勸。「長敬啊，這人活在世上，不可能事事都如意；你做的每一件事，也不可能都被理解。

「你入了鴻臚寺後，因著蕭將軍的關係，武官們對我們的態度好很多。以往……嘖嘖。」范志正一臉不堪回首的樣子。「以往我們談判，但凡不如他們的意，就罵我們是賣國賊，枉顧將士流血犧牲。

「所以，只要你覺得自己做的事是對的，無愧於家國百姓，又何必在乎他們的流言？」

蕭長敬聽了，無奈地點點頭。

最近，穆婉寧也因為這些事閉門謝客。

雖然沒有百姓來找她要答案，但嫉妒她身為庶女，竟能嫁給蕭長恭的，卻是大有人在。只要與這些人見面，難免有人冷嘲熱諷。即使不是明著譏諷，但打著關心的旗號說這些話，也是很噁心人。

噁心人還是好的，有些人更是幸災樂禍。

比如，剛剛嫁過去，就被夫君收拾一頓的吳采薇。

「好，活該，哈哈哈哈，叫他蕭長恭有眼無珠，他要是娶了我，如今又怎會有這樣的流言。蕭長恭最好死在北狄，一輩子別回來。」

吳采薇滿臉報復的快意，未曾注意到，何立業就站在門口。

「何夫人，妳既已嫁給我，還是少提別的男人。」何立業的聲音陰惻惻的。雖然他對吳采薇沒什麼感情，但她畢竟是他明面上的夫人。

自己的夫人，總是張口閉口別的男人，也是讓他很不爽的。

吳采薇悚然一驚，趕緊站起身。最近她經常被何立業以各種理由罰抄書，什麼母親身體不適啦，抄經祈禱；說她心不靜，抄書靜心等等。

抄得她摔了數不清的硯臺、撕了數不清的紙，又不得不抄完。若不抄完，別說出屋，連飯都沒得吃。

「哼，你倒肯進我的房裡了。從新婚到現在，你在我房裡睡過幾次？還好意思說我是你的夫人，全朝廷上下，也沒有你這樣寵妾滅妻的。」

「有沒有，不勞妳操心。做好妳自己的本分，我自然會來。不過，即使蠢笨如妳，也知道眼下的是流言，今日就不罰妳抄書了，但妳再敢在府裡胡說八道，小心家法。」

何立業說完，轉身出了吳采薇的院子，並吩咐院子門口的粗使婆子，定要把吳采薇看牢，絕對不能讓她出院子，也不能讓她向外傳話。

他今天來，就是來看吳采薇的反應。身為禁軍副統領，雖不參與軍國大事，但對皇帝的態度，卻是知曉得很清楚。

目前皇帝對流言很生氣，很擔心蕭長恭，這都是風向，他可不想吳采薇這時跳出來，在這件事上大做文章。

到時，皇帝再對他的外甥女不滿，也不會直接打她的板子，但何立業很可能得個「治家不嚴」的罪名。

若是被有心人利用，參他一本治家不力，何能治軍？他這禁軍副統領雖不至於被摘，但想再往上爬一步就很難了。

穆婉寧能閉門謝客，但狀元齋、新淨坊、久香齋這些與她相關的鋪子，卻是遭了殃。尤其是新淨坊，裡面從掌櫃到夥計都是早年跟隨過蕭長恭的人，面對流言，他們的反應極為激烈，已經與人起了好多次爭執。

幸好沈掌櫃很清醒，一邊安撫坊內的夥計、一邊派人去穆府送信，向穆婉寧建議，這段時日少出貨，連之前每月必出的新皂，也暫時先停下來，維持生意就好。等蕭長恭回來，流言不攻自破，到時再多賣些，增加進項。

如果穆婉寧在府裡憋悶，去莊子裡散散心也不錯。

穆婉寧看到沈掌櫃的提議，很是欣慰，這個掌櫃真的是撿得太值了，順時能求財源廣進，逆時能想辦法止損維穩。下一年，可要再給他漲點分紅。

不過，她是不可能離京的，倒要看看，這些愚昧的人跟背後推手，能蹦躂到什麼時候。

盛京城流言紛紛，皇帝雖然生氣，命京兆尹全力鎮壓流言，但他在朝堂上面對文武百官時，卻一直沒有表態。

蕭長恭這件事，信的人無須解釋，就算那些有異議，或旁敲側擊讓皇帝澄清流言的人，說到底也是不信的。

蕭長恭投敵能有什麼好處？真正位居高位的人，都是不信的。

與北狄的形勢相同，這件事是真是假不重要，藉此打擊蕭長恭，打擊把女兒嫁給蕭長恭的穆鼎，才是最重要的。

對皇帝來說，朝堂上兩相平衡是非常重要的事。蕭長恭雖然辭了西北大營統領之職，但穆鼎最近卻是風頭無兩。

女婿是大將，兒子是狀元，自己是宰相。若朝堂全是誇讚的聲音，日子久了，難免會讓人滋生野心。

穆鼎深知這點，自從穆鴻嶺被欽點為狀元後，他就不願多張揚。連狀元齋，他也不准穆婉寧藉機多做生意。

穆鴻嶺更是必要時才出門，比如狀元遊街，參加瓊林宴等等。隨後每日便老老實實地去翰林院點卯。按規矩，狀元先領翰林院的虛職，待各處有實缺之後，再行分配。

現在這種情況，可能要等一段時日才外放。

不過，穆鴻嶺倒是不急，一家人剛好再享受些團圓的日子。

盛京城裡風雲湧動，千里之外的蕭長恭卻是形勢危急。

之前他能順利地接近王帳，一來是出其不意，二來是白刺有意放縱。

因為白刺也希望國內亂起來，蕭長恭等人突襲，對他來說，同樣是千載難逢的好機會。

因此，那些暗地聽從白刺的將領，放任蕭長恭及另外四支隊伍，只是做做樣子，不曾真正出力圍剿。目的就是讓拱衛王帳的鷹師分散開來，並且疲於奔命，這樣白刺才有機會。

甚至，提出刺殺、換俘、囤重兵於邊關這一連串計劃的，也是白刺。不然，他何時才能登上王位？

白濯還不到五十歲，以他的身體來說，要他退位，可能還得等上二十年。

白刺可不想等那麼久。

如今王帳已經歸他控制，白濯失蹤。白刺心想，很可能就是蕭長恭劫走了白濯，於公於私，都要對蕭長恭窮追不捨。

而且，與當時白濯沒有頭緒不同，這一次白刺的目標很明確，蕭長恭定要向南，只要守住大齊與北狄的邊境，就不愁抓不到蕭長恭。

是以，越是向南、越是接近邊關，蕭長恭面臨的危機就越大。

在接連遇上幾波斥候，又碰到幾支小部隊之後，蕭長恭隱隱約約覺得，他們應該是被包圍了。

雖然範圍還很大，但確實如他所想。

事到如今，想帶著白濯悄無聲息地回到大齊已經不可能，只能使出最後一招。

「小七，準備點烽火。」

「是。」

點烽火是蕭長恭臨出來時，與西北大營的統領郭懷約定的暗號。只要看到烽火，西北大營就會主動出擊。

邊境一亂，蕭長恭便有機會趁亂突圍。

小七一人帶了三匹馬，在一處窪地處潛伏下來，蕭長恭則帶人遠離。

到了夜裡，小七點燃烽火，再騎著快馬，趕往與蕭長恭約定的地點。

烽火是一縷濃重而不易散的黑煙，這樣的煙在黑夜裡很難看到，等到天亮被各方勢力瞧見時，蕭長恭已經離開很遠了。

當然，即便是這樣，依然很危險，會暴露自己的位置。

這幾日，郭懷坐立不安，之前派出的四支小隊，已經有三支折在北狄，烽火裡加了紅煙，就是在告訴他手下將士的死訊。

目前，只有蕭長恭和另一支小隊還沒有動靜。

「將軍，黑煙，黑煙，黑煙！」

此時，天剛矇矇亮，守夜的兵丁看到烽煙，立刻向郭懷稟報。

郭懷一個激靈，從床上彈起來，道：「聽我命令，全軍集合。」

一時間，西北大營動了起來。除了郭懷所在的總部，其他位置看到的，也全部行動，還互傳消息。

這也是之前商量好的，只要見到黑煙，不管哪處，都要全力出擊。

只要他們能拖住眼前的敵人，不讓敵人前去圍剿蕭長恭，就是大功一件！

甘州城裡，程衛邊雖然沒看到黑煙，卻看到自己人點燃的烽火，當下一拍桌子。

「娘的，等了一個多月，終於等到這一天了。傳令下去，全力迎戰！白刺居然敢不把我放在眼裡，以為用個金蟬脫殼就能騙我，這次非要你小子一輩子也忘不了我。」

此時北狄人也瞧見了大齊人的烽火，看出大齊人有動作，全軍戒備起來。

一時間，整個邊境劍拔弩張。

大戰，一觸即發。

第六十九章　圍攻

隨著郭懷一聲令下，整個邊關都騷動起來。

讓北狄人萬萬沒想到的是，與他們打了十幾年仗的大齊，居然第一次主動出擊。不少北狄人都愣了，大齊人不是只會防守嗎？

的確，除了收復甘州城那一次，大齊面對北狄，大多數時候只能防守，無法追擊。原因是草原很大，又無險可守，加上大齊的馬不如北狄，跑不快，又追不上。

但現在不同，大量運用馬蹄鐵後，戰馬的損耗大幅降低，給了大齊人發展騎兵的機會。而且最近半年，郭懷不斷指揮手下突襲北狄人的部落，搶奪戰馬，大齊人的騎兵已經初具規模。

更重要的是，此時北狄人陳兵邊境，簡直是送上門的靶子，早有人請命出戰。要不是郭懷一直壓著，大戰不說，小戰役恐怕已經爆發許多次了。

如今命令已下，所有中級將領帶著手下，憤慨吼著，衝向了戰場。

戰爭雖然殘酷，但對於這些將領來說，想升官發財，想光宗耀祖，想封妻蔭子，只能靠著累積戰功，來達到目的。

大齊人全面出擊，讓防守邊境的北狄人危機陡增，他們本就不擅長陣地戰，這次的兵力又不如大齊。

為奪得王位，白刺帶走了最精銳的虎師，又把白濯的鷹師折騰得疲於奔命。目前邊境雖囤兵不少，但不是最精銳的。

而大齊人的西北大營，全國精銳皆雲集於此。

很快，開戰後不久，北狄人便抵擋不住。

最靠近蕭長恭的北狄人，是白刺手下的虎師，主帥是白刺的小舅子赤由。看到蕭長恭點燃的烽煙後，立時命令手下的軍隊，往烽煙處靠攏。

而且，他很謹慎，為防止蕭長恭聲東擊西，他是讓部隊慢慢往一處靠近。這樣的動作慢，但可以真正甕中捉鱉，把蕭長恭困死在包圍圈裡。

可惜，他的主意雖好，卻未能奏效。因為很快地，他就接到了邊關的求救信號。

烽煙，不只大齊人會點，北狄人也一樣會點。越是緊急的軍情，烽煙的效果就越好。

若是別處，赤由並不在意，北狄人沒有固定的城池，隨時可以向北撤。且不論大齊人占了多少土地，都沒有用，因為他們沒辦法駐守，冬天一到，他們還是會回到南方。

大齊人一走，土地又成了北狄人的。

但甘州不同，那裡不只存了北狄五萬大軍，還有北狄人的第一座邊關重鎮。若丟了那一處，想再占回來，就沒那麼容易了。

想到這裡，赤由恨恨地一拳砸在手心。「傳令，大部隊向甘州方向開拔，其他人組成千人隊去追，務必捉到賊人。」

「是！」

蕭長恭看到北狄人燃起的烽煙，不由喜出望外，沒想到北狄人的守關軍隊居然這麼快就支撐不住了。

「小七怎麼還沒回來？」蕭長恭抬頭看天，太陽已經走到頭頂上，按約定的時辰，小七在一炷香工夫之前，就應該出現了。

「將軍，我去接應小七，您帶人突圍。」風五忽然上前。風字頭的暗衛都是身世相近，這麼多年下來，已然情同手足。

其實，蕭長恭的心裡也很糾結。眼下最明智的選擇，就是放棄小七，帶隊往南。只要有機會穿越邊境，帶回白濯，長達一個多月的突襲，便可以完美告終。

但是，他不能捨了小七，小七對於他，與別的暗衛、別的親兵都不同。

小七是他的第一個親兵，隨著他出生入死。若是小七想當將軍，積累的戰功早能當個副將了，可他硬是放棄了機會，甘願守在蕭長恭身邊。

連組風字頭暗衛時，他也不肯去當老大，只願陪著蕭長恭。

這樣的小七，他捨不了。

「風五，隊伍交給你了，白濯也交給你。從現在開始，你帶隊全力往南方趕，只要有機會，就穿越邊境，回到大齊。」

「那將軍呢？」

「我去接應小七，你們不必等我們了。」

風五聽了，怒吼一聲。「眾人聽令，跟隨將軍營救小七。」

蕭長恭怒目而視。「你敢違背我的命令？」

「將軍既然把隊伍交給我，我就是指揮者，可以下這樣的令。或者將軍另找人帶隊，風五願跟隨將軍。」

「將軍，我們敢跟您來，都是不怕死的。現在您要去救人，卻讓我們回去，真回去了，我怕一輩子都睡不安穩。」

「是啊，將軍，讓我們跟您去吧。」其餘人紛紛附和，他們有一半是蕭長恭的親衛，一半是城郊大營裡的精銳。一個多月的生死與共，早已情同手足。

蕭長恭一咬牙。「好，我們走。」

小七的確出了意外，往回趕的時候，遇上全是精銳的斥候小隊，一共十人。

若是以往，這樣的小隊，他隨手就滅了，根本不用放在心上。但現在不同，他只有一人，即使仗著馬快，也架不住北狄人人多，對他圍追堵截。

眼看包圍圈越來越小，小七知道不能再兜圈子了，拔出馬上的長刀，衝著一個方向拚殺而去。

一個照面，小七就斬斷對方的刀，但付出的代價卻是自己的刀也捲了刃，這批斥候的兵器居然意外的好。

不只兵器，弓箭也很好，小七勉強躲過兩支箭，差點被射中。

看來，是遇到精銳了。既然有精銳的斥候，便說明這裡離北狄大軍很近，如果是這樣，那他就不能再往蕭長恭的方向跑，以免給敵人帶路。

看來，他要回不去了。

也罷，就留在這裡吧，那麼多同袍死在邊關，死在北狄人手中，他也不孤單。

說不定，到了那邊，他們還能再組一支軍隊。

當下，小七撥轉馬頭，決定不再跑了，眼前人能殺一個是一個。

唯一可惜的是，見不到雲香了，她都被他看光，要對她負責才行。

不過，如果他死了，便無所謂了。

蕭長恭強行忍耐著，不敢讓戰馬全力奔跑，否則戰馬跑到精疲力盡，見到北狄人卻沒了戰鬥力，不僅救不了人，還會把其他人搭進去。

片刻後，他忽然看到頭上有禿鷹盤旋，大膽撥轉馬頭。「去那邊。」

果然，再跑一會兒，就聞到血腥味。再往前，就看到半身鮮血的小七，正與人拚殺。

風五的眼睛一下子就紅了，暴喊一聲，拚命打馬，風一樣往小七對面的人衝去。

「小七，低頭！」

小七聞言，猛地俯身，一柄鋼刀貼著他的頭皮劃過，正中對面之人的咽喉。

很快，為數不多的斥候小隊全軍覆沒，連有想報信的，也被蕭長恭一箭射殺。

小七看到蕭長恭的第一眼，便紅了眼眶，喊了聲將軍，人坐倒在地上。

蕭長恭飛身下馬，扶住小七。「怎麼樣，還能不能騎馬？」

小七點點頭，嘴裡說的卻是——「沒想到小七還能見到將軍。」

「以後你見我的時候多得是呢。上馬，我們回家。」

身後所有人一起喊道：「回家。」

一行人換了馬，風五怕小七半路掉下來，直接把小七綁在自己身後。「小七，從現在開始，你就歸我管了。只要老哥能回去，你就能回去。」

小七心裡感動，虛弱地靠在風五身上。「拜託五哥了。」他實在沒力氣了，剛才說能騎馬，真的是在逞強。

蕭長恭也知道小七的傷太重，現在奔波不得，但留下來更是死路一條，只能下令，全力向南突圍。

越往南，喊殺聲越大，能聞到的血腥味越來越重。

以蕭長恭的觀察，這一處的戰場，雙方勢均力敵。

他們身處北狄人後方，但北狄人善於應變，後隊隨時可以變前隊，一旦暴露行蹤，北狄人又不管不顧的話，他們還是走不掉。

「再往西些，我們要找有北狄人點狼煙的地方。」

「可是那邊勢必會有北狄人的援軍。」

「但也是我們戰力優於北狄人的地方，只要時機把握得當，會比這裡更有機會突圍。」

又趕了大約半個時辰，終於看到一處狼煙，這一處的北狄人果然是節節敗退，援軍卻還沒到。

「就這裡了，全軍突擊。」

「是。」

蕭長恭衝鋒前，戴上了面具，雖然會招來北狄人的圍攻，但同樣是給大齊軍隊信號。

果然，北狄人一看到蕭長恭的銀面具，便瘋狂起來。「是蕭長恭，蕭長恭打過來了！」

不過，與蕭長恭預料的不同，北狄人非但沒有圍攻，反而紛紛後退。

他們已經被對面的大齊人打得節節敗退，如今蕭長恭如神兵天降一般，直接讓這批北狄敗兵嚇破了膽。

不遠處，親自率軍的赤由眼神一瞇。「哼，就知道你小子會往這兒來，不枉老子提前在這裡埋伏。今天，老子就要你的命！」

一隊精兵從斜刺裡殺出，蕭長恭見狀，知道他千算萬算，還是沒能擺脫這最後一戰。

既如此，那就戰！

四月底，盛京城裡三年一度的武舉如期舉行。

第一場是文試，赴考的穆鴻漸雖也由全家人送考，但比起穆鴻嶺，陣仗要小得多。

不過，這是沒辦法的事。整個穆家，包括鎮西侯府，都在穆鼎授意下，不准張揚行事。

雖然流言紛紛，但穆鼎和穆婉寧都知道蕭長恭幹什麼去了，安心蟄伏著，只要蕭長恭得勝歸來，自有真相大白的時候。

就讓那些人再蹦躂兩天吧。

「娘，大哥，妹妹們，我這就進考場了。」穆鴻漸灑脫地一抱拳，繫好了肩上的貂皮披風，接過裝有食品和筆墨的籃子，走向了貢院。

雖然眼下已經是四月分，根本不必再帶這麼厚的貂皮披風，但穆鴻漸以要沾文狀元的福氣為由，硬是帶上。

甚至，他還要穆婉寧備一份當初她送給穆鴻嶺的禮品，儀式感十足。

家裡人當然不會反對，但看著一眾考生最多帶兩件厚點的衣服，而穆鴻漸帶的卻是厚厚的貂皮披風，樣子還是有些滑稽。

自打穆鴻嶺中狀元之後，王氏幹什麼都有了底氣，此時見二兒子進了考場，已不復當初的慌亂。

「去吧去吧。好好考啊，三天後娘給你做好吃的。」

大齊的武科舉是「弓馬定高下，文策定去留」，主要以選拔將帥為主。

因此，除了武藝之外，也要懂得兵法，像《武經七書》那些經典，不僅要能倒背如流，還要能分析利弊，當場應答。

今天這場文試，只考一場，一場三天。

貢院離吉祥街不遠，送完穆鴻漸後，穆婉寧向王氏告假，說再過幾天要查帳，不如今天就去，這樣便不必再出一次門。

穆婉寧的狀元齋雖借了穆鴻嶺的名頭，卻是先寫匾額後中狀元，所以王氏一直認為是穆婉寧帶來的好兆頭，因此一向不阻攔她去鋪子。

當下，王氏分了輛馬車給穆婉寧，自己帶著穆安寧、穆若寧回去。

到了狀元齋，沈掌櫃聽說穆婉寧要查帳，臉上露出有些赧然的表情。「回東家，這個月狀元齋的收益雖然還可以，但新淨坊，怕是要虧損了。」

「無妨，這也是意料中的事。」

對完狀元齋的帳，穆婉寧帶著沈掌櫃來到新淨坊。

果然，新淨坊裡一片愁雲慘霧。

最近呂大力連皂都沒得做了，心情最是低落。「真是對不住東家，新淨坊自開業到現在，還是第一次虧錢。」

穆婉寧搖搖頭。「不必自責，這事與你們無關。而且，你們不必擔心，這個月月錢照發。暫時沒生意也沒什麼，權當休息，等將軍回來，自有你們忙的時候。」

沈掌櫃道：「還有一點，這個月，按書契，我們還是要收購整豬和豬胰臟。但眼下這種情況，整豬還好說，多養兩個月就是，但單獨送胰臟來的，若是不做成皂，怕是要壞掉。」若做成皂，又會賣不出去，白白搭錢。

穆婉寧看向沈掌櫃。「這事，想必沈掌櫃已經有計較了吧，如何做，你自己拿主意就好。這鋪子既然交給你經營，我對你就是放心的。該投銀子就投，該製新皂就製新皂。」

有了穆婉寧這句話，沈掌櫃當下鬆了口氣。

對於送來的豬胰臟要如何處置，他當然是有主意的。以他的判斷，只要蕭長恭能回來，誤會解除，新淨坊再大肆宣揚一番，絕對不愁沒生意做。

所以，這時製皂應該照做不誤，甚至他都想好了，蕭長恭回來的第一款皂，就叫凱旋皂。現在多囤一些，絕對虧不了。

唯一的問題是，在這種虧損的時候，尚未及笄的穆婉寧，有沒有繼續投入的魄力。

畢竟盈利時，怎麼做都是對的，而虧損時，很可能怎麼做都是錯的。沈掌櫃的上一任東家，就是在虧損時對他生出懷疑，才讓他心灰意冷。

幸好，穆婉寧第一時間給他吃了顆定心丸，不僅完全放權，還再次表示對他的信任。這樣的東家，哪怕比他小許多，也值得跟隨。

接下來，穆婉寧看帳本，但還沒看完，外面就起了騷動。

「關掉鋪面，賣國賊的人不配開鋪子！」

「關掉鋪面，滾出吉祥街！」

隨著一聲高過一聲的口號，開始有人向新淨坊裡扔石子、爛菜葉。

沈掌櫃趕緊下令，關閉店門。此時穆婉寧還在坊內，若是出了事，誰也擔待不起。

新淨坊的夥計一臉氣憤，有那脾氣暴的，當下就要出門去理論，沈掌櫃和呂大力趕緊攔住他。

「你急什麼，要急也是東家急。東家沒發話，都不許妄動。」

再看穆婉寧，果然比他們想像的鎮定。

「讓他們喊去，這種情況下，就是衝出門，也罵不過他們，人家有那麼多張嘴呢。」

這時，不知誰喊了一聲。「賣國賊的未婚妻也在，讓穆婉寧出來，給我們一個解釋！」

一時間，眾人的臉色都變了，穆婉寧一直待在後堂，並未露面，他們是怎麼知道穆婉寧在這裡的？

甚至，方才穆婉寧過來，走的是兩家鋪子的後院通路，並未走正門。

如果是在狀元齋門口見到，那便說明，有人一直監視這裡。

最近穆婉寧沒來，今天也不是約定看帳的日子，但穆婉寧剛出現，沒一會兒就聚集這麼大一批人。

說是巧合，實在讓人難以信服。

穆婉寧想得卻是更深，如果只有「關閉鋪子、滾出吉祥街」的吵鬧，那麼這件事還不算大，最大的可能就是京城的幾家皂坊借題發揮。

畢竟，之前他們聯手抬高豬胰臟的價錢，想要擠垮新淨坊，結果卻是穆婉寧又新開了一家香腸鋪子，利用整豬收購，穩住了材料的價錢。

現在有這麼好的機會，那些人再度聯手，乘機打壓新淨坊，也說得過去。

可是，現在提到人，就超出同行競爭的範圍了。

穆婉寧可是宰相的女兒，未來的侯夫人，若非背後有人撐腰，絕不敢這般指名道姓。

如果不是皂坊聯合，那可能衝著穆婉寧來的，就只有兩方勢力了。

一方是何府的吳采薇，她為難穆婉寧不是一次、兩次，但她最近被何立業看得嚴嚴實實，想派人監視兩間鋪子，又要飛快聚集這些人，實在不可能。

當日她還自由時，也沒能糾集這些人。眼下她被禁足，如果還能做到這些，也不至於讓何立業看得這麼嚴了。

最有可能的，就是北狄人的細作。

若能在蕭長恭出征時，讓他的未婚妻受辱，等蕭長恭回來，就算不大開殺戒，也少不得要下手報復。

到時，這位邊關戰神，可就要有污點了。

想到這裡，穆婉寧抬頭道：「呂大力，派人去京兆府報官，就說我懷疑此事是北狄細作所為。

「所有人找些趁手的傢伙，他們敢衝進來，就給我打出去。只要不打死人，你們隨便下手，後果算我的。」

「是！」眾夥計一聽，立刻來了精神。

這段時日，穆婉寧要他們不惹事，個個都憋屈得不得了。這會兒得令，當下興奮起來，抄扁擔的抄扁擔，拿條凳的拿條凳。實在沒傢伙的，便摩拳擦掌，嘴裡還不住念叨。

「老子非要讓他們這些不知好歹的，嚐嚐砂鍋大的拳頭是什麼滋味。」

人群裡的北狄細作還在高喊，但令他意外的是，新淨坊裡的人真能沈得住氣。以他的觀察，那些夥計可都是暴脾氣。

不過，今天這事已經是箭在弦上，不得不發。據北狄傳回來的消息，蕭長恭真的是深入腹地，而且很可能擄了他們的國主。

一旦蕭長恭回京，再想報復他，或是報復他身邊的人，便不太可能了。

之前為了刺殺蕭長恭，能動手的人全派出去。如今想報仇，只能利用這些愚昧的百姓。反正成與不成，損失的都是大齊人，他可不心疼。

最好今日趁亂毀了穆婉寧，讓蕭長恭回來大開殺戒，就算他是邊關戰神，也一樣要被皇帝冷落。

「鄉親們，衝進去，新淨坊是賣國賊的產業，不搶白不搶，就當讓他提前付出代價！」

人群裡有幾個平日遊手好閒的無賴聽見，眼睛立時一亮，要是能衝進去搶劫，未來一個月的酒錢就有了。

於是，這些人一聲歡呼，開始攻擊新淨坊。加上北狄細作的鼓動，那些普通百姓的貪念也冒出來了，跟著踹起門板。

第七十章　面斥

不遠處，范志正的女兒范欣然坐車經過，剛好目睹了這一切，吩咐下人。「快去京兆府報官，其他人跟我去蕭府。快，晚了就來不及了。」

一路上，范欣然不斷讓車伕加快，全然不顧馬車能不能承受。

到了蕭府門口，范欣然未等馬車停穩，便飛快跳下車，對著迎出來的門房喊：「穆姑娘被人堵在新淨坊了！」

這一聲喊，讓聽到的人全跳起來，蕭長敬也在前院，正和護衛們對練，此時一聽，目光中殺氣陡增。

敢動他的恩人，真是活膩了！

演武場上都是訓練用的刀具，既沒殺傷力，也沒威懾力。但場邊卻立著一根長矛，精鐵所鑄，是蕭長恭擺在這裡壯聲勢的。

蕭長敬一把抄起精鐵長矛，紅著眼高喊。「所有人去新淨坊。風十，跟我來！」

因為要突襲北狄，這次蕭長恭帶走了府裡大部分的戰馬，只留兩匹給蕭長敬。

此時，蕭長敬提矛上馬，風一樣地出了大門。風十也隨便抓了根訓練用的木棍，隨著蕭長敬衝出去。

盛京城裡禁止縱馬狂奔，此時蕭長敬卻顧不得那些，穆婉寧不只是他未來的長嫂，還是他與蕭六姝的救命恩人。

在他眼皮子底下，若是讓穆婉寧受到一絲一毫傷害，蕭長敬不會原諒自己，更沒臉見深入險境的哥哥。

待蕭長敬趕到新淨坊時，外面的人已經攻破大門，湧進新淨坊了。

與此同時，還有人高喊。「搶光新淨坊，揪出穆婉寧。」

蕭長敬怒吼一聲，倒轉矛頭，挾奔馬之勢，一棍撂倒一個高喊的人，一勒馬韁，馬蹄頓時高高立起。

「鎮西侯府蕭長敬在此，我看哪個不要命的敢動我長嫂！」

門口的人瞧見蕭長敬的氣勢，這才反應過來，蕭長恭雖然走了，但城裡還有個弟弟在。哥哥是邊關大將，弟弟又怎麼會差？

其他擠在門口的人一見，動作立刻緩下來。

但新淨坊裡，暴民已經衝了進去，見東西就搶，搶不了的就砸。這種亂烘烘的打法，宛如一場混戰，即使是新淨坊的夥計也不免吃虧。

穆婉寧乾脆叫夥計們撤進後堂，外面那些東西，想搶就讓他們搶，只要人沒事就行。

可惜，人總是貪心的，幾個打頭的地痞無賴想搶的不只是皂，而是裝銀子的匣子。

但沈掌櫃早把裝銀錢的盒子抱進後堂，連一些珍貴的皂也搬進去，僅留些便宜的。

幾人沒搶著想搶的，便把目光轉向後堂。那裡不只有裝銀錢的匣子，還有一個千金大小姐，若能搶到她身上的首飾，那才叫好貨。

三人對視一眼，不顧那些搬皂的人，偷偷摸向了後堂。

新淨坊的人在前面打不過，是因為湧進來的人太多，連胳膊都揮不開。可是後堂不同，後堂沒那麼多人，他們以為新淨坊的人怕了，卻不知道自己正是羊入虎口。

呂大力帶頭，雲香在旁邊督戰，沒一會兒，這三個人就被打得趴在地上起不來。

而且，在沈掌櫃的授意下，夥計們打人的手法又陰又狠，明面上看不出有傷，但聽他們的叫聲，就知道傷得絕對不輕。

穆婉寧有些擔心。「雖然他們可恨，但還是不要出人命的好。」

呂大力揉了揉手腕，笑道：「姑娘放心，絕對死不了人，頂多斷幾根骨頭罷了。」

看呂大力笑得這麼開心，穆婉寧估計，這三個人加起來，至少得斷上十根骨頭。

這時，外面傳來了蕭長敬的怒喝，穆婉寧心裡大定，蕭長敬來了就安全了，既然他知道消息，斷沒有自己來的道理，肯定會帶人的。

果然，店裡的人扭頭看到蕭長敬，生出了懼意。

這時，呂大力命人把之前衝進後堂的三個地痞無賴扔出去，三人的慘嚎，讓那些先前還叫囂得很歡的人，個個臉上變色。

這還沒完，蕭長敬剛到不久，蕭府的護衛也趕到了。他們雖然沒有馬，但奔跑起來，也不比騎馬的蕭長敬慢上多少。且光憑身材和氣勢，以及整齊的陣仗，便足以震懾眾人了。

蕭長敬吼道：「圍住他們，一個也不許放過！」

「是！」

轉瞬之間，圍攻他人的變成被圍的，而被圍的人，則成了圍攻的人。

「你、你們別亂來啊，我警告你們，當街打人是犯法的。」其中一個地痞勉強提高聲音，色厲內荏地盯著蕭長敬。

「當街打人的確犯法，那你們當街打砸店鋪，就不犯法了嗎？」

「這是賣國賊的產業，我們搶了也是應該。」

這時，穆婉寧走出來，聽到最後一句，對著那人就是一聲罵。「放屁！」

按理來說，身為高門府第的千金小姐，未來的侯府夫人，這樣當街罵髒話，實在有辱穆婉寧的身分。

但偏偏這時在場的，所有與穆婉寧有關、與蕭府有關的人，都覺得這話說得太對了。

不只對，還特別帶勁，尤其這話從一個閨閣小姐嘴裡說出來，更帶勁！

穆婉寧罵完了，覺得氣順了些，扭頭叫雲香搬來椅子，一步跨了上去。

既然已經開罵，不如再多罵兩句。

「你們這些人，腦子裡裝的都是茅房的東西嗎？說我家將軍叛國，證據呢？」

「哼，蕭長恭身為這次換俘的主將，人卻不在甘州城，消失了一個多月，還有人看見他越過邊境，這就是證據。」

這次說話的，不是之前的地痞，而是一個模樣十分普通的市井小民，屬於扔在人堆裡都找不出來的那種。

可是他說出的話，很讓人心驚。有人看見蕭長恭越過邊境，消息還傳到盛京城來？再看其他人，顯然認為這個人說得對，一臉氣憤的樣子。

穆婉寧冷笑一聲。「這就叫證據？我問你，甘州城距離這裡有千里之遙，你身在京城，如何得知他不在甘州城？大將的行蹤，別說你們，就算朝廷官員也無從知曉，你們又是從哪裡得來消息？」

「當然是街上人都這麼說。」

「笑話，什麼時候我們大齊光憑流言，就能斷定一個人叛國了？朝廷都沒有出聲，你們就敢給人定罪，還敢來搶劫？」

「不管怎麼樣，蕭長恭不在甘州城，這是事實！」

穆婉寧的眼睛微瞇起來，看向蕭長敬。

蕭長敬會意，此人敢將蕭長恭的去向說得如此信誓旦旦，要麼是別有用心之人，要麼就是北狄人的細作。

「且不說事實如何，你們有沒有想過，我家將軍叛國投敵，能有什麼好處？」

這下不用細作再說話，立刻有其他人道：「哼，金錢、官位、美女，哪樣不是好處？」

穆婉寧站在椅子上哈哈大笑。「我再說一遍，這話就是放屁，狗屁！

「先說官位，將軍是一品軍侯，陛下親封的鎮西侯，北狄人能給他更大的官位？就算能更大又怎麼樣？北狄人年年騷擾邊關，不就是圖我們大齊富庶？放著富庶之地的侯爺不當，去北狄那貧瘠之地當公爺，將軍又不像你們一樣，個個都是蠢貨！」

人群裡立時起了騷動，蕭長敬站在穆婉寧身邊，把手裡的精鐵長矛往地上一頓，眼睛一瞪，把騷動壓下去。

穆婉寧給了蕭長敬一個讚許的眼神，接著道：「再說金錢，將軍征戰十年，陛下賞賜頗豐，雖然在真正的世家面前不值一提，但足夠全府人衣食無憂。錢財再多，也不過是一個數目，難道為了這個數目，就去叛國投敵？」

「財帛動人心，史上那些貪官，哪個不是貪出了十輩子的財富，還是想繼續貪。」

「好，如你所說，北狄人能給將軍富可敵國的財富，那又如何？金銀珠寶能當飯吃？北狄人年年犯邊，圖的又是什麼？」

底下還有人想反駁，但穆婉寧根本不給他們機會，站在椅子上，掃視全場。

「北狄人能給的，我們將軍全都有；北狄人給不了的，卻是我們將軍最想要的。北狄的國主白濯，與將軍有殺父之仇，他想要白濯的項上人頭，北狄人能給嗎？

「甘州城破，他的幼弟失蹤十年，他想補回這十年的手足之情，北狄人能給嗎？

「蕭家滿門忠烈，個個死在戰場之上，他想無愧於祖宗基業，北狄人能給嗎？

「投靠北狄人，帶不來任何一絲好處，只有罵名、惡名，還會連累至親。這樣的事，將軍為什麼要做？你們這些人只憑流言，就敗壞將軍名譽，其心可誅！」

這一番質問，當場把人問得鴉雀無聲。想想也對，蕭長恭在大齊什麼都有，就算投靠北狄人，能多得的，實在是有限。

可是，如果承認穆婉寧說得對，那他們就沒了打砸新淨坊的理由，豈不要被抓進衙門？

正想著，蔣幕白帶著京兆府的衙役們趕來了，看到現場後，不由鬆了口氣。他可是先後接到消息，說有一群暴徒圍攻新淨坊，蕭長恭的未婚妻就在坊內。

好在，局面已經控制住。

一看到官差來了，幾個領頭的地痞無賴慌了，當下不管不顧地高喊。「蕭長恭不在甘州城，就有投敵叛國的可能，我們不過是提前為民除害，你們不能抓我們！」

穆婉寧剛想反駁，便聽到一聲鑼響，緊接著是一個高亢有力的聲音——

「兵部捷報，鎮西侯蕭長恭，突入北狄境地，生擒北狄國主，特此通報——」

說罷，又是一聲響亮的鑼音。

上一次，盛京城的百姓聽到這個鑼音，還是四年前甘州城收復的時候。每當有重大的喜訊，朝廷就會用此種辦法，向城中百姓廣而告之。

而且，不只盛京城，整個大齊境內，都會如此通報。

一時間，所有人都愣住了。他們沒聽錯吧，生擒北狄國主？這怎麼可能？

連穆婉寧也有些不信，那可是一國之主，哪裡說生擒就能生擒的？

所有人凝神，想聽捷報官的下一次通報。這種通報，不會只喊一次，會喊上一天。

「兵部捷報，鎮西侯蕭長恭，突入北狄境地，生擒北狄國主，特此通報——」

這下沒錯了，聽得真真的。

所有的夥計、護衛歡呼起來。穆婉寧也鬆了一口氣，扶著雲香的手跨下椅子，然後也不管椅子髒不髒，直接坐上去。

好累，真的好累，這一個多月的擔心，終於到頭了。

只是，這通報只說抓了人，卻沒說蕭長恭什麼時候回來。

趁著眾人歡呼的工夫，之前搗亂的地痞無賴想乘機逃走。可蕭府的人都是當年在蕭長恭手下練過的，就算歡呼，也不會忘形。

很快地，想溜走的幾人就被按住，又推回場中央。除此之外，那個聲稱有人見過蕭長恭越過邊境的人，也一併被推過去。

蕭長敬對著蔣幕白抱拳。「此人極有可能是北狄的細作，還望大人詳查。」

蔣幕白點點頭，示意手下把這些人全綁了，帶回京兆府。其實，就算蕭長敬不說，蔣幕白也早盯上此人，只是一時沒有確鑿理由，將他定罪罷了。

眾人漸漸散去，留下新淨坊的一片狼藉，但穆婉寧此時不關心這個，而是看向蕭長敬。

「快去兵部，別的不要問，只要問將軍可還安好，什麼時候能回來。」

蕭長敬點點頭，這也是他最想知道的。

「穆姑娘先行回府，一有確切消息，我會立刻派人去穆府說一聲。」

穆婉寧點點頭，知道此時留在這裡沒什麼用了，扭頭吩咐沈掌櫃和呂大力。「一切有勞二位，夥計們有受傷的，湯藥費一律從帳上支取。」

兩人應下。「有勞姑娘掛心。」

回到清兮院，穆婉寧本以為很快就能得到蕭長敬送回的消息，可是左等右等，直到掌燈時分，穆鼎都回來了，蕭長敬仍舊沒有傳來消息。

穆婉寧跑到前院迎接父親，得知穆鼎已經回了主院，連給周氏請安都沒去。

她一咬牙，追到主院，穆鼎卻以累了為由，把穆婉寧擋在主院外面。

這下，不由穆婉寧不心慌了。

「雲香，去蕭府。」

主僕倆剛到府門，穆婉寧又被攔下。「四姑娘，今日京兆府在城裡抓細作，此時早已淨了街，這門出不得啊。」

穆婉寧恨恨地一跺腳，她不是蕭長恭，沒有腰牌，這種情況下出門，就算她是宰相的女兒，也一樣會被扣押。

坐立不安地等了一夜，第二天一早，穆婉寧終於收到蕭長敬傳來的消息。

蕭長恭在突圍時中了一箭，傷在左胸，有性命之憂！

穆婉寧頓覺眼前一陣發黑，腿上一軟，跌坐下去。

清兮院裡，又是一通忙亂。

蕭長敬也是在隔天早上，才知道蕭長恭受傷，性命危急的。

得知這樣的消息後，他猶豫要不要告訴穆婉寧，但思索之後，還是讓人傳了消息。

如果蕭長恭真的沒有挺過來，他不想讓哥哥有遺憾，也不想讓恩人後悔。

另一邊，穆婉寧緩了好一會兒，才聽到檀香在耳邊安慰。「姑娘，將軍福大命大，一定能挺過來的。」

穆婉寧又晃了兩晃，接過墨香遞過的茶一飲而盡，才勉強穩住心神。

「我要去見他。雲香，妳馬上準備馬匹……不，咱們府裡的不行，妳現在去蕭府借，我們騎馬趕過去。」又喊人。「檀香，陪我去見父親。」

她不能等了。

檀香扶著穆婉寧，匆匆去見穆鼎。

「不行！」穆鼎厲聲反對。「這不是在盛京城，是要去邊關，就算騎快馬，也要跑上五日，妳一個未出閣的姑娘太危險了。」

「沒事的，父親，雲香會陪我去，她是高手，足以保護我。父親，如果將軍真的挺不過來，見不到他最後一面，我會後悔一輩子。」

穆婉寧跪在穆鼎面前，苦苦哀求。她一定要去見蕭長恭，說不定，像上次一樣，看到她，蕭長恭就能活過來。

穆鼎還是不許，這時候管家來報。「蕭府小少爺來了。」

穆鼎皺眉。「他來幹什麼，不見。」

管家道：「蕭二公子說了，如果四姑娘想去邊關，他定會護她周全，以蕭家先人起誓，必將她安全帶回。」

穆婉寧從沒像此時一樣，感激蕭長敬的出現。

穆鼎一拍桌子。「胡鬧！」

「父親，求您了。」

穆婉寧又是一陣苦苦哀求，穆鼎卻是不為所動。

蕭長敬在門口等了半天，心想不能再耽誤，當下不顧管家阻攔，直直衝進穆鼎的書房。

穆鼎瞪著闖進來的蕭長敬。「放肆！」

蕭長敬趕緊行禮。「晚輩蕭長敬，見過相爺。事急從權，還望相爺恕罪。」

「哼，你說你以蕭府先人起誓，定能護婉寧周全。我問你，你拿什麼護？光憑大話嗎？」

蕭長敬心裡早有計較，朗聲道：「回相爺的話，長敬自幼習武，雖然尚不成路數，但當日來興臣作惡時，也有一戰之力。這半年更是練武不輟，普通毛賊皆能打退，絕對有能力保護穆姑娘。

「其二，我會挑選最精銳的十名護衛相隨，其中有三人是女子，再加上穆姑娘身邊的雲香，既能護著穆姑娘，路上也方便照顧。

「其三，我給穆姑娘備了兩匹馬，一匹是她經常騎的，一匹也是性情最溫順的，擔保路上不會因為馬而出意外。」

蕭長敬一口氣說了三件事，提了照顧的人、馬匹和護衛，讓穆鼎有些意外。

「哼，看不出你還是有備而來，范志正教了個好徒弟啊。」

最後一句話，穆鼎說得陰惻惻的，蕭長敬沒來由一陣惡寒，他是可以一走了之，怕師父要替他揹黑鍋了。

穆婉寧僅注意到穆鼎話裡有鬆動之意，立刻喜道：「父親，我們此行是去看人，只走官道，只住驛站，絕對不去別處，一定不會有危險。」

「可是，一連跑上五天，妳的身體吃得消？」

穆婉寧咬牙。「吃不消也得吃得消，萬一將軍真有三長兩短……女兒不想遺憾一輩子。」

「唉，女大不由爹啊，去吧去吧。」

「謝謝爹爹。」

蕭長敬再次行禮。「多謝相爺信任。」

「哼，記住你的話，我女兒若有意外，我饒不了你們蕭家人。」

「是，相爺放心。」

出了穆鼎的書房，雲香和墨香早已為穆婉寧收拾好東西。其實她們也不願穆婉寧冒險，可是勸歸勸，穆婉寧既然吩咐她們收拾東西，該做的事就要做好。

雖然蕭長恭帶走絕大多數的戰馬，但之前穆婉寧騎過的紅楓不是戰馬，被留下了，加上馬場裡的其他馬匹，不能作戰，卻足以趕路。

甚至，雲香還跑了趟鐵家，向鐵英蘭借那匹紅珠。

「拿去拿去，代我轉話，一定要平安回來。」鐵英蘭爽快地答應。

「多謝姑娘。」

日頭還未過正午，穆婉寧一行人便出了城，打算趕到百里外的甜水鎮借宿。

一連跑了兩個時辰，一行人在傍晚時趕到甜水鎮。

穆婉寧幾乎是從馬上摔下來的，要不是有雲香和幾個雲字頭的暗衛扶著，恐怕連床都上不去。

連續騎馬兩個時辰，中間又換了馬，穆婉寧覺得兩條腿幾乎不是自己的。雖然出發前雲香特意在她的大腿兩側墊上最柔軟的絲絹，但還是磨得生疼。

到了床上，穆婉寧連飯都沒吃，便昏睡過去。

蕭長敬守在屋外，看著不停忙進忙出的雲香幾人，雖然擔心，卻很是佩服。

連續跑兩個時辰的馬，就算是他也有些吃不消，但看著穆婉寧都能咬牙硬撐，他也沒理由喊累。

更何況，那生命垂危的人，是他的親大哥。

能夠深入北狄腹地一個多月，把人家的國主抓回來，這樣的哥哥，可不是誰都能有。

第七十一章　急馳

距離甘州城不遠的一個小鎮上，衙役正在貼新的告示。

「官爺，這又是通緝犯啊？」一個老農指著告示，告示上畫著一個清瘦的中年人，頷下還有三縷長鬚。

衙役一瞪眼。「別瞎說，這畫上的人是薛神醫，最擅長治外傷。昨天都聽說鎮西侯抓了北狄國主的事吧？鎮西侯回來時受了傷，聽說攸關性命，正到處找這位薛神醫呢。」

「哦哦，這樣啊。話說這天底下姓薛的郎中還挺多，咱們這兒不就有一位？」老農嘴裡說笑，但仔細看看告示上的人後，又覺得有些眼熟，似乎還真像他認識的那位薛郎中。

一扭頭，老農看到一個小孩正探頭探腦想往人群裡擠，叫道：「哎哎，這不是小狗子嗎，你來得正好，快來看看，告示上這人像不像你師父，他可正是姓薛。」

小枸杞一瞪眼睛。「你才叫小狗子，我叫小枸杞，不叫小狗子。」

「行行，你先看看，這告示上的人，是不是你師父？」

小枸杞認真地看告示。「好像有點像，不過我師父比他胖多了，而且下巴上沒鬍子。」人群中也有人認識小枸杞的師父，說是看著像，但畫像上的人太瘦，他們認識的那位薛郎中太胖了。

而且，想想也不可能，真要是連鎮西侯都要請的神醫，能窩在這種小地方替他們普通老百姓看病？還不早就進京當御醫去了。

眾人紛紛散去，小枸杞去酒鋪打了酒，又走了快一炷香工夫，回他和師父居住的小院。

小院裡，明顯發福的薛青河，正躺在籐椅上曬太陽。

「師父，酒打來了。」小枸杞拖了張板凳，放在薛青河身邊，才把酒壺擺上去。

接著，他走到井邊，費力地打了半桶水，開始洗手洗臉。

這是師父收留他時提的第一個條件，一定要保持乾淨，勤洗手洗臉。旁邊還有一塊香胰皂，這可是師父從盛京城帶出來的呢。

每次用香胰皂洗完，身上跟雙手又淨又香，小枸杞喜歡得不得了，要不是今天走得出汗，根本捨不得用。

洗到一半，小枸杞想到了衙門前的告示，道：「師父，今兒衙門前貼了告示，要找一個薛神醫。」

薛青河心裡嗤笑，又是哪個達官貴人閒了，居然張榜找他。「有沒有說為什麼啊？」

小枸杞想了想。「好像是說有個什麼侯受傷了，快要死了，就是抓了北狄國主那個。」

正閉著眼睛摸索酒壺的薛青河，猛然間一激靈，從椅子上跳起來。「什麼，鎮西侯？」

「對對，是這個名字。」

薛青河頃刻間睡意全無，就知道那麼好的功勞不是白得的，昨天他還擔心來著，今天果然就有消息了。

「別洗了，趕緊進屋收拾東西，我們馬上出發。」薛青河說著話，衝進屋裡。最近他開始寫醫書了，只要把手稿帶上，其他的全都可以不要。

「啊，出發？去哪兒啊？」小枸杞臉上還有沒洗乾淨的泡沫，愣愣地看著圓滾滾的薛青河，沒想到自家師父還有這麼動作俐落的時候。

「去甘州。」

「可是，這院子裡的藥材，還有三天才能曬乾呢。」

「不要了，馬上就走。」話是這麼說，想到蕭長恭受的肯定是外傷，薛青河把屋裡的床單扯出來，把一些能用的外傷藥一股腦兒地放上去，隨便一包，就往小枸杞懷裡一塞。

小枸杞嚇呆了，平時薛青河教導他，對待藥材一定要精心再精心，他要是敢這麼隨便拿床單包了，薛青河絕對會打斷他的腿。

「別愣著了，走！」薛青河一拽小枸杞，直接出了小院的門。

「哎，師父，香胰皂還沒帶上呢。」

「不要了，只要能救活鎮西侯，包你一輩子都不愁香胰皂用。」

師徒二人一路來到官府，薛青河上前，一把將告示扯下來。

旁邊的兵丁上前阻攔。「哎哎，我說薛郎中，你這是幹什麼？」

「我就是這告示上的人，鎮西侯要找的薛青河。你快點安排馬車，不，安排馬匹，送我去甘州城。」

兵丁看看薛青河那張圓圓的臉，再看看告示上的人清瘦的模樣，哈哈大笑。

「我說薛郎中，你是想出名想瘋了吧，你和告示上的人哪裡像了？我告訴你，冒認神醫，萬一出了差錯，可是要殺頭的。

「看在你平時沒少替鄉親們治病的分上，我就不追究你扯了告示的罪。趕緊走，回頭被縣太爺看見，我也護不住你。」

薛青河氣壞了，他不就是胖了點，又把鬍子剃掉，怎麼就不像了？

兵丁動手推他了，若是不靠官府，靠他們師徒兩條腿，等走到甘州城，什麼都晚了。

於是，薛青河從包袱裡摸出一塊腰牌來，砸在兵丁面前。「看看這是什麼？」

兵丁接過，發現是一塊銅鑄的腰牌，入手很沈，看著就很有氣勢，上面還有一個他不認識的字。

「告訴你，這是蕭字。鎮西侯就是姓蕭，我曾經給他看過病。」

雖然兵丁還是不信，不過手裡的腰牌很唬人。「你在這裡等著，我去稟報縣太爺。」

這位縣令是幾年前中的舉，因為成績一般，不好不壞，最後外放到這裡做縣令。當年進京趕考時，還特意去瞧了蕭長恭的府邸。

因此，縣令一看腰牌上的蕭字，立刻信了兵丁說的話，因為這蕭字與鎮西侯府匾額上的蕭字一模一樣。

「快把人請進屋，不，我親自去請。還有，趕緊備車，去拉府裡最好的馬車。」

縣令親自從衙門裡迎出來。「哪位是薛神醫？」

「我就是。」

縣令愣了一下，這外貌差別也太大了吧，但想到手裡的腰牌，知道這事假不了。

「請神醫入衙稍坐，馬車很快就能備好，我這就安排兵丁護送。」

薛青河一改平日懶散的樣子，很是威嚴地說：「不必，大人只要借我兩匹快馬就好。」

「好好，一切都憑神醫吩咐。還望薛神醫妙手仁心，救回鎮西侯。」縣令說著，還向薛青河行了一禮。

小枸杞在一旁愣愣看著，嘴巴張得大大的，看看縣令，又看自己師父，有些接受不了。這個平時懶得要死，連飯都不會做，只會看病的胖子，真是聞名天下的薛神醫？

一路上，小枸杞仍沒能接受自家師父是聞名天下的神醫這件事，雖然他平時給人看病，確實挺厲害的，但是……

看薛青河那氣喘吁吁的樣子，再想到他連做個飯都笨手笨腳，實在跟畫像上手神俊美的形象相差太遠了。

一行人趕到甘州城時，已經是第三天的黎明。

薛青河累得直在馬上打晃兒，為了不耽誤，除了黎明前天最黑的那幾個時辰會下馬睡覺之外，其他時辰都在趕路。

這讓隨行的班頭敬佩不已，這樣的趕法，一般人還真吃不消，不愧是神醫。就是可憐被他騎的那匹馬了。

那馬不住地打哆嗦，站在那裡大口喘著粗氣，都怕牠一個挺不住，直接倒下。

此時天已微亮，若是盛京，就可以開城門了。

但這是甘州，而且還是戰時，白濯被俘、蕭長恭回城的消息，已經傳遍整個北狄。

而且白刺成功地把「老國主」之死的鍋扣在蕭長恭身上，說是蕭長恭勾結假國主，害死了真國主，揚言要報仇。

因此，甘州城四門緊閉，除了運送糧草的車馬，普通人一律不許入城。

但薛青河可不管這個，直接跑到城門下，往上扯著嗓子大喊：「開門，我是薛青河！」

一聽薛青河三個字，城牆上的兵丁立刻來了精神，半面城牆的人都低頭往下看。

這也差太多了吧？那畫像他們都看過，是個丰神俊美的中年人，還有三縷長鬚。現在城下站的，怎麼是個邋遢的胖子？

薛青河氣極，他不過是人到中年，有些發福，再加上小枸杞實在太會照顧人，硬是把他「照顧」得胖了三圈。

「看看這個腰牌，鎮西侯親手交給我的，錯不了，趕緊開門。」

城樓上離得遠，但那腰牌一看就不是凡品。

今日守門的是程衛邊手下的偏將，看到腰牌時，眼睛瞇了一下，對著旁邊的兵丁說道：「放我下去。」

「是。」

不一會兒，城牆上緩緩放下一個籃子，偏將就坐在其中。

偏將走到薛青河面前，仔細打量，又檢查他手裡的腰牌，但仍是有些狐疑。「你真是薛青河？」

薛青河不耐煩了。「如假包換，我跑了一天兩夜，不是為了讓你們盤查來、盤查去的。要是你不信，把蕭長恭身邊的小七叫來，他認得我。」

一聽到小七，偏將立刻多信了兩分，蕭長恭身邊的親衛確實是小七，但小七是親近之人的叫法，外人都是叫七將軍的。

不過，依然不能大意。畢竟小七這個名字也不是機密，如果北狄細作想知道這些事情，並非不可能。

偏將對城樓上打了個手勢，很快又放下兩個籮筐。

「薛神醫請吧。」

薛青河二話不說，抬腿進了筐裡。上城樓後，立刻就有幾把鋼刀架在他的脖子上。

「不許動，敢亂動，就砍你的腦袋。」

薛青河很是鎮定，用眼神示意旁邊的小枸杞不要慌。這是戰時，甘州城這樣的防備，也算是在意料之中。

此時，蕭長恭和小七被安頓在程府。風五一聽有人手持腰牌，自稱薛青河，還報出小七私下裡的稱呼，便知道八成是正主到了，趕緊騎馬奔去城門口確認。

一見到薛青河，風五驚訝，不由脫口而出。「薛神醫，您怎麼胖成這樣了？」

薛青河一臉沒好氣。「別廢話，將軍怎麼樣了？」

「請跟我來。」

一路過了七道關卡，薛青河匆匆洗去身上的灰塵，換了一套乾淨衣服，臉上蒙了白布，才終於見到躺在床上的……小七。

「怎麼回事？」

風五一躬到地。「小七傷得比較重，將軍請您先給他看看。請您務必救下小七，風五在此拜謝。」

說到最後一句，風五聲音裡已經有了一絲哽咽。

醫者仁心，既然蕭長恭都不急，薛青河先診治小七也沒什麼。「無妨，待老夫看看。」

小七的身體很熱，身上刀劍、箭傷遍布。幸好傷口清理得不錯，再看屋裡的陳設，也是非常簡單，之前往來的人也是口戴白布。

看來，他替蕭長恭治傷之後，蕭府人已經知道清洗傷口、避免感染的重要。

不過，最大的那條傷口，一直沒有癒合。若非小七身體強壯，怕是等不到薛青河了。

但，他既然來了，就不會讓小七死。

薛青河看向風五。「取針線來。記住，針線都要先用沸水燙過。還有，把我那小徒弟洗刷乾淨送進來，我需要他給我打下手。」

風五雖然困惑針線的作用，但薛青河在治病時，極有威嚴，不亞於蕭長恭發號軍令的時候，因此很快地便準備好薛青河要的東西和人。

小枸杞一進門，就覺得師父與平時很不同，光是背影都透著一股嚴肅，不由讓他想到了薛青河替人縫傷時的樣子。

曾經有人在割雜草時，不慎劃傷自己的腿，好長一條口子，血怎麼也止不住。當時，就是薛青河用針線把傷口縫起來，那人才得以保住性命。

那時他剛好在旁邊，臨危不懼幫了薛青河，讓薛青河收他為徒，名字也從小狗子改成了小枸杞。

「小枸杞，還記得那天縫傷的事吧？今天要做一樣的事。」

小枸杞點點頭。「師父放心，我不會手抖的。」那天他幫忙時，薛青河一直囑咐他，手千萬不能抖。

薛青河點點頭。「好，這就開始。」

傷口太大，薛青河無法一個人縫，只能讓小枸杞用雙手壓合傷口，他再縫針。

小枸杞一碰，血就湧了出來，但手不曾鬆開，加大力氣，把傷口兩側的皮膚壓在一起。

薛青河動作飛快地縫好傷口，然後再次清洗上藥。

血水一盆盆的從屋裡端出來，門口的人憂心不已。

不一會兒，薛青河師徒從屋裡走出來，遞給風五一張藥方。「按方子抓藥。有我在，死不了。」

風五霎時紅了眼眶，接過藥方，心悅誠服地鞠了一躬。「多謝神醫。」連帶著對小枸杞都尊敬了許多。

再次沐浴更衣，換遮面的白布，薛青河總算見到了躺在床上、雙目緊閉的蕭長恭。只不過，這臉色……好像還行？不怎麼像將死之人啊。

再撈起手腕把脈，蕭長恭確實是受傷了，但隨便找個郎中，只要不是庸醫，就絕對死不了人。

看看他身上，的確有一處箭傷，靠近左胸。剛中箭時可能會有危險，但現在嘛，早就已經脫險了。

甘州城裡，可是有不少外傷高手的。

薛青河轉過頭，看到小枸杞還跟著他，道：「小狗子，你先出去歇著，讓那個叫風五的，給咱們準備點好吃的。」

小枸杞撇撇嘴。有事小枸杞，沒事就小狗子，虧你還是我師父。

看到小枸杞跑出去，屋裡沒人了，薛青河立刻瞪起眼睛。

「真是胡鬧，老子跑了一天兩夜，差點累死在半路上，你就是用謊報病情報答我的？早知道我就不救你，讓你死了算了。」

蕭長恭知道裝不下去了，趕緊睜開眼睛，掙扎著坐起。「有勞薛神醫了，是長恭的不是。」一起得有點急，牽動傷口，疼得一咧嘴。

薛青河沒好氣地瞥蕭長恭一眼，此時的蕭長恭臉上沒有面具，一臉討好的笑，又身分貴重，實在讓人無可奈何。

「說吧，這次又是為了什麼？」每一次蕭長恭裝病，都是有理由的。

蕭長恭嚴肅了臉色。「當然是救小七！城裡的郎中都說，只能靠小七自己挺過來。小七跟了我那麼久，我不能眼睜睜看著他死，只好出此下策。」

「就這樣？」薛青河有些不信。若是直說有人性命垂危，只要蕭長恭發話，他一定會來。不過，可能不會像現在這樣急，從這點來說，也不無道理。

「小七是其一，其二，就是想放出風聲，用來迷惑敵人。我們的細作可是天天在北狄說程衛邊不行，只要蕭長恭一倒，甘州城指日可待呢。只要能引北狄人前來，我們或許可以畢其功於一役。」

薛青河靜靜地看著蕭長恭，心裡琢磨他的話。這些理由都是理由，但他就是覺得還少點什麼。

另一邊，比薛青河早出發兩天的穆婉寧，終於到了。

入城同樣花了些工夫，但蕭長敬可比薛青河好辨認多了，再加上蕭長敬是帶著兵部文書來的，一行人入城還算順利，至少沒再坐籃子。

入了城，程衛邊把人迎進中軍大帳。蕭長敬帶了兵部文書，很可能還有重要的密信，不能不小心。

穆婉寧卻只想見到蕭長恭，道：「程將軍，婉寧無意冒犯，也不敢耽誤軍機大事。不如請將軍派名手下，引我去見蕭將軍。」說罷，深深行禮。

程衛邊打量穆婉寧，一路風塵僕僕，卻難掩姿色。不過，比姿色更讓人在意的，是目光中的堅毅。

連續跑了五天的馬，夠這小姑娘受的。

「也好，在下這就讓人帶姑娘前去。」

入了程府，聽說薛青河來了，穆婉寧稍微放心，但仍飛快完成擦洗、換衣、戴白面罩，然後快步走進蕭長恭的屋子。

卻見蕭長恭半倚在床上，正和薛青河說話。

這……怎麼與她想的有點不一樣？

上一次這種情況，蕭長恭可是臉色慘白如紙，躺在床上一動不動。

雖然沒有生命危險很好，非常好，可她覺得，好像哪裡怪怪的？

蕭長恭看到穆婉寧來了，眼裡透出一抹驚喜，以及一絲虛心，隨即露出討好的笑容。

「婉寧來了。」

「蕭！長！恭！」

第七十二章　負責

薛青河一見穆婉寧，就知道她和他一樣，也被蕭長恭騙了，留給蕭長恭一個自求多福的眼神後，立刻起身走向穆婉寧。

他礙於身分，不好罵人，但穆婉寧沒關係啊。

「穆姑娘，這男人不打，上房揭瓦。注意點，別打壞了手就好。」

穆婉寧本來氣得要發瘋，她為蕭長恭擔驚受怕那麼多天，為了他，幾乎是拚命在趕路，但被薛青河這麼一說，反倒不好發作了。

再怎麼樣，蕭長恭是大將軍，現在他們人在程府，總不能不管不顧地要小性子。

可是，要她就這麼原諒了蕭長恭，也絕對不可能。

「真不愧是將軍，兵法用得好啊。」

光陰陽怪氣地說話，並不解氣，穆婉寧又問薛青河。「薛神醫，不知將軍傷勢如何？」

薛青河不明所以，扭頭看看蕭長恭可憐兮兮的眼神後，還是道：「傷在左肩，靠近心臟。雖然眼下沒有生命危險，但還是要多多注意。」

「可需要喝湯藥？」這話問得就沒道理了，受傷的人哪有不喝藥的？

薛青河卻是一下子就反應過來，點點頭。「正要和姑娘說這事呢。薛某有一劑方子，正對將軍的病症，對傷口癒合極有幫助，就是這味道嘛，實在太苦，許多人喝不下去。」

蕭長恭聽得臉都白了，他不怕痛，但最怕苦了。之前薛青河幫他治臉傷時，湯藥就苦到他懷疑人生，現在居然還有一種連薛青河都說苦的湯藥，那他還能活嗎？

穆婉寧露出進屋後第一個燦爛的笑容。「都說良藥苦口利於病，薛神醫自管開方子就是，我會讓他一勺一勺喝下去的。」

說到最後，穆婉寧真是一字一句地說，聽得蕭長恭不由渾身一抖。

看來，他快樂的養傷生活要結束了，唯一的安慰，可能就是穆婉寧會看著他喝藥吧。或許，還會親自餵他也說不定。

想到這裡，蕭長恭又有了信心，反正之前的湯藥也苦得跟什麼似的，他都喝下去了。如今有穆婉寧在旁，再苦也苦不到哪裡去……吧？

很快，蕭長恭就知道自己錯了，而且錯得離譜。

什麼叫天下第一苦？就是喝第一口時，覺得這東西絕對是天底下最苦的湯藥，絕對不可能有比這湯藥更苦的了。

但是喝第二口時，就會淚流滿面地發現，還真有。

喝到第三口，便覺得之前的苦不算什麼，第三口才是真的苦。

別說是穆婉寧，就是天仙來餵，也一樣苦到讓人生無可戀。

蕭長恭覺得自己快要哭了，看著坐在床邊，端著藥碗，正「賢慧」地一勺一勺餵藥給他的穆婉寧。

「要不，這藥先放這裡，等待會兒涼了，我一口氣喝光就是。」

「那怎麼行，薛神醫說了，這藥要一口一口地慢慢喝，才能發揮出最大的藥效。來，聽話，張嘴。」穆婉寧說著，又舀起一勺。

她嘴裡說的是溫柔的話，臉上也是有笑容的，但就是……笑得有點讓人發毛。

蕭長恭鼓起莫大的勇氣，張大嘴，五官緊皺在一起，嚥下第四口湯藥。

怪不得聖人說，寧可得罪君子也不能得罪女人，太危險了啊。

一碗藥快喝到一半時，蕭長恭終於撐不住了。「婉兒，我的好婉兒，我錯了還不行嗎？我真不是故意嚇妳的，突圍時，我的確中箭了。妳看，傷就在這裡。」

蕭長恭扯開衣衫，讓穆婉寧看左肩上的傷。「當時確實很危險，因此軍報上就說得有些誇張。」

見穆婉寧的確因為他的傷而動容，蕭長恭知道，這招奏效了。

「後來，我恢復得很好，但覺得既然此事已成，不如將計就計，說不定還能再坑北狄人一筆。因此便裝出重傷將死的樣子，甚至滿天下張貼告示，找薛青河回來。」

穆婉寧瞇著眼睛看向蕭長恭，這雖然是理由，但不夠充分。因為蕭長恭完全可以偷偷派人送信給穆婉寧，告訴她實情，甚至要她在盛京城配合他演戲也沒問題。

「將軍，喝藥。」

「不急，不急。」蕭長恭趕緊按下穆婉寧的手，藉機摸了兩把。唉，這軟嫩，好久沒感覺到了。

「當然，也不只是這些原因，更重要的原因……」蕭長恭示意穆婉寧把耳朵靠近，用極低的聲音對她說道：「是我要騙皇帝。」

穆婉寧的手猛地一抖，扭頭看向四周，還好周圍沒人。明目張膽地騙皇帝，那可是欺君之罪。

「妳想，這次我抓了北狄的國主白濯，不管能不能再坑到北狄人，身為一個將領，我的功勞已經到頂，後面的人無論如何也越不過我去。想想妳讀過的那些史書，一個功勞到頂的武將，最可能的下場是什麼？」

功高震主！

這四個字讓穆婉寧手裡的湯匙啪地一聲掉在碗裡。

「別慌。」蕭長恭的手有力地擎住穆婉寧的手。「現在還沒到那麼危險的時候，但也不得不未雨綢繆。因此，我不敢提前透露消息給妳，就是想讓皇帝先入為主地認為我受了重傷，命不久矣。

「等到這邊事情了結回京時，我就會以留下暗傷為由，請求皇帝准我解甲歸田。」

穆婉寧又是一驚，蕭長恭這短短的一番話，蘊含的內容實在太大。他才多大，就要解甲歸田？

「十一年征戰，我早已經累了。如今父母大仇已報，收復甘州城，長敬也找回來，又有了妳，我也該放下了。

「等局勢再穩定幾年，我就帶妳去遊山玩水。大齊的大好河山，我只曾守過，卻還沒欣賞過。」

想到未來，穆婉寧也覺得這樣很好。她不過認識蕭長恭短短一年，他就先後兩次傷重，不是遭遇刺殺，就是上戰場出生入死。如果能換一種活法，也沒什麼不好。

「好，到時我陪將軍一起，咱們每到一個地方，就開一家新淨坊，也算為民造福了。」

蕭長恭心情大好，摸手摸不夠，又輕輕地摸了摸穆婉寧的臉。「這幾天累壞了吧，臉上的皮膚都不如以前了呢。」

不提這事還好，一提穆婉寧就氣不打一處來，奔波五天，皮膚能好才怪。她還沒說什麼，蕭長恭倒嫌棄起她來了。

穆婉寧當即沈下臉色，端起藥碗，面無表情道：「喝藥！」

蕭長恭被塞了一口極苦的藥，心裡納悶，他明明是關心她啊，怎麼忽然間就生氣了？

蕭長敬和程衛邊交接完兵部的文書後，便心急火燎地來看望蕭長恭。

雖然程衛邊告訴他，蕭長恭已經脫離了危險，還請來一位聞名天下的薛神醫，叫他不用擔心。

但蕭長敬只把那當成安慰的話，不親眼看到蕭長恭，他怎麼都不放心。

見到蕭長敬進來，穆婉寧放下還剩小半碗的湯藥。「既然長敬來了，我就去歇著了。」

蕭長敬不明所以，一路上穆婉寧對他都不是這個態度啊，怎麼才一會兒不見，就像有氣似的？

但是，更大的疑問隨即取代蕭長敬的納悶，不是說蕭長恭重傷垂危嗎？這臉色還好啊。了解事情的真相之後，蕭長敬毫不猶豫地端起藥碗，坐在蕭長恭的身邊。

「哥，喝藥。」

「藥碗給我，我一下子喝光就是。」

「不行，一口一口喝，藥效才好。」

混蛋，你們商量好的吧！

蕭長恭趁蕭長敬不注意，一把搶過藥碗，喝了個乾淨。

長痛不如短痛。

穆婉寧出了屋子，看到雲香關切的眼神，心裡再次充滿對蕭長恭的怨念。不過，這會兒也不能說什麼，只能對雲香點點頭，然後跟著程府下人，去了安排給她們住的院子。

剛才進屋時，穆婉寧僅擦洗了手臉，身上並沒有洗。這會兒到了房裡，雲香趕緊讓穆婉寧上床躺好，然後拿出隨身帶來的藥膏，幫穆婉寧的大腿上藥。

一連跑了五天的馬，穆婉寧的大腿內側早已磨到血肉模糊。每天到了驛站，雲香幫她撕下黏在大腿內側的綢布時，都讓穆婉寧痛得直冒冷汗。

之前，穆婉寧忍著不肯出聲，如今蕭長恭沒事，她也不再逞強，叫得跟什麼似的，把這麼多天的擔驚受怕，以及這幾天來吃的苦頭，全在這一刻釋放出來。

到了晚上，程衛邊回到府裡，來看穆婉寧時，發現穆婉寧腫了眼睛、啞了嗓子，還以為穆婉寧是見到蕭長恭後才哭成這樣的。

「穆姑娘，真不用擔心，蕭長恭那小子身體壯著呢。等你們成了親，定能三年抱兩。」

「咳咳。」程夫人立刻給了自己夫君一記嚴厲的眼神，看到他沒反應，又在穆婉寧看不見的地方掐他一下。「還沒喝酒呢，怎麼就開始胡說八道了。

「我家夫君就是這樣的脾氣，穆姑娘別見怪。讓他們爺們自去喝酒，咱們就在這屋裡吃飯、說話。」

早年程夫人也是大家閨秀，成親後獨自在京城帶孩子，現在孩子大了，她便時不時來甘州住個一年半載。

來的次數多了，程夫人也有了邊關女子的爽朗之氣，很快就與穆婉寧聊開了。

待知道穆婉寧大腿有傷後，程夫人立刻吩咐人去取自己的藥膏。

「我跟妳說，這腿傷嘛，可大可小，妳還沒成親，得多注意些才好。這藥膏是我在京城裡配的，絕對好用。」

穆婉寧不由失笑，果然不是一家人，不進一家門，程將軍和程夫人真不愧是夫妻，三句話不離成親。

吃過晚飯，雲香服侍穆婉寧躺下。穆婉寧頓覺累極，幾乎是一躺下就睡著了。

第二天一早，蕭長恭正等著穆婉寧來給他餵藥，結果卻聽到風五在院外說道：「穆姑娘病倒了。薛神醫說是連日勞累，又憂心過度，之前一直有一口氣撐著，現在這口氣沒了，就倒下了。」

蕭長恭的心立時提了起來，本想立刻探望穆婉寧，卻被風五攔住。

「薛神醫說，將軍身上的傷還沒好全，禁止出屋，以防感染。再者，穆姑娘傷在大腿，她的屋裡只有雲香能進去，其他人都被攔在外面。就算將軍過去，也只能在院子裡看看。」

「那你把薛青河叫來，我要當面問他。」

「是。」

不過，風五這一走，竟然直接消失了半個時辰，氣得蕭長恭直捏拳頭。

「好你個風五，敢拿我的話當耳邊風。等我出去了，看我怎麼收拾你！」

此時，風五心裡也苦，他去了穆婉寧暫居的院子，就被雲香等人扣住，而且一扣就是半個時辰。

「雲香姑娘，要不，妳再和穆姑娘說說？這都半個時辰了，再不去稟報將軍，到時他破門而出，豈不危險？再說，他受著傷呢，心急火燎，也不利於恢復啊。」

如果是別的，雲香理都不理。畢竟蕭長恭把穆婉寧折磨得夠狠，現在傷口疼得雖然沒像早上說得那麼厲害，但仍是下不了床。

若關係到蕭長恭的身體，雲香還是有些在意，她雖然也贊同穆婉寧想嚇嚇蕭長恭的主意，但真嚇出問題，可就不好了。

「你等著，我去問問。」

屋子裡，穆婉寧正半倚在床上，有些病懨懨的，再加上腿上的傷一個勁兒地疼，她想睡覺都睡不著。

雲香一看到穆婉寧的樣子，想到她腿上的傷，之前擔心蕭長恭的心情又變成了怨念。好好的姑娘，現在只能這樣，活該讓他擔心。

可是，萬一蕭長恭真因為擔心，就像穆婉寧聽到他垂危的消息便不管不顧地跑來，那該如何是好？

雲香左右為難地站在屋裡，又想稟告穆婉寧，又想出去。

穆婉寧看到雲香的樣子，不由有些奇怪。「怎麼了？又想說話又不想說的，有什麼話就直說。」

「是風五……他怕將軍太過憂心姑娘，做出傷害自己的事，比如跑出屋子之類的，現在薛神醫還是禁止他出屋呢。而且他還說，著急上火，也不利於傷口恢復。」

事關蕭長恭的身體，穆婉寧再生氣，也是擔心的。「真是便宜他了。罷了，妳讓風五去回報吧，就說我沒事，但真起不來。對了，聽說小七也受了傷，住在府裡，妳代我去看看，等我能動了，我再親自去看他。」

「是。」

雲香出了屋子，對風五點點頭，風五喜出望外就要走，卻被她喊住。

「等等，我跟你一起去見將軍。」

「也好。」

到了蕭長恭的院子，雲香站在屋外回報，說穆婉寧腿傷較重，剛剛上了藥，最近幾天都不能下床走動。

「將軍只能自己喝藥了。」雖然不用讓他擔心，但藥的事，必須刺激刺激他。在雲香心裡，穆婉寧已經變得和蕭長恭一樣重要，誰吃虧了都不行。

這時，屋子裡傳出了蕭長敬的聲音。「請穆姑娘放心，我會好好監督將軍，一勺一勺把藥喝下去的。」

沒等雲香有反應，屋裡的蕭長恭就爆發出一聲怒吼。「滾蛋！」

雲香忍俊不禁，向屋子裡行了一禮。「有勞小少爺了，務必讓將軍好好喝藥。」

小七的屋子同蕭長恭一樣，嚴格限制進出，目前只有風五可以進去。

此時，風五正準備進屋替小七換藥，看到雲香來了，立刻把東西交給她，說他內急，讓雲香幫小七換。

雲香沒什麼意見，暗衛受傷是家常便飯，互相上藥也是常有的事。

這時，薛青河也進了院子，剛要攔阻，卻被風五拉了一下，輕輕搖頭。

等雲香進了屋，風五才解釋道：「之前小七昏迷時，曾叫過雲香的名字。」

薛青河一挑眉，年輕人啊。

屋子裡，小七已經昏睡幾天，迷迷糊糊中，感覺有人幫他擦臉、擦身體，似乎還有人在他耳邊念叨。「怎麼傷得這麼重，你也太不小心了。」
這聲音也好耳熟，有點……像雲香？
小七努力睜開眼睛，果然是雲香在低頭看著他。
「雲香？真的是妳，太好了！我、我……」小七很激動，一把抓住雲香的手，抓得極緊，雲香都沒能抽出來。
這下，雲香不敢再出力，怕小七掙裂傷口，只得安慰道：「是我。你終於醒了，我去叫薛神醫。」
「別，別去，我要對妳負責。」
啊？雲香一時間有些懵，這是什麼跟什麼，什麼叫對她負責啊？
「你燒迷糊了吧，等我叫薛神醫。」
可是，小七死抓著雲香的手不放，雲香只得在屋裡高喊薛神醫。
不一會兒，薛青河和風五跑進來，見到已經睜眼的小七，兩人就樂了，果然是心儀的人力量大啊。
小七只記得，他遇到一批精銳斥候，殺掉幾人之後，自己也受了傷，再然後，他好像是趴在風五的後背上，接著就什麼都不記得了。
失去意識之前，小七最後想的事，就是不能對雲香負責了。
眼下，他終於又見到雲香，還把她的手握在自己手裡，這一次說什麼都不能再放手。
「我要對妳負責，妳嫁給我吧。」

屋裡幾人同時愣住，薛青河生平第一次從診脈裡分了心。

這進展也太快了點。

雲香的臉霎時通紅一片，再看看屋裡另外兩人的目光，再也待不下去，掙脫小七的手，跑了出去。

小七失魂落魄地看著雲香跑出去的方向。「不……不願意嗎？」

風五有些好笑。「哪有姑娘家會直接說願意的，她沒拒絕你，就是對你有意。再說，你突如其來這麼說，誰能當場答應？」

小七眼裡立刻發光。「真的？」

「騙你有銀子花？」

「嘿嘿，好，好。」小七剛說完，便睡了過去。他本就是剛醒，身體很是虛弱，剛剛又是抓雲香的手、又是說出那麼多話，早就體力不支了。

第七十三章 開戰

雲香紅著臉從屋裡跑出去，一路回了穆婉寧的院子，臉上的紅暈還是沒有消退。

小七的話真的是太突然了，沒頭沒腦就來了這麼一句，讓她心裡亂了套。

最初，她是一名暗衛，保護蕭長恭，刺探北狄人的情報，暗殺細作，這麼多年出生入死，從沒想過自己能有過上安穩日子的一天。

後來，她成了穆婉寧的婢女，生活安穩，午夜夢迴時，甚至會在黑暗裡偷偷地微笑。

現在，竟然有人要娶她？

想到小七之前的樣子，站在蕭長恭身邊，也是威風凜凜，上陣殺敵時從不含糊。

這樣的人，如果做她的夫君，好像也不錯。

而且，以後穆婉寧和蕭長恭是一家人，她也不用離開穆婉寧。晚上蕭長恭回來，她和小七就能見面了。

停，她這是想什麼呢？

雲香再次被自己的想法羞紅了臉，八字沒一撇的事，她怎麼想了這麼多？

正想著，雲九從穆婉寧屋裡走出來，道：「雲香姊姊回來啦，姑娘叫妳呢。」

雲香聽了，趕緊深呼吸一下，清空腦子裡的想法，裝出若無其事的樣子，走進穆婉寧的房裡。

一見到雲香，穆婉寧便問：「小七怎麼樣了？」

只一句話，雲香就又想起了小七那句——「我要對妳負責，妳嫁給我吧。」臉上霎時又紅了起來。

「怎麼了？臉這麼紅？妳也發燒了？」

「沒、沒有。」雲香趕緊低頭。

可是在穆婉寧看來，這臉紅又低頭的樣子，怎麼那麼像是害羞？

去看了小七，回來就害羞了？難道她對小七有意思？

「說來，妳還比我大上四、五歲呢，若是有心儀的對象，不妨說給我聽。要是將軍的人，就更好辦了，我直接讓他去問。」

雲香震驚地抬起頭。「姑娘怎麼知道？」

穆婉寧見狀，顧不上腿疼，滿臉欣喜。「哎呀，真讓我說中了？莫非真是小七不成？」

「不是。」

「那是風五？還是妳看上程府裡的人了？但這也太快了吧。」

雲香一個頭兩個大，覺得解釋不清了，怎麼就變成是她看上小七了呢，明明是他要她嫁給他的啊。

「不是那樣的。我、我不跟您說了。」說完，雲香連穆婉寧的話都沒答，就跑出去了。

穆婉寧看得開心不已。「雲九，把風五喊來，我問問怎麼回事。」

風五很快來了，說完前因後果，穆婉寧大樂。

「這是好事啊，小七人好，又得將軍器重，我看雲香對他也不是無意的。不過，小七說對雲香負責，是什麼意思？」

這個，風五也答不上來，只能等小七身體好些再問問。

另一邊，蕭長敬到底沒能盯住蕭長恭一勺一勺喝藥，一不留神被他搶了碗，直接灌下。蕭長恭正皺眉忍苦的時候，蕭長敬把一塊蜜餞塞進他的嘴。

「別看我，不是我準備的，是穆姑娘吩咐人去買的。」

蕭長恭頓時覺得這蜜餞真好吃，都甜到心裡了。不過想到穆婉寧只能躺在床上，心裡還是難受。

騎馬會受什麼樣的傷，他太清楚不過。第一次騎馬磨到大腿皮膚潰爛時的感覺，他現在還記得。

不過，想到早上穆婉寧假傳消息讓他擔心，不由又好氣、又好笑，大概是要他也嚐嚐被人欺騙擔心的滋味吧。

那滋味確實不好受就是了。

這時，風五在外面回報。「將軍，小七說要娶雲香，讓您去提親呢。」

蕭長恭差點沒被蜜餞噎到。這小子不是剛醒嗎，怎麼就來這一齣？

一連過了五天，穆婉寧終於能下地走動，蕭長恭也被薛青河解禁，從屋裡放出來。

「呼，還是外面的空氣好啊。」蕭長恭微微伸了個懶腰。

穆婉寧趕緊攔著。「小心傷口。」

「是，是，這就放下。」蕭長恭滿臉陪笑，這段時日，穆婉寧可是腿一疼就讓薛青河往他的藥碗裡放苦藥。也不知道薛青河放的是什麼，那個苦喲。

蕭長恭光是想想，都像是被塞了一湯匙的藥。

既然已經出來，兩人便去看望小七。自從回來之後，這是蕭長恭第一次見到小七，之前一直被分別隔離著。

進屋時，雲香也在。雖然大家臉上都戴著面罩，只露出眼睛，可是眼睛會說話。

蕭長恭和穆婉寧眼裡的笑意，實在不要太明顯。

雲香立時低下了頭，連小七也有點不好意思。

但這一次死裡逃生，讓小七的心境發生很大的變化，有些事，現在不說，以後真的可能就沒機會了。

穆婉寧就是為這事來的，雖然她還沒成親，貼身婢女就出嫁不太好，但可以先訂下來嘛，讓人吃顆定心丸。等到明年他們成了親，再辦他們的婚事。

「想要娶我的雲香，我是不反對的，但有一點你得說清楚，之前說要對她負責，是什麼意思？」

這話若是不說清楚，以後傳揚出去，可是不太好聽。

「就是，就是……」小七有些吞吞吐吐，不知道能不能說，糾結一會兒之後，還是說道：「上次來興臣作惡時，雲香受了傷，是我幫她上的藥。我看了她，就要對她負責。」

這話一出，雲香的手一頓，神情瞬間變化。穆婉寧的臉色也沈下來。「就因為這個？」

小七點點頭。「就是因為這個。」

雲香霍然起身。「姑娘，雲香願從今日開始白梳，一輩子不嫁人，也不離開姑娘。」

「別急。」穆婉寧按住雲香的手。「就算妳想白梳，也要把話問明白才行。」

床上的小七慌了，連忙解釋。「那天我絕不是有意冒犯，是墨香姑娘說雲香肩膀上中了箭，她不敢拔，我怕雲香有危險，才不得已而為之。」

穆婉寧看向小七。「我問你，你要娶雲香，只是因為覺得看了不該看的，所以才娶？」

小七有點不明所以，這話他剛剛不是說過了嗎，但還是點點頭。「就是這樣。」

穆婉寧也站起身來。「我告訴你，別說雲香不願意，就是願意，我也不會讓她嫁。我的雲香是最好的姑娘，你不珍惜，有的是人珍惜。雲香，我們走。」

雲香紅了眼眶，站起來，跟在穆婉寧身後走出去。

「別走啊，我不是故意的，我……唉。」小七嘆了口氣，倒在床上，看向蕭長恭。「將軍，我是不是說錯了什麼？」

蕭長恭多少能明白穆婉寧的意思，但他也理解小七。這些長年在戰場上打拚的糙漢子，平時別說女人了，連母豬都沒見過幾頭。

對於成親，負責任就是最好的理由了。

「我問你，雲香對你，到底意味著什麼，只有責任？難道就沒有喜歡？」

「喜歡？」小七有些發愣，從那天開始，小七就覺得他應該對雲香負責，後來每次見到雲香，都挺開心的。至於是不是喜歡，他完全沒想過。

看到小七發懵的表情，蕭長恭嘆息一聲。「你好好想想吧，若是想通了，再來找我。」

另一邊，雲香說到做到，進屋後就找了梳子，要改髮型。

「慢著，慢著。」穆婉寧上前搶過梳子。「妳急什麼？就算小七不行，還有別人呢。」

雲香眼裡含淚。「雲香雖然出身低微，但也知道貞潔乃女子大事，如今……如今只能自梳了。還是，連姑娘也嫌棄我了？」

「妳說的是什麼話，這一年來，妳對我的照顧是無微不至，甚至可以為我拚命，我怎麼會嫌棄妳。我當然願意妳一輩子留在我身邊，但這樣不行。」

穆婉寧按住雲香的手。「我看，小七只是沒反應過來。我們進屋時，他看妳的眼神不一樣。說句不怕妳笑話的，和將軍看我時是一樣的。給他一些時日，讓他想想。

「當然，妳也得想想，小七究竟是不是妳想要的夫君。之前妳是一時歡喜，覺得答應了也挺好，現在要好好想想，妳想不想和他過一輩子。」

穆婉寧說到這裡，雲香也有些迷茫，她對小七的印象，只停留在蕭長恭的護衛這件事上。雖然這次去北狄，聽說小七也立了大功，但說到底，兩人平時接觸並不多。

連小七救了她，幫她上藥的事，她都完全不知道。

小七不知道喜不喜歡她，她就知道自己是不是真的想嫁嗎？

「我……也不知道。」

穆婉寧鬆了口氣。「妳看，這件事是你們兩個都沒想好。他當然有錯，但這個錯也正好給了妳考慮的機會。

「如果妳覺得小七人好，但不是妳想要的夫君，那咱們自然就回絕了；若妳覺得他可以，他也反應過來，對妳不僅是責任，還有喜歡，那咱們再答應也不遲。」

雲香琢磨了幾遍，覺得穆婉寧說得有理，伸手握住穆婉寧的手。「姑娘，您對我真是太好了。」

「那是當然，不對身邊人好，對誰好？好了，剛剛屋裡的事，除了我們四個，誰也不知道，妳也冷靜一下，別讓外人看出來了。」

「嗯。」

晚上，穆婉寧正和雲香吃飯，城外一陣蒼涼的號角聲突兀響起，嚇了穆婉寧一跳。

「這是怎麼了？」

雲香看向窗外。「應該是北狄人攻城的信號。」

「攻城？那就是開戰？之前怎麼沒有徵兆？」穆婉寧心裡有些慌，這個時候才意識到，這時是戰時，甘州城是邊關。

「我們是在程將軍府裡，想必是他下令不告訴我們的吧。這幾日都沒見程將軍回府，可能是因為這個。」

正說著話，蕭長恭走了進來，面色仍然有點蒼白，但身穿盔甲，手裡抱著頭盔。

「北狄人攻城了，我要上城牆去看看。妳們不用擔心，這次不是十一年前，他們敢來，必叫他們有去無回。」

他說罷，轉身就走，但是到門口時，又頓住，扭頭看向穆婉寧。

「十一年前，我父親沒能守住甘州城，也沒能守住母親。現在不同，這一次，我會守住甘州城，守住妳。」

蕭長恭說完，戴上頭盔出了屋。

穆婉寧的心，一下子就安定了。

有蕭長恭在，沒什麼好怕的。就算這次真的守不住，大不了就和蕭長恭的父母一樣，以身殉城，也算夫妻同心。

「雲香，我們去見程夫人。既然打仗，必然有傷兵，咱們去看看能不能幫上什麼忙。」

果然，這時程夫人坐鎮正廳，正指揮城裡的女人在前面幾處空地上搭帳篷，從庫房裡搬出一疋疋白布，裁成繃帶。

「程夫人，我們也來幫忙。」穆婉寧帶了雲香以及雲九、雲十，穿著來時的騎裝，這樣的衣服方便幹活。

「好樣的，不愧是我們軍眷。這樣吧，妳去城門找薛神醫，他那裡急需人手。」

穆婉寧這才想起，確實好幾天沒瞧見薛青河了，看來要打仗這事人人知道，只有她被當成花朵，保護起來。

不過，現在知道也不晚。

待穆婉寧趕到薛青河身邊時，地上已經有傷患。北狄人攻城手段有限，此時城牆上的傷患，大多只是中箭，但很快地，就有受了刀傷的人被送過來。

薛青河之所以對外傷頗有造詣，重要的原因，就是他經常在邊關行走，甚至參與過幾場小戰役，對如何救治大量傷患，很有心得。

「來得正好，妳們女人家手細，這個交給妳縫了。小枸杞，你來幫忙。」

饒是穆婉寧見過蕭長恭殺人，已經不怕血肉模糊的傷口，但驟然聽聞要拿針線幫人縫傷，還是嚇了一跳。

這時，小枸杞已經把傷口清理好，道：「穆姑娘，動手吧，師父說了，縫合得越及時，他活下來的可能性就越大。人命關天，別發愣了。」

雲香知道這對穆婉寧的刺激有點大，上前道：「我來縫。」

「不用，我來，不就是針線活嗎。」穆婉寧一咬牙，推開雲香，從熱水碗中撈出針線，按縫荷包的習慣，在線頭處打了個結。

此時，受傷的人已經昏過去了，穆婉寧硬著頭皮，把針扎入皮膚之中。

或許真是平日裡針線活做多了，熟練了，哪怕心是慌的，手是抖的，但她也縫得不錯，甚至比薛青河替小七縫得還齊整。

「行了，看來師父說得沒錯，女人家的手就是細。」小枸杞一臉鎮定，甚至還有點滿不在乎。

他可是神醫的徒弟，說什麼也不能露出害怕的樣子來。

縫完一個，穆婉寧心裡有了底，這好像沒什麼難的。

很快地，穆婉寧就成了專管縫傷的人，雲香幾人給她打下手，清理傷口，壓合皮膚。

小枸杞沒事做，又跑向薛青河。

這時，薛青河剛剛包紮完一個傷患，聽到小枸杞說穆婉寧已經不用他幫忙，很是詫異，特意走到穆婉寧面前去看。

穆婉寧正幫人縫傷，薛青河看著穆婉寧已然嫻熟的手法，不由感嘆。「真是好樣的。」

這傷患傷的是肩膀，因此人還清醒著，雖然縫針也疼，但上陣殺敵嘛，受傷太正常了，能被救的都是幸運兒。

「姑娘，妳叫啥，許配人家沒？要是沒有，考慮考慮俺？俺大小也是個副將，雖然當不了大官，但養妳一輩子，還是沒問題的。」

穆婉寧縫完最後一針，俯下身，剪斷線頭，哭笑不得地看著眼前的人，傷成這樣，還有這個心思，看來傷勢不重。

她正要答話，卻聽見有人說道：「哪個不長眼的要跟老子搶媳婦？」

穆婉寧聞聲抬頭，看到蕭長恭沒有戴頭盔，只戴了面具向她走來。

「將軍！」穆婉寧有說不出的欣喜，蕭長恭這樣一身盔甲得勝歸來的樣子，讓她情不自禁就想撲過去，抱住他。

地上躺著的人看是蕭長恭，立刻知道自己說錯話了，不過，他就是個沒心眼的人，不然也不至於仗還沒打完，便想娶媳婦了。

「哎呀呀，居然是將軍夫人替俺包紮的，這事俺能吹上一輩子！」

可不是，你還要娶將軍夫人呢。

穆婉寧心裡偷笑，望向蕭長恭。「將軍怎麼來了？」

「仗打完了，來看看妳。」

「打完了？」穆婉寧愣住，忽然發覺，北狄人是晚飯時攻城的，現在已經是夕陽西下，這意味著，她忙了一天一夜？完全沒有感覺啊。

穆婉寧只覺得不斷有人被送過來，總是有人在哀號著等著她。她一個個縫過去，不知不覺中，竟過了這麼久。

「可是，我聽說攻城戰至少要打個三、五天，甚至幾十天，怎麼這麼快就打完了？」

「因為後路被抄了。細節不能跟妳說，妳曉得這次北狄人大敗就是了。」

能取得這樣的戰果，與白刺有著莫大關係。為了清除異己，他強行開戰，命那些堅決支持白濯、不肯向他效忠的將領，攻打易守難攻的甘州城，甚至連後面的補給與防備都沒做。

因此，郭懷很輕易地率兵抄了後路，包圍攻城的三萬人。

不得不說，白刺也是夠狠，北狄人一共才多少啊，為了坐穩王位，三萬人說捨就捨了。

仗雖然打完了，但傷兵卻沒有減少的趨勢，之前輕傷的人全都要看大夫，要包紮。不過，這次蕭長恭沒讓穆婉寧一直忙下去，已經一天一夜，再這樣，身體會吃不消。因此，蕭長恭以要穆婉寧幫他看傷的理由，讓她進了帳篷。

雲香知道兩個主子要說話，就沒跟著。其實她也累極，她要來來回回地跑，打熱水、拿新的繃帶，幫受傷的戰士清理傷口，比只坐在原地縫傷的穆婉寧要累上不少。幸好平時身體底子好，硬撐下來。

這會兒，終於可以休息了，她幾乎是立刻癱坐在地上。

人一閒下來，就有空關注外面了。這時雲香才注意到，離她不遠處，一直有個虛弱的身影在忙前忙後，給傷患遞水，偶爾還幫忙包紮。

看到雲香坐下，那人端了一碗水走過來。「累了吧，喝口水。」

竟然是小七。

雲香心裡莫名起了一把火，她忙了一天一夜，處處小心，就是為了不讓傷兵的傷口感染，結果小七這個傷患卻在這裡走來走去。

當下，雲香對著小七大吼。「你不要命了，傷口還沒好索利，就在這裡亂跑！不說傷口會裂，這裡人這麼多，萬一感染了怎麼辦？」

小七雖然被吼了，心裡卻是甜的，往雲香身邊一坐，臉上露出一抹虛弱又欣慰的笑容。「城外在打仗，我怎麼躺得住，連將軍都上城牆了，我不能跟著，但也不能扯後腿。

「雲香，我想明白了，也想通了。我是喜歡妳的，只是以前沒想到。妳每次來找將軍，或是替穆姑娘傳話，我都很開心。

「昨天妳走後，我才明白，要是以後見不到妳，不如要我死了算了。妳……再給我一次機會好不好？」

這番話是小七發自內心說出來的，極為誠懇。

可是眼下雲香累極，又想起穆婉寧的話，覺得自己無法現在做出決定。

「我……需要想一想。」

「好，好，妳慢慢想，我不急，我願意等。」雖然不能立刻答應，但小七還是很高興。他來之前，風五說了，只要雲香不拒絕他，就是有機會。

只要有機會，就能成。

第七十四章 凱旋

三天後，戰場清理完畢，程衛邊主持了簡單的儀式，為這一戰死去的將士送行，然後統一安葬。

對有些人來說，這算是客死異鄉。但對於上陣的戰士，能好好被安葬，也算善終。像那些深入北狄腹地的人，至多只能帶回一塊牌子，有的，甚至連牌子都沒有。

又過了三日，皇帝表彰的口諭到了，要大軍即日班師回朝。這一次，皇帝要親迎。

「婉寧啊，妳跟我一起走，他們行軍，咱們女眷不方便跟著，我這兒備了馬車，還有老程派的護衛，絕對安全。而且咱們坐車，比他們步行要快不少呢。」

「好，那婉寧就不客氣了，有勞程夫人。」

「客氣什麼，這一次，妳可是讓我刮目相看啊。我聽說，城裡不少傷兵都是妳親手縫傷的。在人肉上縫針，虧那薛胖子想得出來。」

程夫人是快人快語，說話間永遠帶著喜慶勁。連薛胖子這個稱呼，也讓人覺得俏皮。穆婉寧忍俊不禁。「薛神醫確實是位很大膽的郎中，醫術也高超。」

「這倒是。這次好多人能活下來，多虧了他。」程夫人點點頭。「成了，妳趕緊收拾東西吧，咱們今天就出發。」

「好。」

其實穆婉寧也沒什麼可收拾的，來的時候是騎馬趕來，稱得上是身無長物。

不過，甘州城裡是有新淨坊的，雖然她並未插手，是蕭長恭讓手下的暗衛開的，為的是幫程衛邊打探消息。

但穆婉寧是名義上的東家，因此鋪子裡送了不少當地的土產給她。穆婉寧倒也沒推託，還特意去看了看。

因此，回程的馬車上裝得滿滿的，一路上不愁零食了。

不過，上車時，穆婉寧卻發現雲香、蕭長敬都騎馬跟在車外。

「長敬這是受傷了？」

蕭長敬的胳膊上吊著繃帶，隱隱還有些血跡，但精神不錯，應該只是輕傷。

「上城牆砍人，手臂上不小心挨了一刀，幸好盔甲厚，沒有大礙。」

穆婉寧有心想讓蕭長敬進車裡歇著，但這輛車不大，真坐在一起，難免尷尬。

「那就好。這樣吧，你要是騎累了，就和我說，進馬車休息，我騎一會兒馬無礙的。」

蕭長敬連忙搖頭。「不用不用，穆姑娘自己坐就好。快上車吧，要出發了。」

穆婉寧雖然覺得蕭長敬有些奇怪，但還是點點頭，踩上條凳，挑起車簾進了馬車。

然後，她立刻就明白蕭長敬為什麼要後退兩步了。

敢情車裡還躺著一人，蕭長恭。

「你怎麼在這裡？你不是應該和程將軍一起嗎？」

蕭長恭長手一伸，把穆婉寧摟在懷裡，好好聞了聞穆婉寧的髮香，這才答道：「班師回朝的，都是西北大營以及程衛邊的人。我這次來只帶了兩百人，又抓了白濯，跟他們在一起，容易搶老程的風頭。

「再說，跟一群糙漢子在一起，哪有跟妳在一起開心。」

穆婉寧輕哼一聲。「登徒子。」

「來，讓登徒子輕薄一下。」

馬車轔轔而行，從甘州回往盛京。

這一回，是穆婉寧與蕭長恭相處最久的一次，十天的路程，除了晚上睡覺，兩人是形影不離。

等看到盛京城門時，兩人都有一種感覺，這十天，過得也太快了點。

不過，卻是不得不分別了。

現在蕭長恭還不能入城，得等程衛邊的大軍到了，接受皇帝的恭賀才能入城。

因此，他要帶人先去京郊大營駐紮。

蕭長敬倒是不用這樣，護送穆婉寧回穆府，然後立刻打馬奔向鎮西侯府。

他還是第一次離開蕭六姝這麼久，越是快到家，越是覺得急不可耐。

一連幾天，蕭六姝日日都坐在門口等著蕭長敬，任憑蕭安怎麼勸，也不肯進去。

「我要等哥哥回來。」

蕭長敬剛拐過巷子口，就看到一個小小的身影站在那裡，幾乎不用再看第二眼，就知道那是他心心念念的蕭六姝。

「哥哥！」蕭六姝看到蕭長敬的第一眼，叫了聲哥哥，便哇的一聲哭起來。

蕭長敬慌了，趕緊從馬上跳下，把蕭六姝抱在懷裡。「怎麼了？誰欺負咱們六姝了？」

蕭六姝摟著蕭長敬的脖子，哭得傷心得不得了，好半天才抽抽噎噎地說：「壞哥哥，走了這麼久，以後六姝再也不要理哥哥了。」

「好好好，是哥哥壞，以後哥哥再也不走這麼久了。」

蕭長敬這邊抱著蕭六姝進府，另一邊，穆婉寧一入府，全府的人便出來迎接。

聽說甘州城打了一場仗，而穆婉寧正巧趕上，全家人都擔心不已。

「祖母，父親、母親，女兒回來了。」

「好好好，回來就好。」周氏眼眶有些發紅，把穆婉寧拉到身前仔細打量。「黑了不少，人卻有精神了。打仗沒打到妳那兒吧？」

「沒有，孫女還去幫忙照顧傷兵了呢。」

回到清兮院，檀香一見穆婉寧，就哭了出來。「太好了，姑娘終於平安回來了。」

到了晚上，穆府開了家宴，穆婉寧講起她如何像縫荷包一樣替人縫傷，把一桌子人驚得筷子差點掉在地上。

穆鴻漸卻是聽得熱血沸騰，甚至恨恨地一砸拳頭。「早知道我就跟妳去了，這樣也能上去打一場。唉，妳走的時候怎麼不叫我呢？蕭長敬肯定上戰場了吧？」

穆婉寧哭笑不得。「我走之前，也不知道會打仗啊。」

等穆鴻漸知道蕭長敬不只上了戰場，還負了傷，更是捶胸頓足。「完了、完了，被那小子比下去了。」

不過，幸好有穆鴻漸這一打岔，飯桌上的氣氛輕鬆起來。

家宴散後，眾人又說了一會兒話，穆婉寧才回到清兮院。

進了屋，檀香伺候穆婉寧泡了腳，又在腿上搽藥，才讓她上床休息。

躺在熟悉的床上，穆婉寧才終於覺得，自己回家了。

這一趟，走得真是驚險萬分，但也很過癮。

老天爺，的確是待她不薄。

穆婉寧回府的第二天，鐵英蘭就上門了，一臉興奮地講起這半個月來的事。

「妳可是不知道，為了搶位置，半個月前我就開始準備了。這酒樓的位置絕佳，大軍一入城就能看到，而且夠高，保證妳家將軍一抬頭，就能看見妳。」

「這麼好的位置，多虧鐵姊姊提前預訂呢。」皇帝親迎大軍回城，盛京的百姓自然也是要去迎接的。

雖然穆婉寧是和蕭長恭一起回來，可這種儀式，說什麼也不能錯過。

「有提前預訂的原因，但也不全是。城裡多少達官貴人想要這位置，光憑我爹那九城兵馬司的官，根本不頂用。最後，我還是把妳的名頭抬出來，才訂下來。」
「哦？」穆婉寧不由好笑。「我什麼時候有這麼大的面子了？」
「鎮西侯的未婚妻啊。誰敢搶位置，就是拆鎮西侯的姻緣。日後你們成親了，也是佳話一件。我還把這事告訴酒樓老闆，當下讓他免了所有銀錢。」
穆婉寧大笑出聲。「想不到鐵姊姊也這麼有經商頭腦，這路數與我當初開狀元齋是一模一樣啊。」
鐵英蘭得意地抬了抬下巴。「這叫近朱者赤嘛。」

又過了三日，程衛邊的大軍還沒到，但穆安寧成親的日子卻是到了。
穆婉寧這才驚覺，穆安寧要嫁人了，這段時日，她滿腦子都是蕭長恭，把穆安寧忘了個乾淨。
「怎麼辦，我還沒給三姊姊置備添妝的賀禮呢，明天就是添妝日了。雲香，跟我上街，咱們去看看有沒有能拿得出手的。」穆婉寧急得團團轉，心裡充滿對穆安寧的愧疚。
「姑娘別急，我和墨香姊姊備好了，一共三樣，您選一樣送給三姑娘就行。」
穆婉寧這才鬆口氣，看向檀香和墨香。「這段日子我不在，多虧妳們替我想好了。」
檀香和墨香準備的禮品都不錯，穆婉寧挑來挑去，選了一整套粉玉頭面，外搭一對紅珊瑚的禁步，算是很不錯的禮品了。禁步是繫在腰間的配飾，好看極了。
添妝那天，嚇了穆婉寧一跳，幾乎是半個盛京城的貴女都來了。

「三姊姊也太厲害，交友廣泛啊。」

穆安寧左右逢源，招呼這個，介紹那個，忙得不亦樂乎。這當中，有一大半的人，穆婉寧都不認得。

不過，這些人倒是主動來和穆婉寧打招呼，讓她也忙個不停。

唉，等到她添妝時，怕是來的人能坐滿一屋子就不錯了。

不過，這也是沒辦法的事，誰叫她實在不喜歡交際應酬，好不容易去趟南安伯夫人的銀杏宴，還忍不住手癢，打了吳采薇。

第二天一早，天還沒亮，穆安寧就被鄭氏從被窩裡拽起來，梳妝打扮。穆婉寧也換了一身新衣，送姊姊出嫁。

一年前，她們倆鬥得是難解難分，結果一年之後，穆婉寧竟有點捨不得穆安寧出嫁了。到了穆安寧哭嫁時，穆婉寧也紅了眼眶。

三日之後，穆安寧回門，夫君房翰青帶了好幾馬車的禮品，給足了穆安寧面子。

「來來來，每人都有一份。四妹妹，這是給妳的。」穆安寧說著，遞了個錦盒過來。

穆婉寧拆開一看，是一支作工精美的簪子。

「這是為妳及笄禮準備的，加笄時，要三加。第一加就是簪子，往後是釵和冠，後面肯定有人送妳更好的，我就只送簪子啦。」

三加，是及笄禮中最高的，穆安寧行的就是三加之禮。前一世，穆婉寧只有一加之禮。

這一世她成了嫡女，定是要行三加之禮。

「那就多謝三姊姊了。」

穆若寧也得了一支簪子，但樣式比穆婉寧的要簡單些。

「妳現在還小，不宜戴太繁複的。等妳長大了，到時三姊姊也給妳準備。」

「嗯，聽三姊姊的。」

穆安寧對於首飾極有研究，自從她變了性子，不處處與穆若寧攀比後，穆若寧就把穆安寧這類的話奉為圭臬，只要穆安寧說了怎麼配，就一定要怎麼配。哪怕王氏親自去說，也是不聽的。

不過，連王氏也不得不承認，讓穆安寧打扮一番過後，穆若寧確實更加好看了。

穆安寧回門的第二日，得勝大軍回城。

一大清早，穆婉寧帶著府裡所有想去湊熱鬧的人，以及鐵英蘭和岑世傑，前往預訂好的酒樓雅間。

饒是雅間不小，這麼多人進去，也顯得有些擁擠。

然而，這還沒完，蕭長敬抱著蕭六姝擠進來，後面還跟著一臉羞澀的范欣然。

「這段時日，我爹忙得不得了，我沒搶到位置，就厚著臉皮來穆姑娘這裡了。」

「好好，人多熱鬧。」

話音剛落，有個滿臉英氣的姑娘，穿了一身男裝，手持摺扇走進來。

「這裡好熱鬧啊，四妹妹不介意我也來坐坐吧？」

穆婉寧哪裡會介意，昨晚聽檀香說了，這姑娘是鐘春柔，乃穆鼎好友鐘大人的孫女，性子豪爽大氣，擅長丹青，是穆鴻嶺的訂親對象。

前陣子，穆婉寧從甘州回來的路上，穆府已經正式上門提親。

至於范欣然，范志正有意把她許配給蕭長敬，就等蕭長敬考過科舉了。

當下，穆婉寧親熱地挽起鐘春柔的胳膊，帶著范欣然，為她倆一一引見穆家人。

走到穆鴻嶺跟前時，鐘春柔手裡摺扇一收，向穆鴻嶺抱拳。「見過穆狀元。」

然後，穆鴻嶺的臉明顯地紅了。

這可讓穆婉寧、穆若寧稀奇得不得了，再加上蕭六妹，三個人圍著穆鴻嶺看，把他看得連耳根都紅了。

穆鴻嶺忍無可忍，一手拎一個，分別往穆鴻漸和蕭長敬身邊一塞。「看好你們的妹妹。」但不好扔穆婉寧，只得瞪她一眼。

穆婉寧見狀，立刻躲到鐘春柔後面。「鐘公子，我大哥凶我。」

「無妨，待我……」話說到一半，鐘春柔決定，還是給穆鴻嶺留些面子。「待會兒氣消了，再逗他。」

鐘春柔的做派，若說對了穆婉寧的胃口，那更對了鐵英蘭的。尤其看到她一身男裝後，更是後悔得直跺腳。

「唉，我怎麼沒想到呢，應該把我爹那套盔甲穿出來，才更像迎接大將軍的樣子嘛。」

三人很快玩在一起，反而把穆鴻嶺拋在一邊。

城門外的儀式很隆重，上次皇帝親迎，還是蕭長恭收復甘州城的時候。

「我說長恭啊，上次皇帝親迎，是為兄我沾了你的光，但這次可不是。你抓了白濯，我包抄三萬北狄精兵，繳獲馬匹無數。咱們兄弟這回是不相上下，你別再訛我兵器了。」

蕭長恭笑得很是狡猾，上一次，就是在同樣的地方，蕭長恭說程衛邊沾了他的光，硬是從他那裡搶了一柄上好的寶刀過來。

如今嘛，當然也不能例外。

「程兄這話就不對了，這一次咱倆雖然不相上下。可是這一次，兄弟我窮啊，辛苦了快一個月，雖然抓到白濯，但什麼也沒撈著，有命活著回來就不錯了。連犒勞戰士們的錢，都是從我私庫出的，哪像老哥你，賺得盆滿缽豐。

「你說，你是不是得分我一點，最起碼給我一樣寶貝，我好拿去討未來的老丈人歡心，老弟我可還沒成親呢。」

程衛邊不由後退兩步。「你又打我什麼東西的主意了？」

「沒什麼，想向老哥要幾塊石頭，給婉寧打副首飾。」

程衛邊心裡鬆了口氣，要寶石什麼的都好說，要刀要劍那是不行的，他蕭長恭愛收藏，別人也愛啊。

當下程衛邊許了蕭長恭一大盒寶石，不過應下之後，覺得不太對。「哎，你不是說孝敬岳父，要寶石幹什麼？」

蕭長恭一拍腦門。「對啊，還沒替岳父要東西呢。要不，老哥你再許我點東西？」

程衛邊氣得對著蕭長恭虛踹一腳。「滾蛋！」

蕭長恭轉向郭懷。「我說郭大統領，這次結束之後，你這統領之位也要轉正了，是不是也得送個賀禮給我？」

郭懷一瞪眼睛，不過還是道：「說吧，想要什麼？」

「幫我弟弟要把好劍。之前你也見過了，他佩的劍實在一般，上城牆殺敵時，劍刃都砍壞了。」

「哼，少跟我裝蒜，你那兵器庫裡的收藏，隨便找一把給他就行了，還用向我要？」

蕭長恭徹底裝起了無賴。「那是我的，我那弟弟矯情，非要我給他尋一把在這場仗中繳獲的，您看……」

「行了，行了，回頭送你府上去。」

「謝過兩位老哥。」

其實，這次蕭長恭雖然繳獲不多，但兩百人在北狄腹地待了一個月，也是帶回幾樣好東西的。

不過，東西太好，他可不敢私吞，都拿去獻給皇帝了。皇帝願意賞，那是皇帝的恩典。不然以後被查出來，多少要治個大不敬的罪。

蕭長恭知道自己的功勞太大，這些事不得不注意。

不一會兒，外面有太監傳話。「吉時已到，諸位將軍請。」

蕭長恭、程衛邊、郭懷翻身上馬，走在隊伍前面，身後是各人的偏將、助手。小七沒有軍職，但這一次也得以站在蕭長恭身後。

再往後，才是各級將領，以及普通士兵。

大軍走到城門前，皇帝已經站在那裡等候。雖然大軍早在城外駐紮，但這時也要做出是皇帝等他們的樣子。

「諸位將軍得勝歸來，是朕之幸，是天下人之幸。」

三個武將一齊答道：「臣等願為陛下赴湯蹈火，萬死不辭。」

隨後就是一連串繁複的禮儀，又說了些讚美兵士的話，皇帝才擺駕回宮。

一炷香後，大軍入城。

所有人都在等待這一刻。

郭懷的馬剛剛走進城門，震耳欲聾的歡呼聲就響了起來。

穆婉寧也站在雅間窗邊激動地看著，先是郭懷，然後是程衛邊，最後，是戴了面具的蕭長恭。

雅間裡的人歡呼，眾多聲音中，蕭六姝清脆的童音最是清楚。「哥哥的哥哥！」

蕭長恭抬起頭，正對穆婉寧雙眼，解下準備好的玉珮，拋向酒樓。

這是入城的傳統，女子向男人丟荷包，男子則對女子扔玉珮或配飾，以示兩情相悅。

穆婉寧伸手接住，也把手裡準備好的荷包拋出去。

不過，她的準頭不及蕭長恭，偏了不少。

蕭長恭的身子立刻往後一仰，同時長手一伸，穩穩地把荷包接在手裡。

城門處的百姓又是一陣叫好。

蕭長恭要娶穆婉寧的事，已經全城皆知，大家自然願意看到有情人終成眷屬。

人群中，吳采薇心裡不是滋味，總覺得如果當時她能早一點下手，趕在穆婉寧之前認識蕭長恭，或許一切都會不一樣。

「夫人，看過就回去吧。老爺吩咐，只許看一炷香工夫，回去晚了，奴婢要被罰呢。」

想到何立業的手段，吳采薇心裡一凜，但要她提前回去，也是不行。好不容易出來透口氣，不站夠一炷香工夫，絕對不能走。

第七十五章 下聘

第二天，皇帝召蕭長恭覲見。

「長恭這次立了大功，不知想要何等封賞？」

蕭長恭斂衣下拜。「臣請解甲歸田。」

武將最怕的，並不是打敗仗。勝敗，乃兵家常事。

可是，如果一個武將功勞太大，到了功高震主的地步，那就不是常事了，而是壞事。

若是到了民間百姓只知道蕭長恭，不知道皇帝，那蕭家便離抄家滅族不遠了。

就像蕭長恭的父親，哪怕丟了甘州城，算是敗軍之將，但只要皇帝念著他的好，也能追封國公。

若是因為猜忌被賜死，這輩子都不可能翻案。運氣好的，會在後人的史書上得到一筆哀嘆；運氣不好的，就此湮沒在歷史長河中。

因此，儘管蕭長恭遠遠不到解甲歸田的年紀，但仍舊要請辭，目的就是安皇帝的心。

不過，蕭長恭想辭，皇帝卻不能讓他辭。

蕭長恭剛剛抓回北狄的國主，就要解甲歸田，頗有點飛鳥盡、良弓藏的意味，皇帝也怕被人戳脊梁骨。哪怕這會兒忌憚蕭長恭，也得做出挽留的樣子。

「長恭這是說的哪裡話，你是七老還是八十了？居然要解甲歸田，虧你想得出來。」

「陛下，臣雖年輕，但沙場征戰十一年，致命傷受過不下五次，大小傷不計其數，身體已是暗傷累累。這一次能替陛下分憂，還能順利歸來，實在是託陛下的洪福。」

「臣這副身體，怕是再也征戰不了了。江山代有才人出，大齊英才濟濟，陛下也要給他們一個表現機會才是。」

「那也不到解甲歸田的地步。」皇帝的口氣不容拒絕。「不過……長恭的身體確實不能大意。這次我聽說，穆家那姑娘千里迢迢趕去，就為去見你，甚至還遇上一場大戰，這份情意實屬難得。」

一提到穆婉寧，蕭長恭便來了精神。他不能多要功勞了，但是穆婉寧可以啊。

「既然陛下提起穆姑娘，請恕臣唐突，想為她邀功一二。」

「哦，什麼功？說來聽聽。」

「此次臣能帶人深入北狄腹地千里，所仗的就是馬匹的耐力，與北狄人鏖戰、追擊之時，也是因為馬好，才數次脫險。大齊的馬，原本不如北狄，之所以能勝過他們……」

「是因為有馬蹄鐵吧？」皇帝接話。

「正是。」

「嗯，長恭說得有理，上次朕曾允諾，若日後馬蹄鐵有大用，還會再行封賞。既如此，今日就賞她半副鳳儀，也算朕這個媒人送你們一份大禮。」

蕭長恭大喜，那可是鳳儀啊，雖然只有半副，但全天下只有皇后能用整副的，公主出嫁也是半副。這次皇帝的確是大方，太大方了。

「臣代未婚妻謝過陛下。」

很快地，德勝拿著聖旨到了穆府。

聖旨唸完，穆婉寧徹底懵了。

半副鳳儀，她沒聽錯吧？

當然，懵的不只是穆婉寧，王氏也直愣愣地看著聖旨，說不出話來。

「穆姑娘，接旨啊。」德勝眉眼含笑，看著穆婉寧震驚的模樣。這樣子實在太正常了，換誰都得懵。

「啊，是，臣女謝陛下隆恩。」

穆婉寧雙手接過，然後呆呆地站起來，人還是沒反應過來。

鳳儀啊，就算只有半副，也唯有公主用得，還得是皇帝寵愛的公主，否則僅能用普通的皇家儀仗。

吳采薇出嫁時，別說鳳儀了，連皇家儀仗的毛都沒摸著。

消息傳開，全盛京城的貴女都驚掉下巴，酸倒了牙。

「這也……太好運了吧？憑什麼啊？就憑她最先向蕭長恭下手，然後又看了幾本破書，就得半副鳳儀了？」

鐵英蘭知道後，卻是哈哈大笑。「陛下這次終於英明了一回，婉寧還沒嫁給蕭將軍呢，就出生入死好幾回了，賞半副鳳儀一點都不多。」

「胡說八道什麼？」鐵詩文趕緊制止她。「陛下什麼時候不英明了。」

鐵英蘭知道自己失言，吐吐舌頭，伸手攀住鐵詩文的脖頸。「爹教訓得是，以後女兒不亂說了。」

「妳啊，也是快嫁人的姑娘了，還這麼口無遮攔的可不行。」鐵詩文本想扯下女兒的手，但到底沒捨得，變成了拍。

鐵英蘭的婚期已訂，在九月。很快，女兒就不只是他的女兒了，還是別人的妻子。

「爹，您為什麼非要女兒嫁人，女兒一輩子陪著爹不好嗎？」

「妳想一輩子陪著我，爹卻不能一輩子陪著妳。等我去找妳娘了，妳一個人無依無靠，我怎麼放心？岑世傑是個不錯的人，萬一爹有個三長兩短，妳也有依靠。」

鐵英蘭伸手捂住鐵詩文的嘴，呸呸兩聲。「不許爹爹胡說。」

「好好，不說，不說。」

鐵詩文笑笑，更是捨不得鐵英蘭了。

蕭長恭的請辭雖然以皇帝賜下半副鳳儀而告終，但蕭長恭可不敢鬆懈。

他明白皇帝要名，因此這歸田之路，還得繼續走。

不過，走歸走，倒也不急在一時。

眼下最重要的事，是下聘。

之前為了顧及穆鼎的感受，蕭長恭只敢過文定，聘禮也沒敢送去。後來他想入北狄，不敢送了，甚至連文定都後悔下得太早。

萬一他回不來，豈不是耽誤穆婉寧一輩子？

現在他得勝歸來，又立大功，此時下聘再合適不過。

早在半年前，蕭安就把聘禮準備妥當，眼下卻覺得不夠，忙裡忙外，添了好多樣東西。

到了下聘之日，全城人看著鎮西侯府的聘禮一箱一箱往外抬，直到打頭的人到了穆府，運最後一箱的人還沒有出門。

「嘖嘖，這鎮西侯，別看戴個面具挺嚇人的，可是娶起媳婦來，卻是真捨得啊。」

「可不是，這一箱一箱的，不說東西，光是箱子，就要好多錢吧？」

「誰說不是呢。」

穆府的院子裡，管家正在拖長聲音唸著禮單。「福壽雙紋青玉珮一對；團喜夫妻吉祥鎖兩只；翠玉鴛鴦屏風一扇……」

每唸一件，都得停上一會兒，以示鄭重。

結果，他從早上唸到中午，換了個人，又從中午唸到晚上，才堪堪唸完。

這份禮單，堪稱京城獨一份，展現蕭長恭對穆婉寧的重視。

那些之前說憑什麼的人都不再說話。夫家的聘禮，是女子出嫁時的臉面，蕭長恭備了這麼長的禮單，就是向世人昭告一件事——

穆婉寧是他看重的人。

穆婉寧一整天都歡喜得不得了，卻是不能出門。按規矩，下聘時，女子不能露面，她只能坐在清兮院裡，由檀香和墨香一遍遍向她通報。

「姑娘，那屏風好漂亮，翠綠翠綠的，還用玉片鑲成花紋，以後夏天擺在屋裡，看著就涼快。」

檀香話一說完，立刻風風火火地跑回去，不一會兒又跑回來。「姑娘，那疋緞子好好看，給姑娘裁身衣服，出去赴宴，絕對讓人羨慕得流口水。」

「姑娘，姑娘……」

起初穆婉寧還有些興奮，漸漸地，對於蕭長恭送什麼便不在意了，反而看著檀香，感慨起來。

前一世的這個時候，檀香是一邊愁眉苦臉地說姑娘以後要過苦日子了、一邊又說有她在，絕對不會讓姑娘受苦。

如今，她只有滿心歡喜，再也沒有一絲愁雲。

大壯的身體早已無礙，等檀香年紀大些，就可以給她出一份厚厚的嫁妝，讓他們完婚，也算了結她一樁心願。

另一邊，穆安寧也知道了蕭長恭下聘的事。穆婉寧訂親時，她曾經有些嫉妒，如今卻拋卻了這些心思。不憑別的，單憑穆婉寧能在甘州城把人當荷包縫，她就做不到。

一個人有多大的本事，就享多大的福。她只會研究首飾、衣物，穆婉寧那樣的福氣雖好，卻不是她能消受得了的。

不過嘛，穆婉寧這麼會開鋪子，不妨找她開個首飾鋪，說不定也能掙點銀子。

女子出嫁，嫁妝就是底氣。南安伯夫人沒嫌棄她嫁妝少，但多多總是益善。

下聘之後，婚期就訂了，是來年的三月初十。

蕭長恭想要更早一點，但十月末穆婉寧才及笄，然後是冬天，出嫁時又不能穿得太厚，萬一凍壞就不好了。

這個日子訂下時，穆婉寧又是心生感慨。

一年前的三月初十，正是她重生的日子。出嫁又是她另一段生活的開始，這樣的安排，實在很奇妙。

婚期既訂，穆婉寧也要準備起來，比如確定陪嫁的婢女。

「我是要跟著姑娘的，姑娘去哪兒，我就去哪兒。」檀香率先開口。

「我自然也是跟著姑娘。」接下來是雲香。

倒是墨香有些猶豫。「姑娘，墨香也想跟著您，但是……可不可以不拜天地？」

按規矩，陪嫁婢女要扶著新娘子與新郎官一同拜天地，這樣也算是新郎官的人，往後要做姨娘的。

檀香和雲香都有人喜歡，墨香是知道的，以穆婉寧的性子，必不會讓她們倆陪著拜天地，那就只有她了。

穆婉寧微微一愣，隨即笑道：「拜天地當然是我自己拜，我也不會把自己的婢女指給將軍。等妳想嫁人了，我一樣替妳找門好親事，再出一份嫁妝。」

墨香聽了，立刻道：「那墨香願意跟著姑娘，只要不做妾，哪怕自梳也是願意的。」

「妳們啊，一個個的別老把自梳掛在嘴邊。有我在，必要妳們都過得好好的。」

「多謝姑娘。」

主僕幾人正說著話，門口響起穆安寧的聲音。「四妹妹，我來和妳談生意啦。」

穆婉寧看向走進屋的穆安寧，有些好奇。「三姊姊要和我談什麼生意？」

穆安寧神秘一笑。「嫁衣的生意。」說罷，遞上手裡的卷軸。

檀香和墨香接過，向兩邊展開。

只見圖上畫的是一套嫁衣，樣式精美、花紋繁複。而且畫的不只是整套衣服，還有各處的細節，比如領口、袖口，都畫了放大的花紋圖樣。

就算穆婉寧對服飾、花紋不在行，但光看樣式，也瞧得出這絕對是京城裡少見的嫁衣。

「三姊姊，這圖樣是哪裡來的？太好看了。」

穆安寧得意一笑。「這是我畫的，打算特地為妳製的嫁衣，也是我要和妳談的生意。」

「可是我不會做衣服啊。」

「不會做，會不會穿？我做出來，妳穿上，就算是為我的鋪子出力了，到時我給妳分紅，妳看如何？」

穆婉寧失笑，敢情這扯虎皮拉大旗的事，只要有一個人做了，周圍的人就會了。

她藉著穆鴻嶺的名頭，徹底把狀元齋做成了京城第一齋；鐵英蘭抬她出來訂雅間，現在那酒樓的生意好得不得了。這會兒，連穆安寧都找她來做嫁衣買賣了。

「好，就依三姊姊。」

六月，天氣轉熱，貢院外再次張榜，這一次是武舉的榜。

這次穆鴻嶺不矜持了，由他打頭帶著弟弟、妹妹們，擠在人堆裡看，很快就發出歡呼。

因為穆鴻漸也是頭名，武解元。

全家人高興得很，此時蕭長恭的事情已經結束，不必再刻意沈默了，而且穆家兩個兒子，文狀元、武解元，也是一時佳話，穆府很是熱鬧地慶祝一番。

穆鴻漸卻是鬆了口氣。「這下不會被蕭長敬那小子比下去了。」

不過，在他看到蕭長敬佩的寶劍之後，又鬱悶了。那可是榮升西北大營統領的郭懷送的，不僅樣式、做工，寓意更是不得了，那是上陣殺敵的紀念。

「你小子等著，日後我遲早有超過你的時候。」

武舉放榜，狀元齋的風頭更是一舉超過新淨坊。

自打蕭長恭活捉北狄國主的消息傳開後，盛京城的百姓對新淨坊大為改觀，不論想沾喜氣，還是想為蕭長恭祈福的，都去新淨坊買皂。

沈掌櫃當然不會錯過這麼好的機會，不僅擺上先前沒拿出來的新品，還特意做了一款凱旋皂的禮盒，等著大軍班師回朝時賣。

因此，穆婉寧待在甘州城的那段日子裡，呂大力幾乎忙瘋了，帶著幾個新收的徒弟，只差睡在皂坊裡。即便這樣，香胰皂也是供不應求。

那段日子，新淨坊頗有越過狀元齋的聲勢。

但穆鴻漸中了武解元之後，狀元齋的名聲一夜之間暴漲，加上先前穆鴻嶺中了狀元，整個盛京城的讀書人，都想去買上一盒狀元餅，沾沾喜氣。

此時的狀元餅，風頭甚至超過了大相國寺的文昌符。畢竟仙君保佑，到底有些虛無縹緲，這活生生的人，活生生的例子，更讓人相信。

因此，許多人經常去狀元齋買點心，以求沾沾喜氣。

另一個流言，就有點讓人哭笑不得了。

盛京城中傳言，要想考狀元，中頭名，最最重要的，不是狀元齋的餅，也不是新淨坊的皂，更不是大相國寺的文昌符，而是穆鴻嶺和穆鴻漸用過的貂皮披風。

據說，只要帶那件披風去考場，定能高中。

甚至有傳言，江南有位富商，願出一萬兩白銀，買下這件披風。

此時，穆婉寧正摸著這件由她親手縫製的披風。

「天哪，一萬兩啊。」穆婉寧說著，抓了披風一下。「我這麼一握，就至少握住了好幾百兩銀子。」

穆鴻嶺忍俊不禁。「我說四妹妹，妳現在也算身家豐厚了，能不能大氣一點？」

穆婉寧抬起頭看穆鴻嶺。「嗯，大哥說得有理，那我就大氣一點好了。喏，這是給你的。」遞上一只錦盒。

「這是什麼？」穆鴻嶺接過，打開一看，是狀元齋一成乾股的書契。落款處，穆婉寧早已寫上自己的名字，蓋好了章，另一處卻是空白。

「四妹妹這是何意？」

「送給大哥啊。我這狀元齋能有這樣的聲勢和規模，還不是大哥考中狀元得來的。這一成乾股，就是感謝大哥的。」

「不行，我不能要。」穆鴻嶺二話不說，把東西放回盒子裡，又推回去。「這鋪子，妳經營不易，數次遇到別人為難，我都沒幫上什麼忙，哪裡能收妳的乾股。」

穆婉寧不依。「哥哥拿著就是，權當那匾額的潤筆錢了。日後大哥若成了書法大家，寫副字都能賣到一千兩，我這一成乾股，既有墨寶，還有名聲，可是太值了。」

「那也不行。」

「大哥不收，二哥那裡的半成乾股，我豈不是也送不出去了。」

「這個妳不用去跟他說，我替他回了。他要敢收，我打斷他的腿。」對上弟弟，穆鴻嶺可就沒有對上妹妹那麼溫柔了。

當然，狠話歸狠話，穆鴻漸準備文試時，都是穆鴻嶺在旁陪著的。

最終，哪怕穆婉寧好話說盡，穆鴻嶺也沒有收。最後，甚至把穆婉寧推出了他的院子。

王氏知道後，也連連搖頭。「妳這丫頭，何必這麼在意。日後，你們兄弟姊妹和睦，才是最大的福氣。還有，等妳嫂子過門了，妳們也要好好相處才行。」

「母親說得是。」

穆鴻嶺的婚事辦得很快，三書六禮已經過了文定，一月後正式下聘，三月後成親。

穆婉寧睜大眼睛。「這麼快？」

王氏沒好氣地白她一眼。「嶺兒都十八了，妳以為誰都像妳要走兩年？要不是礙於六禮最少要走六個月的規矩，我巴不得他們明天就成親，這樣來年我就可以抱孫子嘍。」

說到未來的小孫子，王氏還很年輕的面容上，硬是有了慈祥之感。

「好，那女兒恭祝母親榮升準祖母了。」

這聲準祖母叫得王氏心花怒放。「妳這孩子，忒會說。」

不過，王氏想要明天成親的願望，也只是說上一說。穆、鐘兩家都是世家，嫡長子與嫡長女的婚事，不可能草率。

一個月不到，王氏就忙得瘦了一圈，然後又是送請帖、排賓客座次。穆、鐘兩家的客人，可是涵蓋了整個文官，品級、地位、親疏遠近，之間是否有恩怨，哪一樣也不能疏忽。

穆安寧已經出閣，不好回來幫忙，因此王氏把穆鴻漸和穆婉寧使得團團轉，有時連穆若寧都讓王氏以鍛鍊的名頭，負責一些物品的檢查。

雖然實際的活兒都有下人幹，但光是盯著，也是累人得很啊。

第七十六章　添妝

一晃到了九月，穆鴻嶺終於成親了。

其實穆鴻嶺生得一副好皮囊，不過平日穿得簡單，既不穿華服，也不配戴貴重的配飾，看起來並不出眾。

可是，迎親時可不一樣。因為穆鴻嶺是狀元，朝廷特意賜了一套大紅的狀元吉服，穿在身上，再細細打扮起來，簡直把一眾賓客驚得瞪大眼睛。

這也太好看了吧，貌比潘安也不為過啊。

雖然穆婉寧早知自家大哥風采無雙，但人靠衣裝，認真打扮的穆鴻嶺，著實讓人驚嘆，果然是公子世無雙。

「哎呀呀，大哥騎馬走上這一路，不知道盛京城中多少姑娘要心碎了。」

穆鴻漸一聽，佯裝不高興。「怎麼，在四妹妹眼裡，我這二哥就不好看了？」

「我說的是心碎嘛，大哥是迎親去的，看到也沒機會了。二哥可不一樣，你還沒訂親，妥妥的萬人迷啊。」

現在眾人坐在屋裡，等著穆鴻嶺把人接回來。穆婉寧這一說，逗得全屋子人哈哈大笑。

迎親、拜堂，又小小鬧過洞房之後，穆鴻嶺成親了，穆家也有了長媳。

第二天一早，新人拜祠堂，拜父母，見親戚，鐘春柔拿出早已準備好的禮物，送給兩位未出閣的小姑子，和兩位小叔子。

「多謝大嫂。」

「婉寧下個月就及笄了吧，嫂子還有其他東西送妳。」

鐘春柔替穆婉寧備的及笄禮是一件斗篷，白狐皮為裡，外面是緋紅色的料子，正好適合及笄時的日子穿。

「自從我知道妳做了那件貂皮披風之後，我就琢磨著送妳一件斗篷了。這件，我可是找了好久。」

穆婉寧欣喜接過。「多謝大嫂。」

穆鴻嶺成婚後，王氏不過歇了兩日，又開始張羅穆婉寧的及笄禮。

前一世穆婉寧的及笄禮，是王氏替她上簪子的，一加就算結束，非常簡單。

可這一世不同，皇帝都賜了半副鳳儀，王氏更不能馬虎。

而且，起初把穆婉寧記到名下時，王氏的功利心是比較重的，為的就是讓蕭長恭日後能多多幫襯她的兩個兒子。

可是，隨著這一年來的相處，王氏也漸漸喜歡上穆婉寧，因此這份張羅，在功利之外，也有了不少真心。

不過，請誰當正賓和簪者時，倒是有些發愁。

一般來說，正賓和簪者，都應該是德高望重的女性長輩，而且要平時交情好的。不然，德高望重之人，以穆府的關係，倒是能請來，但兩邊都不熟，這禮行起來，難免尷尬。

可穆婉寧實在不像穆安寧，和哪家的夫人都能說上話。她沒去過幾次宴會，連手帕交都只有鐵英蘭一個，更別說跟別家的主母往來了。

「不如，我去問問程夫人？」穆婉寧試探著問王氏。

「哪個程夫人？」

「就是程衛邊程大將軍的夫人。」

王氏點點頭。「倒是可以。最近程將軍剛升官，程夫人也是正三品的誥命了。但她今年也就三十幾歲吧？這個年紀，可以做簪者，但做不了正賓，正賓的年紀還要再大些才好。」

穆婉寧絞盡腦汁，最後想到了蕭長敬。「對了，那鴻臚寺正卿的夫人行不行？她女兒比我還大些，年紀應該可以。」

鴻臚寺正卿是正三品，范夫人也是有誥命的。同為三品，范夫人的年紀大一些做正賓，程夫人年輕一些做簪者，剛剛好。

「好，就她了。」王氏拍板。

穆婉寧聽了，趕緊備禮上門，邀請她們來自己的及笄禮，分別當正賓和簪者。

范夫人雖與穆婉寧不熟，但沒少聽蕭長敬和蕭六姝說起穆婉寧，兩人見面聊了幾句，都很融洽，便答應下來。

程夫人那邊更不用說，滿口答應。

隨後，穆婉寧又去給鐵英蘭添妝，邀請鐵英蘭來她的及笄禮。

鐵英蘭見到穆婉寧進來，故意往院子裡瞅瞅。「今兒沒把長長久久帶來？」

穆婉寧噗哧一笑。「原來鐵姊姊好這口，妳等著，我就去辦。」

「我看妳敢！」

兩人對視一眼，哈哈大笑。屋裡其他人都知內情，也捂嘴而笑。

與鐵英蘭玩得好的都是將門子女，性子多少有些父兄的影子，初時還微微拘謹，見穆婉寧也是柔中帶有一絲英氣，漸漸就放開了。

平日，這群將門子女多自成一個圈子，像鐵英蘭這種兩個圈子都能吃得開的，實在不多。今日見到穆婉寧，倒是對文官子女有了些改觀。

不過，這並不讓人意外，能嫁給蕭長恭的人，肯定不會太柔弱。

穆婉寧送鐵英蘭的添妝禮，是一整套翡翠頭面，還有一副纏金絲嵌翠珠的鐲子，以及一條翡翠珠的禁步。可謂從頭到腳，一樣不落。

「這一套要不少銀子吧？」鐵英蘭愛不釋手，她最喜歡翡翠的顏色。

「倒不貴，就是搭配起來有些麻煩，不僅材質，作工、樣式也一樣才好，是這半年中，陸陸續續配齊的。」

鐵英蘭把盒子蓋上，摟在懷裡。「那我就不客氣啦。」

十月底，穆婉寧正式行了及笄禮。

笄禮上，需要準備三樣首飾。分別是簪、釵、冠，分別戴上，就是三加之禮。穆婉寧用了蕭長恭親自打磨的簪子，雖然粗糙些，但寓意很好；穆安寧送的，則當作釵，做為二加。

三加的冠，是從男子飾物演變而來，到了女子這裡，就是指髮髻的頂簪，這一項通常是母親準備的。

王氏給穆婉寧準備的是燒藍的鳳尾頂簪，戴上去莊重又貴氣。

雖然鳳冠是最好的，但大齊規定，除了三品以上的官家夫人，其他人不許用鳳頭，只能用鳳尾。

此時穆婉寧還沒有品級，只能用鳳尾。不過這鳳尾頂簪實在漂亮得很，穆婉寧愛不釋手，也不算遺憾。

鎮西侯府裡，蕭長恭恨不能親自去瞧瞧。穆婉寧及笄，便意味著離婚期不遠，媳婦不娶到手，總是讓人心癢難耐。

不過，女兒家及笄，只有親人和女客可以觀禮。他一個大男人，還是訂親的人，是不方便的。

「小七，幫我換身夜行衣，晚上我要給婉寧道賀去。而且，再不抓緊機會翻幾次穆府的牆，以後就翻不成了。」

小七自然不會反對，不過，伺候蕭長恭換完衣服，他自己也換了一身。

「嘿嘿，將軍去看穆姑娘，我順路看看雲香。」

蕭長恭無奈，這算不算上梁不正下梁歪？

唉，算就算吧。

十一月，盛京城裡又發生了一件大事。

北狄的前國主白濯，正式與大齊簽訂國書。只要放他離去，讓他有機會重奪國主之位，待他上位後，有生之年，北狄永不犯邊。

這可是大大的好協議，雖然看上去，要等白濯奪回王位後才算數。但實際上，只要把白濯放回去，這協議就成了一半。

此時白刺在北狄境內，雖然掌控軍隊，還坑了不肯效忠他的三萬人。但這只是明面上，暗地裡定有人對他不滿。

只要白濯能回去，收攏舊部，到時北狄就會長年內戰。北狄人自己人打自己人，便沒能力犯邊，至少能保大齊十數年的和平。

而且，白刺也間接為這個協議出了力。白濯的兒子不少，但白刺為保王位，早把兄弟們殺得一個都不剩。現在除了他，就只有白棘這一根獨苗了。

白棘之所以能活，還得感謝程衛邊的小心思。他一直拖著不肯把換俘進行到底，以白棘為餌，吊著北狄的軍隊。

至於開戰後，就更不可能放回白棘，多少也算個戰利品呢。

因此，白棘一直被扣在甘州，進京獻俘時一併帶回來。

為突顯白翟的誠意，白棘將留在大齊為質，除非白翟身故，否則終身不得返回故鄉。

得知自己老爹和大齊的交易之後，白棘淚流滿面。

這趟刺殺實在太虧了，吃苦受罪不說，什麼都沒撈到。現在他的兄弟成了北狄的王，他卻是人質，恐怕一輩子也別想回北狄了。

「臺吉不必憂心。」蕭長敬安慰道：「等你死了，或許我大齊皇帝發善心，會讓你的屍體回歸故里。」

「娘的！」這是白棘在大齊新學的罵人話，用來刺激蕭長敬正好。

果然，這話讓蕭長敬不爽了，鏘一聲，直接把佩劍拔出來，架在白棘脖子上。

「我警告你，再敢當我的面說這句，小心我的寶劍不長眼睛。」

白棘低頭瞥了脖子上的寶劍一眼，滿不在乎。「哼，有能耐你殺了我。現在我可是質子，真把我殺了，我爹與你們的協議可就不算數了。」

蕭長敬二話不說，收了佩劍，卻不見沮喪，而是邪邪一笑，發出另一個人的聲音。

「臺吉可是忘了火炙之刑？」

白棘的臉色倏地變了，立時慘白慘白的。

之前他一直告訴自己那就是夢，是陰司之事，與陽間無關。可現在蕭長敬就活生生地站在他面前，說出的話，正是那接連好幾日的噩夢裡，最讓他恐懼的聲音。

尤其聽到「火炙」兩個字，白棘甚至覺得，自己還能聞到皮肉的焦糊味。

「你、你到底是誰，是人是鬼？那天你們到底對我做了什麼？」白棘聲音發顫，越說，越覺得周圍陰風陣陣。

再配上蕭長敬詭異十足的笑容，白棘的腳底板都冒涼氣了。

「臺吉寬心，只要你在大齊境內好好的，把自己當個普通老百姓，安生過日子，自然不會為難你。

「但你若仗著自己的身分，以為大齊既不敢殺你，也不敢動你，那可就錯了。地獄一共十八層，目前臺吉只體會過了火海獄，還早得很呢。」

白棘嚥了一口不存在的口水，心裡突突的，不由點了點頭。

蕭長敬滿意，他這次來，就是震懾白棘的，看來效果不錯。

辣椒水啊，虧穆婉寧想得出來。

穆婉寧及笄後，很快便是新年。

一進入臘月，新淨坊、狀元齋、久香齋三個鋪子的夥計又興奮起來。

因為按去年的慣例，穆婉寧會為他們包上一間酒樓，好好慶賀一番，蕭長恭也會過來和他們一起吃席。

去年，不少人見到蕭長恭，就激動萬分了。

今年，蕭長恭再立大功，連北狄國主都抓來，在盛京百姓中已經是神一樣的人物，夥計們更是期待。
但這正是蕭長恭所擔心的。他快成了神，那就離死不遠了。
於是，蕭長恭又上了回京後的第三道摺子，以身體暗傷累積，需要調養為由，請求解甲歸田。
皇帝也注意到最近的風聲，雖然不喜，卻是無可奈何。幸好蕭長恭識時務，他肯上摺子，就是在表忠心。日後若真有一天邊關戰起，再召他回來也不遲。
於是，新年前夕，皇帝正式下旨，改封蕭長恭為安平侯，卸任兵部差事，專心養傷。
無官一身輕的蕭長恭一連十幾天都是人逢喜事精神爽，還大大方方地去了穆婉寧的年底犒勞夥計的筵席。
隨後，他又趕在年節前去了宜長莊，全莊人殺了兩頭豬，熱熱鬧鬧地吃上一頓。
大年三十，吃團圓飯，守歲。大年初一，開祠堂祭祖。
「爹，娘，再三個月，你們就有兒媳婦了。」蕭長恭滿臉興奮。
出了年關，穆婉寧和蕭長恭卡著成親前一個月不能見面的尾巴，一起逛了燈會。
一連幾個月，整個蕭府都是喜氣洋洋，準備蕭長恭的婚事，蕭安興奮得忙前忙後，一點都不像是五十多歲的老人，簡直容光煥發。
更不要說，蕭長恭也是天天數著日子，盼著成親。
這一切被蕭長敬看在眼裡，也有些心癢癢的。

之前他一直不肯成親，是擔心娶的妻子會對蕭六姝不好。

到時，若他出府辦事，妻子卻在後院虐待蕭六姝，那他寧可一輩子不成親。

或者，等蕭六姝出嫁了，他再成親也行。

可現在看來，這些好像是杞人憂天。未來府裡當家的是穆婉寧，她是絕對不會對蕭六姝不好的。

而且，師父有心把女兒范欣然許配給他，范欣然心地純善，平時對蕭六姝也很好。

或許，成親什麼的，也可以考慮一下？

三月初九，成親前一日，是小姊妹們的添妝日。

鐵英蘭自然是第一個上門，帶了一個好大的箱子，由下人抬進院子。

穆婉寧一看，嚇了一跳。「鐵姊姊，這回該不會是妳把長長久久帶來了吧？」

「哪能呢。我這添妝禮，絕對獨一份，誰都不可能和我重樣！」

「那快打開，我看看。」

箱子裡是全套馬具，從穿的騎裝到放在馬背上的鞍子，再加馬鞭、轡頭、腳鐙。

穆婉寧看得眼睛亮起來。「鐵姊姊，這一套太漂亮了！」

「嘿嘿，這半年來，妳可是夠忙的，咱們好久沒打馬球了。等妳成親，忙過了這段日子，天氣也暖了，務必要再打一次。」

說到打馬球，穆婉寧想到這正是她與蕭長恭互訴心意的時候，心裡滿是甜蜜。「好，一言為定。」

接著是穆安寧，帶來的是一套她親自畫圖、找人去打的首飾，最近她們兩人合開的鋪子也開張了，叫美兮閣。既有成衣，也有首飾，圖樣都是穆安寧自己畫的。

然後，是宜長莊的福字頭姑娘們，由雲二帶著，抬出一副非常大的屏風刺繡。

「哇，好漂亮。」鐵英蘭第一個上前，圍著屏風轉了好幾圈。「這手藝，我看比京城最好的那幾家繡莊也不遜色，這位姑姑真是好厲害。」

雲二趕緊擺手。「哪裡是我的功勞，是這些姑娘們繡的，圖樣是福慧畫的。」

所謂外行看熱鬧，內行看門道，穆婉寧繡工不錯，知道這屏風用了不少繁複技法，而穆安寧，則是看上了這圖樣。

「哪位是福慧姑娘？」穆安寧看向姑娘們。

福慧趕緊上前，福身行禮。「奴婢就是。」

穆安寧仔細打量福慧。「圖樣畫得不錯，繡工如何？」

「回姑娘的話。」雲二趕緊上前，深知這是福慧的機會，萬一福慧害羞，說自己的繡藝一般，就錯過了。「福慧的繡工是這十二個丫頭中最好的，屏風上大部分複雜的地方，都是她繡的。」

「嗯，很好。」穆安寧看向穆婉寧。「四妹妹，這姑娘是妳莊子裡的人？這麼好的天賦，放在莊子浪費了，不如讓她到我們美兮閣去，我給她們工錢。」

穆婉寧當然不會反對。「只要她們願意，我自然答應。」

眾姑娘一聽，喜出望外，福慧又對穆安寧行禮。「多謝姑娘賞識，奴婢願意。」

接著，福慧看向身後的姊妹們，瞧見她們渴望的目光後，扭頭道：「三姑娘若還需要人手，眾姊妹裡也有手藝好的。」

「只要手藝好，我都要。不過嘛，我是有考核的，就算妳們是四妹妹莊子上的人，沒通過，也是不行的。」

福字頭的姑娘們拚命點頭，能去做工，她們便能養活自己。就算她們是被嫌棄的又如何？眾位姊妹互相扶持，日子自會越過越好。

就在大家高興的時候，墨香從外面快步走進來，附在穆婉寧耳旁低聲說了兩句。

穆婉寧輕笑一聲，到底來了。

「三姊姊稍坐，門口有位惡客，我去打發一下。」

鐵英蘭聞聲轉頭，閨密之間無須言語，只一個眼神，鐵英蘭就明白了，是吳采薇。

「走，我陪妳去會會她。」

兩人來到門口，就看到吳采薇站在那裡，尖聲道：「今兒是你們姑娘的添妝日，來人就是添福氣，歡迎還來不及，哪有拒之門外的。」

穆婉寧和鐵英蘭對視一眼，噗哧一聲笑了，這太沒新意啊，居然又把當時穆婉寧說過的話再說一遍。

「別人嘛，自然是來添福氣，不過吳鄉主來，就是添晦氣的。這福氣，我是要的，晦氣可是不收。」

「妳……」吳采薇氣得滿臉通紅，當時她怎麼沒想到這句話！

「哼，我是堂堂鄉主，皇帝是我舅舅，禁軍副統領是我夫君，妳說我是晦氣，是覺得他們也晦氣嗎？」

穆婉寧微微搖頭，心想吳采薇真是沒救了，這麼久了，還是這種脾氣。

「所謂甲之蜜糖、彼之砒霜。鄉主對其他人來說，或許是福氣。可我與鄉主不睦，世人皆知，妳送的東西，自然就是晦氣了。管家，送客。」

管家立刻上前。「鄉主，請。」

按說，這時不應該再稱吳采薇為鄉主，應該叫何夫人。但穆婉寧就是堅持叫鄉主，而且絕口不提皇帝和何立業。

管家明白，這是要把吳采薇與他們分開，自然跟著稱呼鄉主了。

吳采薇氣得腦袋裡嗡嗡作響，卻也無可奈何。這裡可是宰相府，她沒有膽子撒野。

今日，她是打著添妝的旗號出府的，若是鬧起來，何立業不知要怎麼折磨她。

她只恨自己當時沒有想到這些話。如果能重來一次，她絕對不會輸！

看到吳采薇恨恨地走了，鐵英蘭對著穆婉寧一抱拳。「論說話氣人，我甘拜下風。」

「鐵姊姊就會取笑我。走，我們回去吃茶去。」

傍晚，待鐵英蘭等人離去不久，檀香便催促穆婉寧上床睡覺。「明天姑娘可是要早起呢，趕緊休息。」

話是這麼說，但主僕四人卻是沒一個能睡著的。

穆婉寧在床上躺了許久，剛入睡，就聽到檀香喊她。「姑娘，起床了，您要成親啦！」

第七十七章 成婚

成親當日，蕭長恭從屋裡出來的時候，幾乎讓所有人瞪大眼睛，蕭六姝更是驚呼出聲。

「哥哥的哥哥真好看！」

其他人也愣愣地看著蕭長恭，劉大揉了揉眼睛。「這、這真是將軍？也太好看了吧。不對，男人哪能說好看，那個……有個詞叫什麼來著，什麼什麼安？」

蕭長敬也是一臉不敢相信的樣子，雖然兄弟倆的長相像是一個模子裡刻出來的，但不知為什麼，蕭長恭看上去，就是要比蕭長敬更好看些。

這是蕭長恭第一次沒戴面具，正式出現在府裡諸人面前。蕭安早請了兩個經驗豐富的嬤嬤，從頭到腳地替蕭長恭打扮好了。

此時的蕭長恭，就算比起穆府的狀元郎，也是毫不遜色。

而且，因為蕭長恭當過武將，顧盼之間，自有一股神采。一身大紅喜服穿起來，比穆鴻嶺更有氣勢。

這時，門口有人喊：「吉時已到，請新郎官上馬——」

蕭長恭走出府，翻身上馬，小七站在馬前為他牽馬。

「哥哥的哥哥，要早點把恩人姊姊娶回來哦。」

蕭長恭笑得眼睛都瞇起來。「那是自然。」

迎親的隊伍出了巷子口，看到蕭長恭的人多了起來，府裡人都吃驚得不得了，街上的人更是張大嘴巴。

等到迎親隊伍吹吹打打地走過，所有人立刻議論起來。

「哎哎哎，你看見了沒，那是誰啊？」

「今兒迎親的，除了安平侯，還有哪個？」

「可是，那馬上的人，真的是安平侯？不是說面具下的人比面具還醜嗎？」

「那都是流言，你也信。」

「這怎麼可能?!不行，我要再去看看。」

於是，等蕭長恭騎著馬到穆府門前時，附近已經被圍得水洩不通。當然，還有一些人不是要看蕭長恭，純粹是追著半副鳳儀而來。

鳳儀啊，雖然只有半副，也不是隨時可以看到的。

等到了府門前，遠遠瞧見騎在馬上的新郎官，這些人又是一陣驚訝。

這面若冠玉、丰采無雙的人，真的就是之前傳說中喜怒無常、嗜血好殺的蕭長恭？

咳，流言害死人啊。

這一天，盛京城中不知有多少姑娘跺足暗恨，若是她們能早些下手，眼下這些風光富貴，不就是她們的了？

穆府裡，穆婉寧打扮好了，拜別祖母、父母，吃過娘家飯，哭過嫁，就等著由哥哥揹她上花轎。

「我來。」穆鴻嶺上前一步。「我揹四妹妹上花轎。」

穆鴻漸伸手一擋。「憑什麼是你，要揹也是我揹。」

穆鴻嶺推開穆鴻漸的手。「我是長兄。」

「對對，長兄如父，所以揹新娘子送嫁是二哥哥的活，你靠邊站。」穆鴻漸得意洋洋，他早想到這點了，穆鴻嶺定會拿長兄的身分壓人，這就叫以其人之道，還治其人之身。

穆鴻嶺一步不退。「你辦事太毛躁，這可是四妹妹的大事，不容有失，讓我來。」

「我毛躁，投壺時你哪次投得過我？我的手最穩了。放心吧，絕對把四妹妹安安穩穩地送進轎子裡。」

院子裡，全家人都在，看到眼前這一幕，笑個不停。穆鼎也難得放鬆一次，並不制止，一臉看熱鬧的神情。

雖然穆婉寧蓋著紅蓋頭，但肩膀一聳一聳，看得出來，她也在偷笑。

穆安寧是看熱鬧不怕事大，道：「我說兩位哥哥，你們快點決定行不行，可不能誤了四妹妹的好時辰。」

穆鴻嶺瞅了志在必得的穆鴻漸一眼，使出了殺手鐧。

「我是狀元！」

穆鴻漸瞬間憋紅了臉，氣得一拉穆婉寧的手。「狀元了不起啊？四妹妹走，咱們不嫁了，妳等上兩年，等二哥給妳拿個武狀元回來，再揹妳出門。」

這下，整個院子裡的人哈哈大笑了。穆鴻漸當然是說笑，但看他那氣急敗壞的樣子，實在讓人忍不住笑出聲。

末了，穆鴻漸走到穆若寧身邊，對著她惡狠狠地道：「等妳出嫁時，敢不讓我揹，我就把大門鎖上，讓妳出不了門，哼。」

王氏嗔他一句。「胡說八道什麼。」

這時，檀香牽著穆婉寧的手，走到已經蹲下身的穆鴻嶺身後。

穆鴻嶺揹著穆婉寧，穩穩地站起身，一步一步走向府外。

穆婉寧趴在穆鴻嶺背上，只覺說不出的溫暖，貼在他耳邊，輕聲道：「有勞大哥了。」

「只要妳過得好，哥哥就知足了。」

這話，讓穆婉寧鼻子一酸。

前一世，穆鴻嶺曾疑心方堯對她不好，特意去探望過幾次。但她非要故作堅強，對著憂心不已的穆鴻嶺說，她一切都好。

後來，送穆鴻嶺離開時，穆婉寧說：「有勞大哥了。」

那時，穆鴻嶺回的正是這句——「只要妳過得好，哥哥就知足了。」

同樣的話，卻是不同的心境、不同的境地。

這一世，穆婉寧的回答與前一世不同，這一次充滿了自信。「哥哥放心，妹妹一定會過得好好的。」

穆婉寧一露面，鼓樂手便賣力地吹奏起來。

蕭長恭目不轉睛地望著她，雖然隔著紅蓋頭看不見人，但他也能想到穆婉寧的樣子，一時間嘴角不覺勾了起來。

人，終於要娶回去了。

穆鴻嶺把穆婉寧放進轎裡，放下轎簾，直起身看向蕭長恭，鄭重道：「長恭，我妹妹就交給你了，望你日後好好待她，莫要欺侮。」

蕭長恭騎在馬上，抱拳拱手。「大哥放心，長恭今生必將婉寧視若珍寶，愛她敬她，不離不棄！」

「好，妹夫此言，為兄記下了。」

喜轎吹吹打打地走了，穆鴻嶺有些失落。

這時，鐘春柔走出來，道：「別傻愣著了，趕緊上馬車，我們吃喜酒去。」

穆鴻嶺笑著點頭。也對，又不是見不到妹妹了，他失落什麼。

此時，蕭長敬正站在蕭府門口，替蕭長恭迎接賓客，旁邊的蕭安小聲提醒他來的是誰。

「你就不用招呼我們了，招呼其他人去，都是自家兄弟，不用那麼客氣。」程衛邊人沒走近，嗓門就響了起來，走到蕭長敬身邊，還特意拍拍他的肩膀。「小傢伙不錯，敢上城牆，不愧是老蕭的弟弟。今天咱們哥倆一定要好好喝兩盅。」

「全聽大將軍吩咐。」

程夫人則是早就入府了，她是蕭安請來的全福太太，正在新房裡張羅著。

「這裡再添點花生。酒不要現在就倒，等新人來了再倒。」

當全福太太，程夫人是駕輕就熟，因為實在做了太多次。想在武將家眷當中找一位全福太太，真是不容易。

首先，夫妻雙方的父母都要健在，於文官來說不難，可對於武將，這一項就能去掉好多人。出身將門，人不全的事太正常了。

除了父母健在，就是兒女雙全，這點程夫人也做到了，一子二女，全都健康平安地長大，滿滿的福氣。

當然，與程衛邊夫妻恩愛，也是很重要的。

因此，盛京城中的武將，但凡能與程夫人扯上點關係的，家裡要辦喜事，都是找她當全福太太。

蕭長恭帶著穆婉寧的花轎以及半副鳳儀，足足繞了小半個盛京城，才打馬回府。

府門口，早已有人準備好弓箭和火盆。

蕭長恭接過弓箭，直接擱到一邊，大聲說道：「我夫人是帶福氣來的，不是晦氣，不用射箭了。」

穆婉寧心裡極甜，這才對嘛，憑什麼說女子帶來的是晦氣，還要對著新娘子射箭，不知道是誰訂的規矩。

雖然不合規矩，但檀香也極贊成，當下不給別人反駁的機會，直接挑開轎簾，在穆婉寧手裡塞了紅綢，引著穆婉寧下轎。

紅綢的另一頭，已經被蕭長恭牢牢握在手裡。

「火盆也不要了，燙到人怎麼辦。去，把我的馬鞍卸下來，讓夫人跨。」

蕭長恭吩咐完，扭頭對著穆婉寧，小聲說道：「夫人別在意，這跨馬鞍不是去晦氣，是祈福的。」

穆婉寧微微點頭。「都聽夫君的。」

這一聲夫君，簡直讓蕭長恭心花怒放。

此時，眾賓客也在打量穆婉寧，一身精美絕倫的大紅嫁衣，從樣式、衣料再到繡工，無不精緻。

因為有蓋頭，看不見頭飾，但她脖頸間的七彩瓔珞，足以吸引所有人的目光。知道的人都曉得，這可是御賜的。單憑這一件，在官宦子女中，穆婉寧就是獨一份。

更不要說，來的時候，還有半副鳳儀隨行。

不一會兒，馬鞍送來，穆婉寧跨步邁過，新人入了正廳。

「一拜天地──」

蕭長恭引著穆婉寧在準備好的軟墊上跪下，對著門口拜下去。檀香等人退到一旁。

「二拜高堂──」

高堂當然是蕭忠國夫婦的牌位，蕭安看著，熱淚盈眶，心裡默唸：老爺，夫人，老奴總算不負所託，少爺如今長大成人，也成親了。

「夫妻對拜——」

「送入洞房——」

穆婉寧由蕭長恭引著，步入準備好的新房。然後挑蓋頭，喝合巹酒，以及最重要的，結髮儀式。

程夫人上前，用剪刀分別剪下兩人的一縷頭髮，合在一起，打了個同心結，放進錦盒。「結髮為夫妻，恩愛到白頭。祝你們白首同心，百年好合。」

結髮禮畢，蕭長恭得出去應酬了，臨出屋時，還戀戀不捨地看穆婉寧一眼，讓周圍的人竊笑不已。

待蕭長恭走出屋子，鐵英蘭便道：「哎呀呀，侯爺還真是情根深種，這麼一會兒，就等不及了。」

檀香和墨香趕緊上前替穆婉寧換裝。先前穿的是大紅嫁衣，戴全套首飾，壓得穆婉寧脖子都痛了。

換了裝，卸下繁複的釵環首飾，府裡下人也送上熱食。

穆婉寧可是餓壞了。

天不亮就被叫醒，除了化妝，還要進行各種儀式。折騰到現在，早已餓得前胸貼後背。

反正屋裡除了鐵英蘭，就是自己的婢女，穆婉寧絲毫不顧忌吃相。

「慢點慢點，沒人跟妳搶。」鐵英蘭說著，卻是紋絲不動。她是成過親的人，知道成親當天新娘子會有多餓。

吃飽後，穆婉寧緩過勁來，重新梳洗後，讓人傳話，說新娘子換完裝了。

屋子裡立時湧進一大群人，蕭六姝打頭，范欣然隨後，後面是鐘春柔、穆安寧、穆若寧，以及房文馨，甚至還有穆鴻林。

今年穆鴻林只有十二歲，還不滿十五，可以不算男賓，所以也厚著臉皮擠進來。

之前氣氛還有些嚴肅的洞房，立時熱鬧起來。

鬧了好一會兒，鐘春柔以長嫂身分發話了。「行了，後院早開席啦，再不去吃，菜該涼了，都走吧。」

蕭六姝還不想走。「我好久沒看到穆姊姊，不對，是我大嫂了，我想多待一會兒。」

鐘春柔上前牽起蕭六姝。「六姝乖，先吃飯，明天再跟妳大嫂玩。」

雖然蕭六姝只見過鐘春柔兩面，並不熟悉，卻不由覺得鐘春柔的話不能不聽，只得點點頭，聲音有些低落地應下了。

鐘春柔可不管蕭六姝的低落，因為她有更重要的事。

待到屋裡所有人都出去，鐘春柔才囑咐穆婉寧。「壓箱底的東西，可不要忘了看啊。」

見穆婉寧臉上飛紅，鐘春柔就放心了，促狹一笑，走出新房。

所謂壓箱底，不是指寶貝，而是指嫁妝箱底的春宮圖。

上面寫得鉅細靡遺，讓人讀了臉紅心跳。
饒是穆婉寧前一世成過一次親，也看得面皮滾燙，甚至連蕭長恭走進來時，都沒注意。
「想不到娘子這麼有興趣。不過嘛，光看沒意思，待我與娘子實踐一番。」
紅幔垂下，說不盡的溫柔繾綣。

番外

今天是穆府老夫人周氏的六十大壽，整個穆府都是一片喜氣。

靜安堂也一改往常清靜的氣氛，從早上開始，人就絡繹不絕地來。

早上請安時，先是鐘春柔一左一右抱了雙胞胎兒子過來，兩個孩子都只有一歲半，正是牙牙學語的時候。

兩個小傢伙一進門，靜安堂裡立刻熱鬧起來。

看到周氏，穆承望和穆承彥伸出胖乎乎的小嫩手，吵著讓曾祖母抱。

「曾曾，曾曾……抱。」

如今兩個小傢伙爹娘叫得還算清楚，但曾祖母三個字太麻煩，他們只習慣叫曾曾。

周氏笑得眼睛都瞇了起來，伸手要接，鐘春柔擔心周氏累著，道：「這兩個小子可沈呢。來，你們都挨著曾祖母坐好。」

她剛放下，兩個小傢伙便攀著周氏的衣服站起來，穆承望膽子大些，看到周氏抹額上的綠寶石，伸手就要抓。

鐘春柔趕緊去攔，穆承望不依，眼看就要嚎起來，旁邊的張姑姑趕緊往他手裡塞了個布老虎，才哄住他。

不過另一邊的穆承彥可不高興了，憑什麼哥哥有，他沒有？於是踩著周氏的腿，跨到另一邊，伸手就要拿穆承望的玩具。

周氏怕他摔下去，一手扶住、一手從別處拿了頂虎頭帽戴在穆承彥的頭上，兩兄弟這才相安無事。

隨後王氏、鄭氏分別帶著穆若寧和穆鴻林過來，因為今天是周氏的六十大壽，幾人穿得很是喜慶，行禮時也依足了規矩。

「好好好，看到你們好好的，我就高興。鴻漸這孩子呢？去哪裡了？」

話音剛落，穆鴻漸便從屋外興匆匆地跑進來。「祖母，我排到今兒城東門姚記豆漿的第一碗，親眼看夥計舀上來的，還熱呼呼呢。您快喝，等會兒就涼了。」

穆鴻漸額頭上汗津津的，從穆府大門到周氏的靜安堂有段路，想來為了不讓豆漿涼，他是一路跑過來的。

「好孩子，辛苦你了。」

此時穆鼎和穆鴻嶺都上朝去了，雖然今天是穆府的大日子，但還是要以國事為先。

說起來，穆家父子同殿稱臣，也算一段佳話。不過穆鼎已經有了隱退之意，穆家後繼有人，他不必非得再賴著宰相的位置不走了。

加上皇帝最近有意增強六部，穆鼎大力贊成，皇帝很是滿意，下旨升了穆鴻嶺一級。

如今，穆鴻嶺已經是吏部給事郎，妥妥的正五品。

雖然在大官雲集的盛京城，正五品不算什麼，但穆鴻嶺今年才二十歲，做到這樣的官職，已經難能可貴。

再往上，到了從四品，就是一州知府的等級了。

請完安，周氏乾脆把人都留在靜安堂吃早飯。

「哇，又有碧粳雞絲粥，我最愛喝這個了。」穆若寧一看端上來的粥，立刻眼睛發光，要不是還有母親在，怕是迫不及待就要開動。

「是婉寧前些日子派人從玉田縣帶過來的。說起來，這丫頭真是玩野了，這都走了半年，居然不肯提前回來，白白讓我擔心。」

說到這裡，周氏恨恨地抱怨。「還有我那個孫女婿，也忒不像話，在家一天都待不住，成婚快兩年，卻在盛京住不到半年，帶著婉寧四處去玩。還有，他們那孩子才多大，剛一歲吧，就離開盛京好幾回了。」

飯桌上，眾人神色如常地吃飯，根本不理周氏的嘮叨。這話，周氏已經講過太多遍了，每隔三、五天就要說上一回，臨到大壽之日，已經改成天天說了。反正周氏只是念叨，也不是真生氣。

周氏說歸說，粥倒是沒少喝。

張姑姑笑道：「老太太，不是我說您，您這叫得了便宜還賣乖。四姑娘是沒待在盛京城，但也沒忘了您啊。自從四姑娘跟著四姑爺出去玩後，您吃了多少盛京城見不到的稀罕物？

「要是有不禁放的，更是叫人騎了快馬送來，老爺都說，您這吃食快趕上軍情了。這碧粳米，不就是前兩天剛送來的？」

說到這裡，周氏臉上也浮現出笑意。穆婉寧出盛京一趟，回來都是大包小包往府裡送，尤其靜安堂，送得最多。平時，也是隔三差五託人捎東西。

「所以，您別生氣了，四姑娘肯定想著您呢，這會兒還沒到，許是路上有事耽擱了。」

吃罷早飯，周氏在靜安堂也坐不住，乾脆去了正廳。反正等到穆鼎和穆鴻嶺下朝後，就該有人上門道賀了。雖然穆鼎不想大操大辦，以免被說成藉機斂財，但相熟的人家，還是要請的，比如兩家的姻親、王氏的娘家等等。

因此，周氏準備了許多小的銀元寶，凡有來祝壽的，就給上一個。

穆安寧帶著房翰青和女兒，是第一個上門的。

「祖母，孫女來給您拜壽啦。」

「別跪了，妳挺著個大肚子呢，翰青趕緊扶著。」

穆安寧生過一胎女兒之後，如今又有了五個月的身孕，雖然還沒到行動不方便的地步，但房翰青仍是很小心地扶她坐下。

「婉寧怎麼還沒回來？」

「別提了，這個野丫頭，真是氣死我了。」

穆安寧一陣後悔，覺得自己真是哪壺不開提哪壺，馬上對女兒使了眼色。

穆安寧的女兒叫房清萱，比穆承望兄弟要大上一些，特別聰明，立刻走到周氏面前，從荷包裡取出一塊糖，遞給她，奶聲奶氣地開了口。

「外外，不氣，給您吃糖。」

周氏伸手把房清萱抱起來，放在腿上，接過她手中的糖塊，剝了糖紙，放進她嘴裡。

「外曾祖母年紀大了，不吃糖。妳吃，就是外曾祖母吃了。」

房清萱似懂非懂，反正周氏不再生氣，她也就算完成了母親交代的事情。

這時，門口的下人興奮地稟報。「老夫人，四姑娘和四姑爺回來了。」

周氏一聽，喜出望外，所有人都站起身，往門口張望。

不久，一個身影風風火火地快步走進來。

「祖母，孫女想死您了！」

只這一句，周氏心裡的不痛快就全沒了。

「好好好，回來了就好，快讓祖母看看。嘖嘖，怎麼比上次回來又黑了一點？但人倒更精神了。不過，妳這是長高了？」

穆安寧也湊過來，站到穆婉寧身邊。「都當娘的人了，居然還能長高。」

蕭長恭抱著兒子蕭正儀，笑意盈盈地過來對周氏行禮，周氏趕緊道：「哎喲，我的親親曾外孫，起來起來。」

蕭正儀剛滿周歲，雖然他根本不記得周氏是誰，卻一點也不怕生，實在是自從出生後，見過的人太多了。而且來之前，母親吩咐了，一定要討好最老的那個老太太。

因此，蕭正儀轉動著黑漆漆的大眼睛，對著周氏咧嘴一笑，伸出肉乎乎的小手。

「抱！」

周氏覺得心都化了。「好，外曾祖母抱。」招呼大家。「來來來，都進屋。」待眾人坐定，該見禮的也見了禮，周氏又嗔怪穆婉寧。「怎麼回來得這麼晚，非得趕著日子。」

穆婉寧嘿嘿一笑。「您馬上就知道啦。」隨後向外吩咐一聲。「把東西抬上來。」很快地，小七、劉大抬了個東西進來，看樣子是一扇四段的屏風，但上面蓋著紅布，看不清楚究竟是什麼圖樣。

兩人放下屏風，向周氏一抱拳。「給老夫人祝壽，祝老夫人福如東海，壽比南山。」然後同時一掀紅布。

眾人的目光立刻被屏風吸引，這架屏風太過精美，刺繡手藝不凡，看上去便心曠神怡。屏風上繡的是一幅仙子、仙女拜壽圖，不過與平時所見不同，圖上的人，竟是對應現實中的人，眾人很快就在上面找到自己。

「哎呀，連我肚子裡的這個，妳都繡上了？」穆安寧驚喜出聲，大家仔細一看，果然其他人都是正常身形，唯有穆安寧是懷孕的模樣。

周氏喜得站起來，走到屏風前仔細察看，從兒子穆鼎，到曾孫、外曾孫、外曾孫女，一個不落。

眾人也圍過來，嘖嘖稱奇。

鐘春柔道：「怪不得前些日子四妹妹神神秘秘地向我要自家人的畫像，還不讓我說出去。我足足畫了快十天，才偷偷畫完，敢情是用來做這個的。」

「嘿嘿，大嫂的丹青，連大哥都讚不絕口，讓大嫂來畫人物，當然最合適。不過，這還不是這屏風最厲害的地方。」

穆婉寧賣了個關子，扶著周氏繞到屏風背面。「祖母，您看。」

周氏定睛一看，第一眼覺得和前面沒什麼不同，但第二眼便看出不同來，驚呼出聲。

「這、這是……」

「這是五年後的拜壽圖，裡面的孩子都長大了。我讓繡工們根據孩子們現在的樣子，推斷出以後的模樣，又留了幾處空白，日後多一個孩子，就找繡工繡上一個，讓祖母天天都能看見我們。」

「好，好。可是這屏風明明是一層，怎麼會有兩種不同的圖案？」

「這是蘇州那邊的特殊繡藝，叫雙面繡，整整十個繡工，花了將近一個月才繡完。要不是等著這個，我們早就回來啦。」

「趕緊把這個搬進我屋裡去，仔細別碰壞了。」周氏立刻寶貝得不得了。眼下孩子們還太小，萬一哪個摳壞了，或蹭點口水上去，她可是要心疼的。

片刻後，蕭長敬也帶著蕭六姝來拜壽，這才知道蕭長恭帶著穆婉寧母子回盛京了。

拜完壽，蕭長敬打發蕭六姝去和穆若寧玩，這才尋了空，走到蕭長恭身前，滿臉幽怨。

「我說大哥，你太不夠義氣了，回來也不送個信，害我好等。」

蕭長恭完全沒有不好意思。「你這不就知道了嗎？」

「這次準備在府裡住幾天啊？」

「這次嘛，怎麼也要住上兩、三個月吧。」

「怎麼這麼久？」蕭長敬意外，自蕭長恭和穆婉寧成婚後，除了安胎那幾個月，兩人就沒在府裡久住過。

「你大嫂說了，等秋闈後，就要讓你完婚。范家姑娘也不小了，哪有一直讓人家等著的道理。」

按說，范欣然比穆婉寧大一點，卻還沒有出閣，若非早早與蕭長敬訂親，這會兒不知引起多少流言蜚語了。

不過，范家人倒是沈得住氣，蕭長敬不想靠哥哥，想靠自己的能力娶妻，倒是上進。反正文定都過了，也不怕蕭家反悔。

蕭長敬的臉一下子紅了。

之前拜范志正為師時，他對范欣然只有朦朦朧朧的好感。但穆婉寧成親後，第一件事就是去范府與范夫人談了他的婚事。

訂親時，他覺得范欣然挺好，至少會對蕭六妹好。

不過，那時只是覺得范欣然適合當妻子，並沒有什麼心動的感覺。

可是，隨著年紀漸大，蕭長敬卻是漸漸感受到情之滋味，最近一段日子，一提到范欣然，便不覺臉紅。

蕭長恭看得好笑，蕭長敬對他齜牙炸毛的樣子沒少見，但臉紅還真是頭一次見。

「哎呀，臉紅了。快，去叫婉寧來，這可是奇景。」

蕭長敬氣得一甩袖子，不理蕭長恭，找穆鴻漸比劃刀劍去了。

當晚，穆家擺了三大桌家宴，一群人鬧到深夜，最後因為宵禁時辰過了，全歇在穆府。

第二天一早，大家又陪著周氏吃了早飯，才各回各府。

聽到穆婉寧回來，鐵英蘭立即上門。穆婉寧離京之後，把久香齋交給鐵英蘭打理，也經營得有聲有色。

「我說妳這當家主母也太自在了，不用操勞家事，還能跟夫君四處玩，真讓人羨慕。」

「喏，這是給妳的，蘇州的絲光緞。為了買這幾疋好料子，可費了我不少工夫呢。」

鐵英蘭眼睛一下子亮起來，用手輕輕摸了摸布料，又抖了抖。「果然如絲光一樣，那我就不客氣啦。這是這段時日的帳本，包妳大吃一驚。」

果然，帳本上的進項極好，除了香腸之外，鐵英蘭還在店裡賣起滷味。反正收的是整豬，胰臟送到新淨坊製皂，其他的肉都運到了久香齋。

不缺材料，鐵英蘭便大展身手，還出錢入了股。

送走鐵英蘭後，穆婉寧看時辰還早，就讓蕭安備了禮品，帶著蕭長敬去范府。

目的，當然是訂婚期去的。

「我查過了，秋闈後的第十天，正是吉日。這段日子，我讓長敬安心備考，婚禮的事，我來操辦，保證準備得妥妥地。」

范夫人滿臉笑意。「好，對妳我還有什麼不放心的。」

不過，事情雖然定了，但多少覺得有些怪怪的。穆婉寧的及笄禮時，范夫人是正賓，親手幫眼前的人上了簪子。

如今轉眼一過兩年多，她居然和范夫人談起自己弟弟的婚事，這感覺還真是奇怪得很。

穆婉寧也有些不自然，雖然長嫂如母，由她來做這件事天經地義，但到底不是正經家長，而且蕭長敬和范欣然比她還大，感覺很怪異。

是以，穆婉寧並沒有多客套，就把事情商量好了。

穆婉寧出了范府，上了自家馬車，卻看見蕭長恭正等在馬車裡。

「夫君怎麼來了，正儀呢？」

「我放家裡了，有墨香看著呢，沒事。這一路去哪兒都有他，煩都煩死了。晚上咱們不回府吃飯，聽說吉祥街上開了新的館子，咱們去嚐嚐。」

穆婉寧笑得極甜，攀住蕭長恭的胳膊，想了想，覺得不過癮，又在他臉上輕輕啄了一下。反正有簾子擋著，不怕別人看到。

馬車緩緩向吉祥街駛去，沒走多遠，卻聽到雲板聲。

穆婉寧挑起車簾一看，是一隊身穿白衣之人，正敲著板子，看樣子應該是去報喪的。

車子停下，劉大的聲音從外面傳來。「這是禁軍何副統領府裡的人，屬下先去打探，看看發生了什麼事。」

不久後，劉大回來稟報。「何立業之妻吳鄉主死了，據說是抑鬱而終。」

穆婉寧心裡微微驚訝，也嘆息一聲。其實吳采薇本可以安安穩穩過一輩子，沒想到竟然如她前一世一樣，成親沒兩年，就去世了。

不知道這和簡月梅有沒有關係？不過，不管有沒有，都與她無關了。

其實，一個人過得好不好，主要還是看自己。出身再高，如吳采薇一樣，身為皇帝的外甥女，長公主的獨女，也一樣過不好日子，最後早早辭世。而出身再低，哪怕是府裡最不待見的庶女，也能靠著自己的努力過得有滋有味。

說到底，一切還是要看自己。

是夜，遊玩回來的穆婉寧摟著蕭長恭沈沈睡去，心裡再次感謝老天爺。

能重活一次，真的是太好了。

這一世，她這個庶女，才是最好命的。

——全書完

2021年1月出版

敦妻睦鄰

文創風 918～920

這男人身姿挺拔，整個人如一柄出鞘的利刃，鋒芒畢露，
雖然他刻意收斂了，但周身那股凜冽的氣勢還是讓外人忍不住心顫，
不過在她面前，他只有乖乖任她使喚的分，她對他可是半點懼意皆無，
他上得了戰場、下得了廚房，提得起重劍又拿得住菜刀，
唔，真不愧是她看上的男人，實在迷人啊……

情不知所起，一往而深／君回

穿越就算了，不說當個皇子、公主，怎麼也得是個可人疼的無憂小姑娘吧？
結果呢，成為一個未婚懷孕，還帶球遠離家園、生了個兒子的國公府嫡小姐？!
偏偏原主的記憶容妤只接收了一半，壓根兒不記得孩子是怎麼懷上的，
但眼下她得先肩負起為娘的重責大任，養家活口才行，總不能坐吃山空吧？
就不信了，她有手有腳的，難道還會餓死自己跟一個三歲小萌娃？
她平生有兩大愛好，美食與顏控，穿來前她可是拿過國際美食大賽冠軍的，
做吃食她極有自信，因此，她打算重拾老本行，先賣早點試試水溫，
果然天無絕人之路，她的食肆每天大排長龍，名聲一下子就傳開了，
這不，連她家隔壁新搬來的鄰居殷玠都一試成主顧，巴巴地黏著她不放，
他還說要娶她，甚至保證此生只有小萌娃一子！她是遇上了好男人沒錯吧？
錯了錯了，她發現自己錯得離譜！搞半天他不是啥富商，人家是堂堂王爺，
他也不是什麼好男人，他就是孩子的渣爹，而且他早知她的國公女身分！
敢情他名為敦親睦鄰，說什麼多愛她、想娶她這個鄰居當妻子都是假的，
實際上他這番深情操作只是為了讓她卸下心防，以便把孩子搶回去？
哼，以為是皇親國戚她就怕了嗎？孩子是她生的，她死都不會讓給他！

2021年1月出版

巧匠不婉約

文創風 916～917

想到高門大戶得遵守的繁文縟節，
她就覺得身在農家，也是一種幸運。

一技在身，不怕真情難得／賀思旖

一睜眼，她穿成了個小農女「薛婉」，還遇到了大危機。
原身爹被人下了套，欠下賭債還不清，只得向奶奶求助，
可奶奶分明存款頗豐，居然想直接賣了親孫女還債！
以致薛婉寧可自殺，也不願被賣進富戶，可見那高門內的凶險。
穿越後的她憑藉上輩子的機械設計專業，加上好運氣，
幫助一位貴公子做出彈簧為馬車避震，賺足了還債的銀子。
度過緊急事件，她與母親商量著演了一齣和離戲碼，
順利地讓家裡能作主的爺爺發話，成功地分家單過。
分家後的生活舒適，不過日常開銷就成了接下來的問題。
為了自己與弟弟成長期的營養，以及弟弟上學堂的束脩，
她趁著春耕時，磨著有木匠手藝的父親幫忙改造出新犁，
打算在縣裡的大木匠鋪賣個好價錢，用以補貼家用。
好巧不巧，這鋪子的少東家竟就是那位貴公子——陸桓。
「此物精妙，不知薛姑娘師承何人？」他微笑著問。
「只是碰巧看過幾本雜書啦！」連兩次遇上同一個人，她孬了。
這人不只是少東家，還是縣老爺的兒子，她可不想露出馬腳……

2021年1月出版

安太座

文創風 914~915

眾人皆知過年安太歲為的是祈求來年平安、事事順利，
殊不知，安太座對一個男人來說，重要性可是不相上下的，
這部分，她就不得不稱讚一下自己的夫君了，
畢竟他可是把整個人都給了她，娘子說的話對他而言那就是聖旨，
因此即便他對經商一竅不通，是世人眼中的敗家子，那又如何？

芙蓉不及美人妝，水殿風來珠翠香／月小檀

棠槿嫿已經快兩天沒有吃過東西了，此前她何曾遭受過這種罪？
好不容易夫君得了個饅頭給她，結果她卻因狼吞虎嚥，活活給噎死了?!
死前一刻，腦中唯一的想法便是，她絕對不要再嫁給這不可靠的傢伙！
豈料上天雖然再給了她一次機會，但她只重生回到幾個月前而已啊！
生為富商的獨生女，嫁的又是富商獨子，她理應三輩子也吃喝不完才是，
偏偏她的夫君穆子訓打小嬌生慣養，公婆又太過溺愛，事事順著他，
於是公公驟逝後，不懂經商、甚至連帳本都看不懂的他，漸把家產敗光，
老實說，重生後的她不是沒想過離開他，再找個家境好點的男人嫁掉，
但嫁給他這麼多年來，他對她是真的好，就連沒有子嗣，他也毫無怨言，
有情郎難得，她既不忍離了他，看來養家活口的擔子只能自己挑起來了！
幸好她讓下田他就扛起鋤頭，叫他考功名他二話不說立即發奮苦讀，
況且眼下不是還有她嗎？她腦子轉得快，深知自古以來女人的錢最好賺，
於是，她開了間專賣胭脂水粉的店鋪「美人妝」，生意果然大好，
所以夫君只要繼續疼她、寵她、尊重她，其他鶯鶯燕燕皆不入眼她便足矣，
至於重振家業這種小事就交給她吧，她定會讓所有冷嘲熱諷的人閉上嘴！

2020年12月出版

廚娘的美味人生

文創風 912～913

一點甜蜜，一點酸澀，
適量笑容，少許淚水，
佐以很多幸福，
烹製出屬於他們的美味人生——

有愛美食不孤單／梅南衫

如果人生能重來，何葉想回到父母發生意外前，
但一陣暈眩後睜開眼，人生是重來了，卻不是自己的人生。
她還是叫何葉，卻成為業朝當代第一酒樓大廚的女兒，
不過整天待在房裡繡花、看話本，人生也太過無趣，
為了爭取到酒樓工作的機會，她先是開發以水果入菜的創意料理，
又提議酒樓舉辦廚藝競賽，開放顧客評分，刺激消費，
但父親不肯讓她參賽，何葉決定女扮男裝，偷偷報名，
沒想到那個幾乎天天到酒樓報到的貴公子江出雲，
一眼就看出她的彆腳偽裝，可他不但沒有拆穿，
還幫她向父親說項，讓她順利成為酒樓學徒。
本以為幫著父親研發新菜色，隨著父親受邀四處辦筵席，
就是她小廚娘生活的全部了，
沒想到奉旨進宮籌辦御宴，竟捲入宮廷鬥爭中——

2020年12月出版

傳家寶妻

文創風 909～911

那年茶樓下，他的一笑值千金，
笑得她從此心海生波，再難相忘……

一笑傾心　弄巧成福／秋水痕

一次戀愛都沒談過就穿到古代當閨秀，小粉領楊寶娘無言極了，
雖然如今有個女兒控的太傅親爹，位高權大銀兩多，可以讓她在京城橫著走，
但高門水深，自家父親的後院不寧，她身為嫡女也別想耳根清靜，簡直心累，
幸好庶妹們與她和睦相處，一同上學玩樂，算是宅門日子裡的小確幸！
原以為千金生活不過如此，沒想到，竟有飛來豔福的一天——
一場偶遇，晉國公之子趙傳煒對她傾心一笑，從此和她結下……不解之緣 ?!
應酬赴宴能遇到，逛街買糖葫蘆也能遇到，去莊子玩才發現，兩家居然是鄰居，
這且不算，連她出門遇險亦是趙傳煒解的圍，要說他對她無意，鬼都不信！
她的心即將失守了，上輩子來不及綻放的桃花，這輩子該不會要花開燦爛啦～～
可兩家之間有些算不清的陳年老帳該如何是好，她和他，真有可能牽上紅線嗎？

文創風

944

迎妻納福 3 完

國家圖書館出版品預行編目資料

迎妻納福 / 月舞著. --
初版. -- 臺北市 : 狗屋出版社有限公司, 2021.04
冊 ; 公分. --（文創風）
ISBN 978-986-509-201-6（第3冊 : 平裝）. --

857.7　　　110003811

著作者　月舞
編輯　安愉
校對　沈毓萍
發行所　狗屋出版社有限公司
地址　台北市104中山區龍江路71巷15號1樓
電話　02-2776-5889～0
發行字號　局版台業字845號
法律顧問　蕭雄淋律師
總經銷　知遠文化事業有限公司
電話　02-2664-8800
初版　2021年4月
國際書碼　ISBN-13　978-986-509-201-6

本著作物由北京晉江原創網絡科技有限公司授權出版

定價260元
狗屋劃撥帳號：19001626
網址：love.doghouse.com.tw　E-mail：love@doghouse.com.tw